여행하는
카메라

여행하는 카메라

2014년 9월 25일 초판 1쇄 발행. 2017년 3월 27일 초판 3쇄 발행. 김정화가 쓰고, 도서출판 샨티에서 이홍용과 박정은이 펴냅니다. 권희중이 교정을 보고, 이근호가 본문 및 표지 디자인을 하였으며, 박성은이 마케팅을 합니다. 인쇄는 수이북스에서, 제본은 성화제책에서 하였습니다. 출판사 등록일 및 등록번호는 2003. 2. 6. 제10-2567호이고, 주소는 서울시 마포구 성미산로16길 18, 전화는 (02) 3143-6360, 팩스는 (02) 338-6360, 이메일은 shantibooks@naver.com입니다. 이 책의 ISBN은 978-89-91075-90-0 03800이고, 정가는 16,000원입니다.

이 도서의 국립중앙도서관 출판시도서목록(CIP)은 e-CIP홈페이지(http://www.nl.go.kr/ecip)와 국가자료공동목록시스템(http://www.nl.go.kr/kolisnet)에서 이용하실 수 있습니다. (CIP제어번호: CIP2014026477)

이 책의 인세 50%는 향후 '카메라야 부탁해!' 프로젝트에 쓰일 예정입니다.

카메라 우체부 김정화의
해피 프로젝트

여행하는 카메라

김정화 지음

【산티】

차례

제3부 진심이 길을 비추다

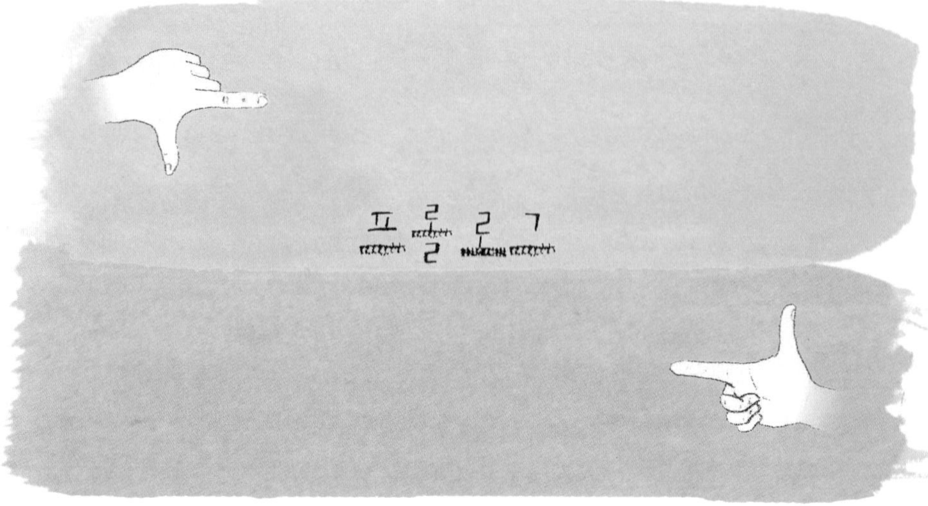

프롤로그

"꼬 화, 이거 왜 하시는 거예요?"

잠을 이루지 못하고 뒤척이던 어느 날 밤이었다. 어둠 속에서 한 아이의 얼굴이 하얗게 떠올랐다. 베트남 아이 '레'다. '꼬 화'란 내 이름 끝자를 따서 베트남 아이들이 부르는 내 호칭이다. 그로부터 1년 전쯤 나는 '카메라야 부탁해!'라는 프로젝트를 하느라 베트남에 있었고, 마지막으로 아이들에게 한 명씩 돌아가면서 인터뷰를 하는 일정을 가졌었다. 그러면서 마지막으로 내게 하고 싶은 이야기가 있으면 해보라고 했는데, 레라는 아이가 그렇게 물었던 기억이 섬광처럼 번쩍 되살아난 것이다.

벌떡 일어나 불을 켜고 앉았다. 그리고 당시 인터뷰 동영상 파일들을 뒤졌다. 레의 인터뷰 파일 중 가장 마지막 파일에 그 장면이 있었다. 이

어지는 장면에는 피로감과 짜증이 묻어나는 내 목소리가 화면 너머로 들려왔다.

"얘가 얘가~ 웬 뒷북이야? 다 끝나는 마당에 이제 와서 이 프로젝트가 어떤 거냐고 물으면 어떡해? 아이고~ 그럼 넌 여태 이걸 왜 하는지도 모르면서 했던 거야?"

그 말에 화면 속의 레는 당황해서 어쩔 줄 몰라 했다. 레는 그런 뜻이 아니라고 손사래를 치면서 어떻게 설명해야 할지 난감해했다. 그러고는 단어를 신중하게 골라가며 이렇게 설명하는 장면이 이어졌다.

"프로젝트를 말하는 게 아니고요, 그러니까 제가 알고 싶은 거는요, 음, 언니예요. 이런 일을, 왜 할까, 화 언니는……"

그러면서 얼굴 가득 물음표를 한 레의 얼굴…… 그것이 녹화된 영상의 마지막이었다. 내 대답은 필요하지 않다고 여겨 녹화를 중단했던 것이다. 내 기억도 그것으로 끝이었다. 그 질문에 뭐라고 대답했더라? 아무리 더듬어봐도 기억이 나지 않았다.

처음에는 나도 내가 정말 기억을 못하는 줄 알았다. 그런데 차라리 내 대답이 녹화되지 않아 얼마나 다행이냐고 안도하는 나 자신을 보며 깨달았다. 인정하지 않을 수 없었다. 진실은 내가 기억하지 못하는 것이 아니라 기억하고 싶어 하지 않는다는 것을.

"'카메라야 부탁해!'? 그게 뭐예요?"

"그래서 아이들이 정말 뭐가 달라져요?"

"다 집어치우고, 자기 돈 들여 이런 걸 왜 하는 거예요?"

이 프로젝트를 하면서 내가 들었던 숱한 질문들이다. 그럴 만도 하다. '듣보잡', 맞다. 어디서 듣도 보도 못한 잡것이라고 해도, 사실이 그러하다. 내가 아는 한, 우리나라는 물론이고 다른 나라에도 이런 프로그램은 존재한 적이 없다. 전례가 있으면 갖다 베끼기라도 할 텐데 이건 뭐 시작부터 어떻게 해야 할지 막막하고, 뜬구름 잡는다며 의혹에 찬 시선을 보내는 사람들에게 보란 듯이 내놓을 증거도 없었다. 그러니 많은 사람들이 이렇게 묻는 것도 당연했고, 그때마다 나는 열심히 이 프로젝트의 의미와 목적, 진행 방식을 설명했다. 누르면 자동으로 나오는 기계처럼. 클라이언트 앞에서 프레젠테이션하는 광고장이처럼.

그러니 비록 녹화는 되지 않았어도 당시 내가 레에게 어떤 허튼소리를 했을지는 안 봐도 비디오, 안 들어도 오디오다. 멍청하고 강박적으로 프로젝트의 의미에 대해서 떠들어댔을 것이 뻔한 일. 레가 진짜 알고 싶어 한 것은 프로젝트가 아니라 '꼬 화', 즉 나라는 사람이었는데 말이다.

하여, 부끄럽고 서툴지만 이 책을 통해 나에 대한 이야기도 하는 것으로 그 뒤늦은 답변을 하려고 한다. 이 책이 단순한 프로젝트 결과 보고서가 아닌 이유이다. 이 책은 '카메라야 부탁해!'라는 프로젝트와 프로젝트에 참여한 아이들의 이야기를 담은 포토 에세이이자, 동시에 이를 통해 치유받고 삶의 목표를 얻게 된 나의 성장 다큐멘터리이다.

여기, 아이들에게 편지 대신 카메라를 전달하는 '카메라 우체부'가 있다. 카메라 우체부는 쉽게 해외 여행을 할 수 없는 아이를 대신해서 아이의 사연이 담긴 카메라를 여행시킨다. 이 나라에서 저 나라로, 이 아이에게서 저 아이에게로 돌고 도는 '여행하는 카메라'에는 비슷한 환경에서 사는 외국 아이의 사진들이 차곡차곡 쌓이게 된다. 카메라를 받은 아이는 일정 기간 마음껏 자유롭게 카메라를 가지고 놀면서 사진을 찍어 자기 이야기를 한다. 그리고 자신과 비슷한 환경에서 사는 외국 친구의 사진을 보면서 때로는 위로받는 역할도 하고 때로는 위로해 주는 역할도 하는 사이 스스로도 몰랐던 자신의 가치와 재능을 발견하게 된다.

이것이 '카메라야 부탁해!' 프로젝트다. 프로젝트의 출발은 해외 봉사활동 프로그램에 나의 대안 모색이었다. 빈곤, 장애, 사회적 차별 등의 이유로 충분한 관심과 기회를 얻지 못하고 살아가는 아이들에게 여행하는 카메라를 전달해 사진을 찍으면서 재미와 자존감을 경험하게 하는 것이 '카메라야 부탁해!' 프로젝트다.

그래서 결론만 얘기해서 이 프로젝트가 성공이냐 실패냐 그렇게 이분법으로 묻는다고 한다면, 나는 성공이라고 자신 있게 대답하겠다. 1차 순회를 마저 다 하기도 전에 아이들의 빛나는 사진과 감동적인 글이 내가 이 프로젝트를 통해 기대했던 효과를 입증해 보였다. 이 프로젝트에 참여한 아이들은 백 퍼센트 이상의 만족도를 보여주었다. 어떤 아이는 살면서 이처럼 행복한 순간이 또 없었다고 했다. 물론 내가 맛있는 것을 사주고 함께 놀러 가주고 사진을 찍게 해주는 등의 즐거운 경험을 선물했으니 당연한 결과일 수 있다. 그러나 사실 그것들은 있으면 좋고 없어도 그만인 옵션 같은 것들이었다. 처음부터 아이들은 내게 '행복한 항복'을 몸으로 선언했다. '하찮은 자신'에게 기회를 주고 특별한 관심을 쏟아주었기 때문이다. 사랑까지도 필요 없었다. 그저 관심과 지지만 듬뿍 보여줘도 그런 것이 결핍된 채 살아가는 아이들에게는 엄청난 자양분이 되는 것이다.

어쩌면 누군가는 이 프로젝트를 실패라고 심판할 수도 있다. 그러나 그런들 상관없는 일이다. 실패냐 성공이냐의 문제는 이미 오래 전에 내 관심을 벗어났기 때문이다. 언젠가부터 내게 중요한 것은 프로젝트 자체가 아니었다. 프로젝트 자체보다 내게 더 중요해진 것은 사람, 즉 스물두 명의 아이들과 그 아이들에 비친 나 자신이었다.

출발은 순전히 가난한 나라의 결핍된 아이들을 돕고 싶다는 선한 의도였다. 하지만 그 의도 속에 감춰진, 그 아이들에게 '구원자'로서 어필하려는 욕망을 나는 인정하지 않을 수가 없다. 그러나 그것은 나의 오만에 불과했다. 이 프로젝트가 끝나고 보니 정작 구원자는 내가 아니라 그 아이들이었다. 결과적으로 이 프로젝트를 통해 가장 성장하고 치유된 사람은 다름 아닌 나였다. 이런 결과는 애초 내 시나리오에는 없었던, 전혀 예상도 못한 일이다.

도대체 어디서부터, 어떻게, 왜 이런 마술 같은 일이 내게 일어난 것일까?

중독성 강한 살인 미소로 나를 들었다 놨다 한 베트남 아이들, 응옥아잉, 흐엉, 헙, 남, 레, 특……

이 프로젝트를 넘어 나까지 구원해 주고 잊지 못할 보람을 선사한 미얀마 아이들, 류바땡기, 뚜난디, 끌레아니, 아가수, 떼데퉤이, 휴윘느웨……

그 어떤 잔소리와 구박에도 쫄지 않는 치명적인 매력덩어리 몽골 아이들, 함에르덴, 뭉흐바트, 이칭허를러, 툽신치멕, 나몽차야……

바로 나에게 분에 넘치도록 큰 감동과 보람을 되돌려준 아이들이다.

2011년 10월부터 두 달 반, 이듬해인 2012년 8월부터 다시 두 달 반, 이렇게 두 차례에 걸쳐 나는 한국, 베트남, 미얀마, 몽골의 4개국을 돌면서 아홉 살부터 열여섯 살까지의 아이들 스물두 명을 만났다. 한국 편은 공개에 민감한 상황을 감안해서 책에 싣지 않았다. 이 책에 실린 아이들의 글과 사진은 베트남, 미얀마 그리고 몽골의 아이들 열일곱 명이 직접 찍고 직접 손으로 쓴 것들이다.

인간에게는 공유의 본능이 있다.

처음, 아이들은 자신의 감정을 담아 카메라를 공유했다.

이제, 나는 내게 일어난 그 마술 같은 날들을 복기하며 아이들의 힐링 포토와 메시지를 당신과 공유하려고 한다.

제1부

빛을 찍는 아이들

신짜오~ 깜언!

"알았지? 두 가지만 기억하는 거야. 하나, 무조건 많이 찍는다! 둘, 한 번 찍은 사진은 지우지 않는다! 하루에 백 장을 찍어도 돼. 다양한 각도로 찍어보면서 마음대로 찍고 싶은 만큼 찍는 거야. 단 미션이 있어. 공통 주제 열 가지는 기본으로 찍는 거야. 내가 나눠준 사진 일기장 있지? 거기 보면 첫날에는 무슨 주제의 사진을 찍는다고 되어 있지?"

대답이 없다. 속을 알 수 없는 열 개의 까만 눈동자만 나를 쳐다보고 있을 뿐이다. 베트남 아이들을 처음 만나 오리엔테이션을 하는 자리였다. 부족한 실력에 며칠 밤새서 만든 문서를 띄우고 열심히 프레젠테이션을 하는데 아이들은 처음부터 내내 이 모양이다. 물어도 대답이 없고 표정도 무심하다. 그저 따뜻함과는 거리가 먼 반응이라는 것만 확실할 뿐.

"자, 첫날은 '자기가 보기에 가장 멋지다고 생각되는 자신의 표정, 못났다고 생각되는 자신의 표정 각각 한 개씩 찍기'라고 되어 있지? 그럼 둘째 날에는? '장래에 되고 싶은 사람(또는 사물)에 대해서 찍기'라고 되어 있네? 셋째 날은 '지금까지 살면서 가장 기뻤던 일과 가장 슬펐던 일을 사진으로 표현하기'라고 되어 있고…… 그런 식으로 하루에 하나씩 미션으로 내준 주제에 맞춰서 사진을 찍는 거야. 이건 정답이 있는 게 아니야. 어렵게 생각할 필요 없고 그냥 떠오르는 걸 찍으면 되는 거야. 그러고 나서 사진 일기장에 왜 그걸 찍었고 그걸 찍으면서 어떤 느낌이 들었는지 쓰면 돼. 이해돼?"

여전히 대답이 없다. 천장의 선풍기가 맹렬히 돌아가는 소리만 들린다. 내 머릿속에는 온갖 걱정과 불안이 춤을 추기 시작했다. 애들이 왜 이러지? 학교에서 안 좋은 일이라도 있었나? 서로 싸웠나? 통역이 문젠가? 내 설명이 어려워? 설마 아이들이 마지못해 끌려온 거야? 대체 뭐가 잘못된 거니~

"그렇게 2주 동안 사진을 찍고 나서 카메라를 돌려주면 내가 그 카메라를 들고 다음 나라인 미얀마로 갈 거야. 그럼 미얀마 친구들이 너희가 찍은 사진을 보면서 상상하겠지? 아아~ 베트남 친구들은 이런 걸 먹고, 이런 데서 살고, 이런 것들을 갖고 노는구나 하고 말이야. 그런데 너희, 미얀마가 어디 있는지는 아니?"

그나마 몇몇이 고개를 좌우로 흔들며 리액션을 보여주었으니 망정이지 안 그랬으면 정말 "나 돌아갈래~" 하고 소리 지를 뻔했다. 나는 벽에 붙은 커다란 세계 지도에서 베트남, 미얀마, 몽골, 한국을 찾아 설명하고 나머지 프레젠테이션을 꿋꿋하게 마쳤다. 하지만 속으로는 벽에다 베트남 아이들이 속을 알 수 없는 무표정과 경직된 자세로 프로젝트에 대한 소개를 듣고 있다. 아이들도 나도 모든 게 생소하고 어색한 첫날 첫 시간이다.

머리를 쥥으며 울고 싶은 심경이었다. 이건 내가 상상했던 장면과는 달라도 너~무 달랐다. 그러니까 나는 언감생심 산타클로스 할아버지를 만난 아이들을 상상했던 거다! 좋다고 방방 뛰고 팔에 매달리고…… 그런데 방방 뛰기는커녕 심드렁한 표정에 비호의적인 공기라니…… 내가 한국에서 정성껏 준비해 온 한국 과자 키트와 프로젝트 로고가 박힌 티셔츠를 선물로 나눠줄 때까지도 아이들은 데면데면했다. "깜언, 꼬 화~" 달랑 그 한 마디 하는 게 전부였다. 베트남 어로 '깜언'은 고맙다는 뜻이고, '꼬'는 젊은 아가씨에게 붙이는 호칭으로 나의 이름 끝자를 따서 '꼬 화'라고 부르는 것이다.

그런데 갑자기 분위기가 바뀌기 시작했다. 그 시작은 카메라였다.

"자, 그럼 카메라를 나눠줄 테니까 오늘부터 찍는 거다~ 먼저 카메라를 어떻게 작동시키는지 알아야겠지? 아주 쉬워. 여기 봐봐~"

그때까지 입을 꾹 다물고 있던 아이들이 카메라를 만지기 시작하면서 말문이 트였다. 실제로 카메라가 자기에게 주어지자 비로소 실감이 나고 호기심이 동하는 모양이었다. 어떻게 전원을 켜고 어디에 셔터가 있으며 찍은 화면을 보려면 어떻게 해야 하는지, 내 설명을 하나도 놓치지 않겠다는 듯 열심히 집중하는 아이들의 눈이 초롱초롱 빛났다. 가르쳐준 대로 따라해 보던 아이들이 플래시가 터지고 얼떨결에 사진이 찍히자 눈이 동그래졌다. 그 첫 사진을 신호탄으로 아이들은 금세 사진 찍기에 빠져들었고, 찍은 사진들을 바로바로 확인하면서 부끄러움과 우쭐함이 섞인 웃음들이 여기저기에서 터져 나왔다. 영영 곁을 안 줄 것처럼 꼿꼿하던 한 아이는 어느새 내 옆으로 쪼르르 와서는 자기가 찍은 사진을 보라며 손가락으로 가리켰다. 직접 행차해 주시고 말까지 걸어주시니 황송하

단언컨대 셀카 종결자, 레

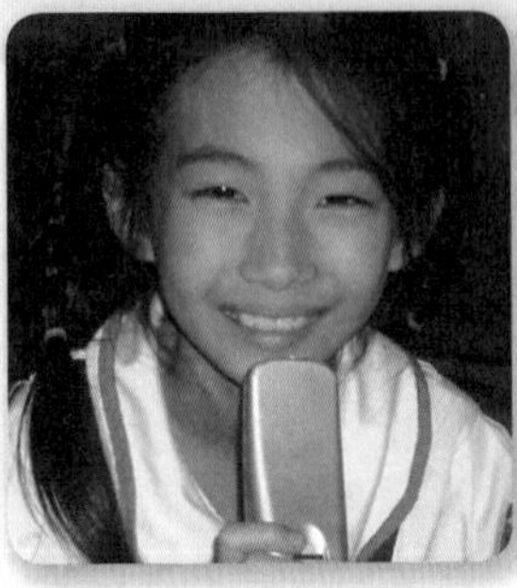

상상 그 이상의 4차원 꼬마, 흐엉

카메라만 들이대면 자동으로 나오는 '미스 베트남' 포즈, 헙

장차 베트남 제일의 미녀 탐정, 응옥아잉

베트남판 효녀 심청, 남

기가 이를 데 없는 심경이었다. 그래서 엄지손가락을 치켜 올리고 사진 훌륭하다며 연신 칭찬을 해댔더니 뭐 이 정도 갖고 오버 리액션이냐는 듯 시크하게 씩 웃으면서 돌아선다. 아이고, 사람을 들었다 놨다 들었다 놨다~ 요오물~~

많은 사람들이 베트남에 처음 오면 나처럼 오해하고 당황한다. 아마도 베트남 인 특유의 강한 자존심과 배타심 때문이 아닐까 싶은데, 딱딱하고 무뚝뚝한 표정과 다소 불친절하고 비호의적인 느낌을 주는 베트남 사람들을 많이 보기 때문이다. 하지만 알고 보면 전혀 그런 의도가 아닌데 표정이 오해를 불러일으키는 경우가 많다. 이 아이들처럼 말이다. 나를 적잖이 당황하게 만들고 소심하게 만들었던 베트남 아이들은 나중에 알고 보니 그저 수줍음과 낯가림이 심하고 감정 표현에 서툰 소녀들일 뿐이었다.

응옥아잉, 헙, 레, 남, 흐엉…… 바로 그 다섯 명의 베트남 소녀들과 나의 첫 만남은 그렇게 시작되었다. 2011년 10월 27일, 여기는 하노이 외곽의 탕와이 현 땀흥 마을이다.

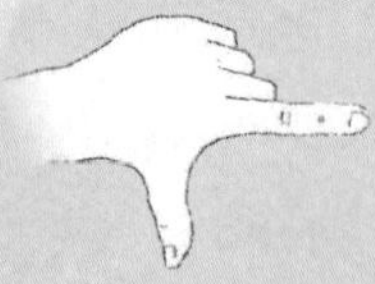

난 너무 예뻐~

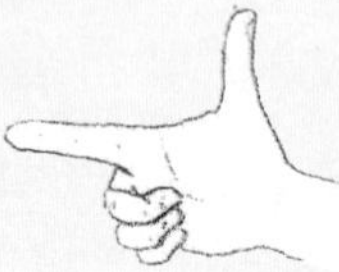

'카메라야 부탁해!' 프로젝트에 대해서 사람들이 많이 궁금해 하는 것 중 하나가 아이들의 선발에 관한 것이다. 어떤 기준으로 어떻게 선정된 아이들이 이 프로젝트에 참여하는 것이냐는 얘기다.

경제적인 빈곤이나 육체적 · 정서적으로 결핍 상태에 있는 아이에게 기회를 주는 것은 이 프로젝트의 전제이자 출발점이다. 다만 대상을 초등학교 1학년부터 중학교 3학년까지로 국한했다. 나이가 너무 어리면 프로그램을 따라오기 힘들 수 있고, 나이가 너무 많으면 입시 준비나 생계 활동 등으로 시간을 내기가 힘들기 때문이다.

사실 처음에는 내가 직접 아이들을 만나서 선발하고 싶은 욕심이 있었다. 하지만 무턱대고 그 나라에 가서 일일이 아이들을 만나고 선발한다는 것은 현실성이 없는 얘기일 뿐더러 그다지 좋은 방식도 아니었다. 사전에 아무 정보도 없고 최소한의 안전 장치도 없이 일을 진행하면 나뿐 아니라 아이들도 불안할 수밖에 없다. 그리고 프로젝트 취지에 맞는 아이들을 선발하는 일이라면 나보다 더 잘하고 나보다 더 잘 아는 사람들이 있었다. 바로 현지에 나가 있는 한국의 구호 단체들이다. 구호 단체들의 현지 지부는 지역 사회에 뿌리를 내리고 개발 사업을 하고 있기 때문에 지역 주민들의 사정을 어느 정도 파악하고 있고 기본적인 신뢰 관계도 형성되어 있기 때문이다.

그래서 사전에 '지구촌나눔운동'과 '지구촌공생회'라는 두 국제 구호 단체를 접촉하고, 아이들 선발부터 통역, 장소 제공 등과 관련해 협조를 요청했다. 베트남의 경우에는 지구촌나눔운동의 베트남 지부인 '한베센터'가 물심양면으로 도움을 주었다. 지구촌나눔운동은 한때 내가 활동했던 단체이고, 한베센터에는 나와 친한 활동가들이 일하고 있었다. 그래서 베트남에 오기 전에 미리 한베센터에 프로젝트의 취지를 설명하고 거기에 적절한 아이들을 선발해 줄 것을 부탁했다. 특히 첫 나라인 베트남은 이 프로젝트 자체의 존폐를 좌우할 정도로 중요했기 때문에 사전에 해놓을 수 있는 만큼 최대한 세팅을 해놔서 시행착오를 최소한으로 하고자 했다.

그렇게 해서 적게는 아홉 살에서 많게는 열다섯 살까지 다섯 소녀가 최종 선발되었다. 바로 첫날 나를 전전긍긍하게 만든 그 아이들, 흐엉, 응옥아잉, 남, 협, 레다.

그런데 베트남 아이들에게는 공동점이 있다. 아이들이 하나같이 예쁘다는 사실이다. 아닌 게 아니라 나부터 한베센터의 간사에게 아이들을 베트남 농촌의 아이들은 일상적으로 많은 집안일을 한다.

학교에서 돌아오면 식사 준비와 가축 돌보기는 기본이요,

부모를 도와 농사일을 거들기도 한다.

외모 순으로 뽑은 것 아니냐고 물었을 정도이다. 하지만 주인공이 예뻐서 손해 볼 일이 뭐 있겠는가? 같은 값이면 다홍치마라는 말도 있다. 나는 오히려 아이들이 예쁘다는 게 운이 좋고 예감이 좋다고만 여겼다. 사흘 뒤, 아이들이 찍어댄 그 엄청난 셀카 사진들을 보기 전까지는 말이다.

카메라를 손에 쥐자 베트남 아이들이 제일 먼저, 제일 많이 찍은 사진은 다양한 각도의 '자아도취적' 셀카였다. 보고 보고 또 봐도 예쁜 게 자기 얼굴인가 보다. 누가 더 많이, 누가 더 예쁘게 찍나 서로 경쟁이라도 하듯 아이들은 저마다 셀카로 도배질을 해놨다. 이런 셀카에 보는 이로 하여금 손발 오글거리게 만드는 이른바 '예쁜 척하기'는 기본이다.

그 중에서도 '셀카 종결자'라고 할 수 있는 아이가 있으니 이름하여 레다. 셀카로는 성에 차지 않았는지 의상과 소품까지 제대로 갖추고 귀여운 표정, 섹시한 포즈, 똑똑한 분위기 등등 혼자 연출부터 소품, 캐스팅, 주연 등을 다 해서 자화상 사진을 시리즈로 찍어놨다. 열네 살의 레는 발육 상태가 좋아 한 살 많은 다른 두 아이들보다 오히려 언니로 보일 정도다. 요즘은 헤어스타일로 멋내기에 꽂힌 듯하다.

레는 가방에 늘 거울과 빗을 갖고 다니면서 틈만 나면 거울을 들여다보고 머리를 만진다. 이마에 찰싹 붙여놓은 깻잎머리 스타일이 바람에 날려 흐트러질까봐 레는 자전거를 탈 때도 한 손은 손잡이에, 다른 손은 앞머리에 가 있는 아이다. 하노이의 10월은 가만히 있어도 이마에 땀이 맺히는 뜨겁고 습한 날씨다. 한겨울이면 또 모르겠지만 청바지 소재의 재킷은 쪄 죽겠다는 각오 아니라면 입고 다닐 수 없다. 그런데 레는 다른 아이들이 반소매의 교복 차림으로 다닐 때에도 재킷을 걸치고 다녔다. 보다 못해 덥지 않느냐고 재킷을 벗으라고 하면 레는 전혀 덥지 않다고 대답했다. 남몰래 이마에 밴 땀을 닦아내면서 말이다.

레의 뒤를 바짝 추격하며 자기 사진으로 도배질한 두 번째 아이는 열다섯 살의 협이다. 사흘 동안 협이가 찍은 사진들은 예쁜 꽃 사진들 아니면 감귤아가씨나 고추아가씨 선발 대회에 출전한 '아가씨'처럼 포즈를 취하고 웃고 있는 협이의 독사진들이 전부이다시피 했다. 아닌 게 아니라 이목구비가 선명하고 어떤 각도에서 봐도 예쁜 얼굴이라 나중에 미인대회에 출전하는 거 아닌가 모르겠다. 왜 이렇게 셀카를 많이 찍었냐는 나의 우문에 당연한 것 아니냐는 표정으로 협이 이런 현답을 내놓았다.

"스스로 찍으면 표정이 더 자연스럽고 더 예쁘게 나오거든요."

사실 아이들이 찍은 사진 중에 자기 사진이 월등히 많은 데에는 이유가 있다. '잘 나온 자기 사진'에 대한 욕심은 보편적이고 원초적인 욕구일지 모른다. 누구든 카메라가 생기면 예쁘거나 멋지게 자기 사진을 찍어 간직하고 싶지 않은가? 사람은 자기가 갖지 못한 것을 남에게 주기 힘들다. 자기가 먼저 가져보고 누려본 다음에야 남도 가지면 좋겠구나 생각하게 된다. 그러니 질릴 때까지 실컷 자기 사진을 찍어 욕구를 충족시켜 주는 것은 의미가 있다. 그래서 아이들에게 준 미션 사진의 첫 번째 주제가 '자신이 보기에 가장 멋지다고 생각되는 자신의 표정, 못났다고 생각되는 자신의 표정 각각 한 개씩 찍기'인 것이다.

1. 가장 멋지다고 생각되는 자신의 표정, 못났다고 생각되는 자신의 표정을 각각 찍기.
2. 장래에 되고 싶은 사람(또는 사물)을 찍기.
3. 지금까지 살면서 가장 기뻤던 일과 슬펐던 일을 사진으로 표현하기.

아무리 더워도 두꺼운 재킷을 입고 다니는 건 비단 레뽄만이 아니다. 피부 하얀 여자를 미인으로 치는 탓에 베트남에서는 여자들이 무장 강도처럼 눈만 내놓고 온몸을 덮은 채 달리고 있는 광경을 쉽게 목격할 수 있다.

4. 자신이 갖고 있는 것 중 가장 값비싼 것과 가장 값싼 것을 각각 찍기.
5. 자신에게 가장 소중한 것과 가장 나쁜 것을 각각 찍기.
6. 나를 힘들게 하는 것(또는 사람)을 찍기.
7. 바라보면 볼수록 기분이 좋아지는 것, 볼수록 기분이 나빠지는 것을 각각 찍기.
8. 가족에게 주고 싶은 선물 딱 한 가지를 찍기.
9. 자기 자신에게 주고 싶은 선물 한 가지를 찍기.
10. 같은 카메라를 쓴 외국의 친구에게 해주고 싶은 말을 사진으로 표현하기.

이상 열 가지 주제의 사진 찍기를 모든 나라, 모든 아이에게 기본적으로 내주었다. 미션이라고는 했지만 못해도 그만이다. 결과적으로 어떤 아이는 하루에 몇 개를 몰아서 다 소화하는가 하면 어떤 아이는 서너 개밖에 소화하지 못했다. 그러나 아이들에게는 어느 정도 구조와 미션을 주는 것이 더 안전감을 준다. 아무거나 찍어봐라 그러면, 너무 방대해서 뭘 찍어야 할지 막막해하고 어렵게 여기는 경향이 있기 때문이다.

또한 나부터 아이들의 정보가 필요하다. 처음 보는데다 외국인인 나에게 자기 얘기를 술술 할 수 있는 아이는 그리 많지 않다. 더군다나 자신의 비밀스러운 후회나 상처에 대해서 얘기해 보라고 하면 아이든 어른이든 간에 선뜻 털어놓으려 하지 않는 것이 당연하다. 그런데 그것을 사진으로 찍어보라고 하면 얘기가 달라진다. 직접적으로 얘기하지 않아도 되고 이미지나 상징을 통해 간접적이고 안전하게 자기를 표현할 수 있기 때문이다.

그렇게 사진을 함께 보면서 이야기를 시작하면 자연스럽게 아이의 이야기를 끌어낼 수 있다. 그리고 글을 덧붙이면 사진만 봤을 때는 몰랐던 정보가 나온다. 그뿐 아니라 아이들의 개성과 감수성이 확연하게 드러나는 것이 사진 일기다.

그리고 결과는 기대 이상이었다! 베트남 아이들의 사진 일기장을 받아보고서 나는 사진 일기 프로그램이 예상했던 것 이상의 가치와 즐거움이 있다는 사실에 가슴이 뛰었다. '보기보다 내성적인' 베트남 아이들은 사진보다 일기를 통해 자신을 더 잘 드러내고 있었다.

"사랑하는 저의 자전거예요. 자전거를 타면 더 빨리 학교에 갈 수 있고 다른 일도 더 빨리 할 수 있어요. 이 자전거는 예쁘지 않지만 몇 년 동안 학교에 다닐 수 있게 했고 비록 낡았지만 견고해요. 저한테도 매우 유용한 것이에요." (협)

"가장 좋아하는 때는 아침이에요. 아침에는 모든 사물이 반짝인다고 생각해요." (레)

"나무를 찍었어요. 아름다운 특징을 가지고 있기 때문이에요. 혼이 담긴 것 같아요." (레)

새 자전거를 타고 싶다고 떼를 쓰기보다도 넉넉하지 않은 집안 형편을 먼저 생각하는 협이를 단순히 얼굴'만' 예쁜 아이라고 할 수 있을까? 아침에는 모든 것이 반짝거린다는 레의 이야기를, 인터넷과 책으로 자연을 아는 한국의 도시 아이들이 과연 이해할 수 있을까?

베트남은 세계 2위의 쌀 생산국으로 1년에 삼모작도 가능한 나라다. 농사가 가장 중요한 수입원인 베트남 농촌 마을에서 특히 여자아이들은 일상적으로 많은 일을 한다. 학교에 가지 않는 시간이면 부모를 도와 농사일을 거들거나 요리를 하고 가축들을 돌보는 등 집안일을 알아서 하는 것이 보통이다. 아이들이 사는 땀흥 마을은 전형적인 베트남 농촌 마을로, 2008년에 행정 구역상 하노이 시에 편입되긴 했으나 주민들의 소득이 하노이 시의 연간 주민 소득 1,200달러에 절반도 못 미친다.

그러나 마음의 풍요는 단지 경제력에만 좌우되는 것이 아니다. 여기 아이들은 자고 나면 한 뼘씩 자라는 진한 녹색의 나무들과 언제든지 손 뻗으면 따 먹을 수 있는 과일이 지천에 널려 있는 자연 속에서 성장한다. 사시사철 벼가 자라는 들녘에는 밤마다 개구리와 맹꽁이가 합창을 하고 심심하면 뜰채를 들고 냇가에 가서 고기를 잡고 수영을 한다. 감수성의 차원이 다르지 않으려야 않을 수가 없는 것이다.

감수성, 하면 응옥아잉을 빼놓을 수가 없다. 열두 살의 응옥아잉은 샛노란 머리띠가 트레이드마크로 헙이와 자웅을 겨룰 만큼 얼굴이 예쁜 아이이다. 그런데 사진 일기장을 보니 얼굴 예쁜 건 저리 가라 할 만큼 마음이 예술이다. 응옥아잉의 순수한 마음을 무형문화재로 지정시켜 두고 두고 감상하고 싶을 따름이다. 여기, 장차 베트남 제일의 여탐정이 되실 응옥아잉님의 어록 되시겠다.

"코난 만화책을 찍었어요. 왜냐하면 저는 나중에 코난처럼 유명한 탐정이 되고 싶거든요. 아마 저와 똑같은 생각을 하는 친구들이 많을 거예요. 여러분도

여러분의 꿈을 이루기 위해 노력하세요." (응옥아잉)

"제일 싼 것은 채소예요. 지난번에 홍수가 나서 밭이 물에 잠겼거든요. 그래서 한동안 야채가 비싸졌었는데 지금은 다시 싸졌어요." (응옥아잉)

"꽃봉오리예요. 향기를 피우며 미모 경쟁을 하는 꽃이 마치 저를 상징하는 것 같아요. 전 늘 웃어요. 피기 전의 꽃이나 잎이 진 후의 꽃은 행복해 보이지 않아요." (응옥아잉)

"제 비밀은 언니 가방을 고장 나게 만든 거예요. 아직도 언니는 그 사실을 몰라요. 저는 처음에 바로 미안하다고 말하지 않아서 엄청 후회하고 있어요. 친구들아! 너희는 나처럼 잘못된 행동을 했다면 용감하게 인정하길 바라~" (응옥아잉)

이렇게 여린 감성과 따뜻한 마음씨의 아이들이 첫날 그렇게 무뚝뚝하고 냉정해 보였던 그 아이들과 동일 인물이라고라! 아이들이 사진을 찍지 않았더라면, 사진에 덧붙여 글을 쓰지 않았더라면 나는 이런 아이들을 겉모습만 보고 오해할 뻔하지 않았는가!

그리고 베트남의 다섯 아이들 중 가장 막내인 흐엉이가 있다. 흐엉이는 아홉 살이다. 내 나이 아홉 살에도 이런 상상을 했을까? 자신이 선물을 주고 싶은 사람에 대해 물었을 때 보통 아이들은 자기 자신이나 가족을 대상으로 떠올리는데 이 4차원 꼬마는 상상을 뛰어넘는다.

베트남에서는 아침이면 집집마다 작은 제단 위에 향을 피운다. 이런 소소한 일상은 대개 사진으로 담아낼 생각을 하지 못하는데 응옥아잉은 추리 소설을 좋아하는 소녀답게 예사롭지 않게 여기고 포착했다.

"제가 선물을 주고 싶은 사람은 신데렐라입니다. 신데렐라는 심성이 곱거든요. 그 아이가 공부할 수 있도록 선물해 주고 싶어요. 신데렐라가 이렇게 고생하는 것을 보고 하느님은 신데렐라에게 왕자님을 보내주셨답니다." (흐엉)

"해바라기 꽃을 그린 벽화를 찍었어요. 꽃의 작은 몸은 태양처럼 화려하게 피고 밝은 미래를 상징해요. 우리 아이들이 밝은 미래를 향해 가는 것을 상징하고 있어요." (흐엉)

흐엉이는 장미란 선수라면 한 손으로 들어도 충분히 들어올릴 수 있을 만큼 아주 조그맣고 깡마른 아이다. 그런데 그 조그만 녀석이 첫날 오리엔테이션 때 어찌나 냉정하고 깐깐한 표정으로 앉아 있던지, 나를 소심하고 전전긍긍하게 만든 장본인 중의 장본인이 바로 그 꼬마다. 그래서 많이 바라지도 않았다. 그저 사진이나 찍어주신다면 황송할 따름이라는 심경이었다.

그런데 흐엉이는 "무조건 많이 찍고, 찍은 건 무조건 지우지 말라"고 한 내 당부를 새겨듣고 착실하게 따라주었다. 찍은 사람으로서는 포커스가 나갔거나 너무 평범한 풍경이라거나 해서 망친 사진, 후진 사진이라고 생각할 수 있는데 사실은 오히려 그런 사진들이 더 참신하고 보는 이의 정서를 자극할 수 있는 경우가 많다. 그렇기 때문에 찍은 사진은 절대 지우지 말고 가져오라고 첫날부터 아이들에게 신신당부했던 것이다.

하지만 흐엉이보다 나이가 많은 '언니'들은 어떻게든 예쁘고 근사한 것만 담으려고 했고 자기 얼굴이 못생기게 나오거나 조금만 굴욕적으로 보여도 바로 삭제했다. 이런 자체 검열 현상은 고학년이고 내성적일수록 심했다. 한창 외모에 신경 쓰일 나이이니 이해 못할 바도 아니다. 그러다 보니 중학생 언니들의 사진은 예쁜 척하고 찍은 자화상 사진들 아니면 흔하디흔한 꽃과 나무 사진이 대부분이다. 문제는 이런 사진들은 예쁘기만 하지 개성이나 울림이 없다는 데 있다.

그렇지만 흐엉이는 발상부터 다른 아이였다. '예쁘게'보다 '즐거워서' 사진을 찍었기 때문이다. 잠에서 막 깨어 인상은 잔뜩 구겨져 있고 머리는 산발이며 팬티 바람이어도, 자기가 봐서 웃기고 즐거우면 그뿐이다. 다른 사람한테도 '지못미'('지켜주지 못해 미안해'라는 뜻)라는 게 없다. 꽃분홍 파자마 차림의 엄마가 민망한 포즈로 퍼질러 앉아 있어도 자기 기준에 최고 미인은 엄마니까 찰칵! 아빠의 팔에 있는 커다란 문신이 오해를 불러일으킬 수 있다는 염려는 안중에도 없고 그저 슈퍼맨보다 멋진 우리 아빠니까 찰칵!

흐엉이네는 다섯 아이들 중에서 가정 형편이 가장 어렵다. 흐엉이 아빠는 몇 년째 실업자로 집에 있고 엄마가 한베센터의 청소 잡역부로 일을 해서 근근이 먹고 산다. 하지만 흐엉이는 가난을 숨겨야 할 부끄러운 것으로 여기지 않는 것 같다. 아빠가 돈을 벌어다주지는 않지만 자기를 사랑해 주고 동생을 돌봐주니 세상에서 가장 좋은 아빠다.

흐엉이 혼자 찍은 사진만 400장이 넘는다. 이 중 100장이 집 안에서 찍은 사진이다. 개는 어디에 묶여 있고, 밥은 무엇을 어떻게 먹으며, 새장에 새는 몇 마리나 있는지, 흐엉이네 집에 직접 가보지 않아도 사진이 다 알려주고 있었다. 흐엉이는 자기 집뿐만 아니라 이웃 사람들도 거리낌 없이 카메라에 담았다. 마을을 누비고 다니며 상의를 입은 둥 마는 둥 한 채 올챙이배를 불룩하게 내놓고 있는 앞집 아저씨도 찍고, 강한

으영이에게는 슈퍼맨보다 멋진 남자가 자기 아빠요, 세상 그 누구보다도 사랑스러운 존재가 자기 동생이다. 카메라 너머로 으영이의 눈은 반달이 되어 있고 입은 귀에 걸려 있을 것이다. 아빠처럼, 동생처럼.

베트남 여성의 아우라를 풍기는 묘한 카리스마의 옆집 할머니도 찍었다. 사진 속 그들은 하나같이 편안하고 자연스러운 포즈를 취한 채 카메라를 향해 웃고 있었다.

바로 이것이다. 자체 검열 없는 사진, 부끄러움 없는 가난, 의도하지 않고 마구 찍기 등이 흐엉이로 하여금 좋은 사진들을 마구 쏟아내게 했다. 이것이 나이 어린 아이들이 가진 백만 불짜리 경쟁력이다. 나 같은 외부인들은 물론이고 레나 헙이 찍었다 해도 그런 일상적인 사진과 자연스러운 포즈는 담아내지 못했을 것이다. 생각해 보라, 작고 귀여운 꼬마가 알짱대면서 카메라를 들이대고 나름 분위기 잡는데 그걸 본 어떤 어른이 어떻게 무장해제되지 않을 수 있겠는가! 그래서 사진 속 사람들이 자신도 모르게 엄마 미소, 아빠 미소를 짓고 있는 것이다. 그래서 그 사진을 본 사람들 또한 그렇게 엄마 미소, 아빠 미소를 짓게 되는 것이고.

누구든 어떻게 쓰느냐에 따라 핸디캡이 되기도 하고 메리트가 되기도 하는 것이 바로 이 '나이'다. 처음에는 흐엉이가 너무 어려서 카메라가 돌고 도는 시스템에 대해 이해를 못하는 것 같고 사진 일기장을 쓰는 것도 벅차게 여기는 것 같았다. 다시 설명을 해주면 열심히 고개는 끄덕거리는데 나중에 보니 사진 일기장의 절반을 엄마가 대신 채웠다. 그런데 흐엉이의 어린 나이는 역설적으로 좋은 사진을 탄생시켰다. 이해력과 책임감은 떨어지지만 한 살이라도 더 적은 아이들은 그만큼 더 사진이 좋은 것이다!

어떤 사진이 '좋은 사진'이냐 하는 질문에는 정답이라는 게 없을 것이다. 다만 나는 찍는 사람의 느낌이 전달되는 사진, 이야기가 상상되는 그런 사진이 좋은 사진이라고 생각한다. 얼굴이 반쯤 잘리고 초점이 안

조그만 여자아이가 카메라를 목에 걸고 동네를 누비고 있다. 흐엉이네 이웃 아저씨들이 시키지도 않았는데 아빠 미소를 짓고 있는 이유다.

"가스레인지를 쓰는 것보다 장작을 쓰는 것이 좋습니다. 비용을 절감할 수 있으니까요. 가스는 매우 위험해요. 바람직한 방법은 볏짚으로 요리하는 것이라고 생각해요." (헙)

맞으면 좀 어떤가! 찍는 사람이 느꼈을 정서가 고스란히 전달되고, 그래서 보는 이의 정서를 자극한다면, 완성도는 좀 떨어져도 충분히 좋은 사진이다. 그런데 그런 사진들은 기계가 아니라 마음으로 찍는다. 그렇기 때문에 카메라의 디테일한 기능 따위는 몰라도 된다. 그저 오토 모드로 놓고 찍어도 충분하다.

내가 아이들에게서 기대했던 건 '잘 찍은' 사진이 아니라 그런 '좋은' 사진이었다. 날것 그대로의 일상이 담겨 있고 보는 이로 하여금 엄마 미소, 아빠 미소를 짓게 만드는 사진. 흐엉이는 나의 기대와 믿음이 헛되지 않았다는 것을 증명해 준, 희망의 증거였다.

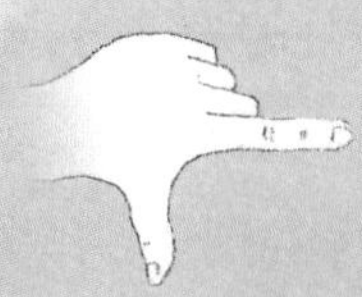

사진, 빛이 적는 빛

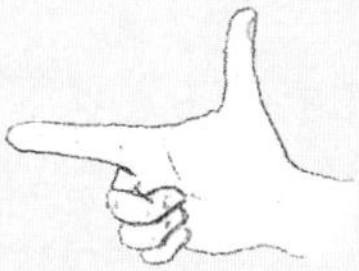

나는 사진 작가가 아니다. 정식으로 사진 공부를 해본 적이 없으며, 어떻게 찍어야 사진이 멋지게 나오는지 변변한 기술도 가진 게 없다. 그러다 보니 더 가르쳐주려야 가르쳐줄 것도 없다. 내가 아이들에게 가르쳐주는 것이라고는 전원을 켜고 끄는 법, 배터리 갈고 충전하는 법, 찍은 화면 확인하는 법 등 카메라의 기본 작동법 정도이다. 만약 내가 이 프로젝트를 하는 데 있어 사진에 관한 테크닉이 필수 조건이라고 생각했다면 어떻게든 공부해서 준비했을 것이다. 하지만 나는 애당초 아이들에게 사진 잘 찍는 법을 가르칠 생각이 없었다. 이 프로젝트는 사진 수업이 아니기 때문이다.

제목부터 카메라를 내세우고는 있지만 엄밀히 말해 이 프로젝트에서 사진은 목적이 아니라 수단이다. 아이들에게 준 카메라도 사진 작가들이 들고 다니는 그럴듯한 DSLR 카메라가 아니다. 이른바 똑딱이라고 하는 조그만 자동 카메라이고, 그나마도 중고 카메라다. 이쯤 되면 사람들이 묻는다.

"그런데 왜 하필 사진이죠?"

사진에 착안하게 된 결정적 모티브는 네팔에서 만난 아이들이 제공했다. 이 프로젝트를 구상하기 몇 달 전 나는 네팔에 답사 겸 여행을 갔다가 소녀들만 수용되어 있는 보육원을 방문하게 되었다. 그곳에는 히말라야 산골 오지에서 가난하게 살다 내전으로 부모를 잃고 고아가 됐거나 가난한 부모가 돈 몇 푼에 팔아 넘겨 인신매매의 위기에서 구제된 사연을 갖고 있는 소녀들이 살고 있었다. 아이들을 직접 보기 전에는 선입견을 갖고 있었던 게 사실이었다. 아무래도 버림받은 상처가 있는 아이들이니 칙칙하고 경계심이 많을 것이라고 말이다.

그러나 아니었다. 내 선입견이 무색하리만큼 아이들은 다들 밝고 예의바르고 상냥했다. 소녀들만 모여 있다 보니 보육원의 공기에는 여성성이 충만했다. 더불어 내 마음까지 훈훈해지고 편안해지는 것이 다시 한 번 방문하고 싶게 만들었다. 그렇게 사흘 연속으로 보육원을 방문해서 어린 아이들 목욕시키는 것도 거들고 함께 밥도 먹으면서 일없이 어슬렁거렸다. 아이들이 내 손을 잡으며 부쩍 내게 친밀감을 표시한 시점은 내가 포크를 버리고 아이들과 똑같이 손으로 밥을 퍼먹은 뒤부터였다.

식사 후 우리는 정원에서 햇볕을 쬐면서 한가하게 서로 사진을 찍어주고 놀았다. 그 당시 내 카메라는 크고 무거운 DSLR 카메라였다. 다음 날 안나푸르나 트레킹을 하기로 되어 있어 히말라야의 설산을 찍어보겠이 프로젝트의 모티브가 된 네팔에서 만난 아이들. 모든 아이들에게는 숨겨진 빛이 있고 사진은 그 숨은 빛을 끌어낼 수 있는 탁월한 도구라는 사실을 내게 깨닫게 해주었다.

다는 야심찬 포부 하에 평소에는 들고 다니지 않던 DSLR 카메라에 망원 렌즈까지 챙겨왔던 것이다. 제법 있어 보이는 카메라가 낭랑한 소리로 찰칵거리니 아이들의 시선이 자꾸 카메라에 쏠렸다. 처음에 아무 생각 없이 아이들 사진을 찍어주던 나는 호기심을 보이는 아이에게 카메라를 넘겨주었다. 사진은 카메라가 알아서 찍어줄 것이니 걱정하지 말고, 이 카메라로 찍고 싶은 사람이 있으면 마음껏 찍고 다시 가져오라고 했다. 카메라가 무거워서 아이들이 바닥에 떨어뜨리기라도 하면 어쩌나 하는 후회가 뒤늦게 들었지만, 그땐 왜 그랬는지 '뭐 고장 나면 할 수 없고~' 그러면서 천하태평으로 광합성에 취했다.

그렇게 카메라는 이 아이에게서 저 아이에게로 돌고 돌다 한참 후 다시 내게로 돌아왔다. 우리는 머리를 맞대고 찍은 사진들을 감상하기 시작했다. 결과물은 역시 예상했던 대로 구도 무시, 초점 무시 사진들이 대부분이었다. 그런데 이상한 일이 벌어졌다. 아이들이 찍은 사진에는 어떤 중독성 같은 것이 있었다. 이상하게 계속 들여다보게 만들고, 들여다보면 이상하게 흐뭇해졌다. 잘 찍은 사진은 별로 없는데 '좋은 사진'들이 무더기로 쏟아졌던 것이다.

자세히 보니 아이들이 직접 찍은 사진들에서는 피사체의 표정이 너무도 자연스럽고 사랑스러웠다. "네가 원래 이렇게 예쁜 아이였냐?"고 내가 새삼 감탄을 했을 만큼 다시 보인 아이도 있었다. 그 아이는 내가 찍어준 사진에서는 그저 그런 외모로 전혀 시선을 끌지 못하는 아이였다. 그런데 비교해 보니 내가 찍어준 사진에서는 미소만 지었는데 친구 아이가 찍어준 사진에서는 눈부시도록 환하게 웃고 있었다. 찍는 사람이 누구냐에 따라 피사체의 표정이 이렇게 다르다는 것은 나 같은 어른이

나 서로를 잘 모르는 사람은 절대로 건질 수 없는 사진이라는 게 있다는 얘기다. 찍는 사람이 친구이고 아이이면 어떤 피사체든 자기도 모르게 무장 해제되고 자연 발광한다는 것을 그때 깨달았다.

한 가지 더! 사진들을 훑어보다 시선을 끄는 사진이 있으면 나는 찍은 사람이 누구인지 물어보고 아이에게 칭찬을 해주었다. 그런데 우연의 일치인지 같은 아이가 계속 손을 들었다. 그 아이는 사진을 찍기 전까지는 존재하는지조차 몰랐던 아이였다. 소심하고 소극적이어서 존재감 없던 아이가 그렇게 독보적인 존재감으로 반전된 것이다. 그때 알았다.

모든 존재는 저마다 빛을 품고 있다는 것을!

어떤 아이는 찍히는 대상이 아니라 찍는 주체였을 때 더 빛난다는 것을!

사진을 뜻하는 영어 'photography'라는 단어의 어원은 'photo'(빛)와 'graphy'(그리다)이다. 그래서 사진을 '빛의 그림'이라고 말을 한다. 빛을 담은 사진이 한 존재의 내면 속 숨은 빛을 일깨워준다는 것이 신비하지 않은가!

내가 처음으로 아이들에게 카메라를 넘겨주기 시작한 것은 네팔에 가기 3년 전쯤이었다. 당시 나는 요르단에서 혼자 사막 트레킹을 시도하는 무모한 짓을 감행했고, 그러다 우연히 사막의 유목 민족인 베두인 족 양치기 아이들을 만났다. 평소처럼 처음에는 아이들의 사진을 찍어주고 찍은 사진을 아이들에게 보여주는 정도로 놀았다. 그런데 어떻게 해서 사진이 찍히는 것인지 아이들이 몹시 신기해하고 궁금해 했다. 관광객들이 들고 다니는 것을 보면서 카메라가 어떤 것인지를 알기는 했지만 카메라를 제대로 본 적이 한 번도 없는 것 같았다.

그래서 카메라의 작동법을 가르쳐주고 아이들에게 직접 찍어보게 했다. 아이들은 서로를 찍어주면서 너무나 재미있어했다. 그리고 자기들이 찍은 사진이 포커스가 나가거나 피사체의 얼굴을 잘라먹은 것을 보면서 정신없이 깔깔댔다. 그 웃는 얼굴이 너무나 눈부셔서 나도 아이들 사진을 찍어주었다. 그렇게 십여 분을 아이들과 나는 서로 '모델 놀이'를 하면서 신나게 놀았다. 어찌나 흠뻑 빠져 놀고 흥분했던지 정신을 차려보니 난리가 났다. 양들이 아주 멀리 가버린 것이다. 혼비백산한 아이들은 인사도 제대로 못하고 양떼를 향해 달음박질쳤다. 내게 두고두고 비타민이 된 사진을 남기고.

지금도 힘들고 외로울 때면 이 사진을 들여다보고 기운을 차린다. 정말 보고 또 봐도 볼 때마다 감탄스럽다. 배경인 하늘보다도 어떻게 아이들의 웃는 얼굴이 더 푸를까! 이 사진을 보고 있노라면 내 마음의 주름이 펴지는 것 같다. 그런데 나중에 알게 된 사실이 있다. 카메라를 건네주기 전과 후의 아이들 표정이 전혀 다른 것이었다. 아이들을 처음 만나서 찍은 사진들에는 그런 환한 표정이 없었다. 자세도 다소 경직되어 있었다. 그런데 아이들이 직접 사진을 찍기 시작한 이후의 사진들을 보면 아이들의 표정도 자세도 눈빛도 달라져 있었다.

요르단의 양치기 아이들의 사진을 보면서 나는 사진을 찍는다는 것이 아이들에게 얼마나 신나는 경험인지, 사진을 찍으면서 함께 노는 것이 친밀감 형성에 얼마나 큰 도움이 되는지 알게 되었다. 그리고 네팔 아이들의 사진을 보면서 아이들 안에는 숨겨진 빛이 있고 그것을 사진이 끌어낼 수 있다는 것을 알게 되었다.

이것이 내가 사진에 착안하게 된 이유이다. 그래서 '카메라야 부탁해!' 프로젝트를 구상하면서 내가 쓴 사업 계획서에는 이 프로젝트의 동기가

요르단에서 우연히 만난 양치기 아이들. 가난한 아이들을 사진 찍어주는 것보다도 그 아이들이 직접 사진을 찍게 하는 것이 왜 의미 있고 필요한 일인지를 내게 가르쳐주었다.

이렇게 씌어 있다.

"저마다 빛은 있다. 단지 지금은 빛나지 않을 뿐이다. 아이들이 스스로 숨은 빛을 발견하고 자기가 얼마나 빛날 수 있는 존재인지를 깨닫게 하고 싶다. 그러기에 사진만큼 좋은 수단은 없다!"

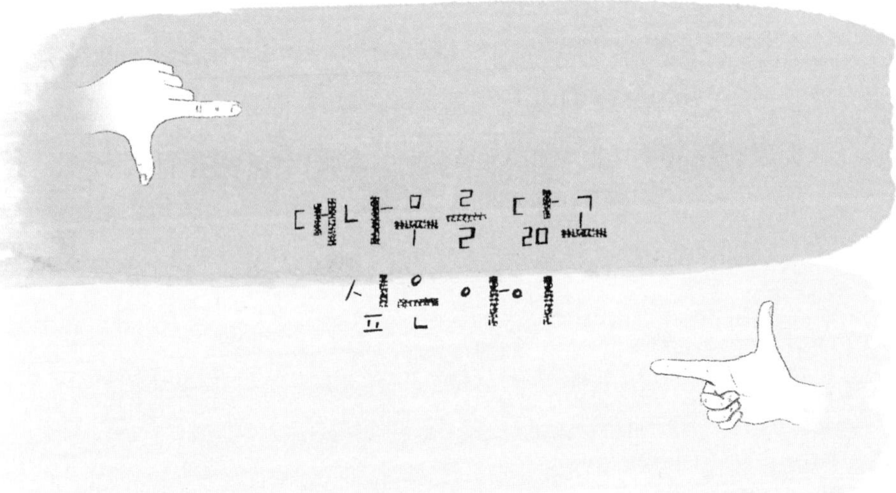

대나무를 닮고 싶은 아이

어느덧 2주가 지났다. 이제 베트남에서의 마지막 일정만 남겨놓고 있었다. 마지막 일정은 나와 아이들이 함께 출사 겸 일일 소풍을 가는 것이었다. 아이들에게 특별한 추억도 선물하고 아이들과 친밀감도 쌓을 목적으로 가까운 곳에 가서 하루 사진 찍고 놀기로 했다. 그런데 이 아이들, 참 일관성 있다! 소풍 가자고 하면 아이들이 반색을 하며 좋아할 줄 알았는데 반응이 쿨해도 너무 쿨하다. 소풍을 가자고 하니 가주신다는 식이고, 가기 싫으냐고 물으니 심드렁하게 "가고 싶어요" 한 마디 하는 걸로 끝이다. 그러더니 소풍 당일 반짝거리는 구두에 꼬까옷 차림으로 약속 시간보다 한 시간도 더 일찍 집합해서 나더러 빨리 떠나지 않는다고 성화다. 좋으면 좋다고 티 좀 내주면 안 되겠니, 애들아~

그러나 그로부터 30분 후, 거의 모든 아이들의 얼굴이 누렇게 떴다. 멀미 때문이었다. 가는 내내 택시 창문 밖으로 위험하게 고개를 내밀고 바깥 공기를 쐬며 가는 아이, 귤껍질로 코를 틀어막다시피 하는 아이, '키미테'를 귀밑에 붙이고 온 아이, 토할까봐 아예 아침밥을 거르고 온 아이…… 그러더니 결국 택시가 목적지에 도착하는 순간 레가 빛의 속도로 뛰쳐나오며 길바닥에 전을 부쳤다.

그렇게 레의 아침 식사 메뉴를 확인하는 것으로 놀이 공원에서의 일정은 시작되었다. 아이들에게 소풍 장소를 정해보라고 했더니 속전속결 만장일치로 놀이 공원을 정했다. 택시를 타면 20분 정도로 가까운 거리에 위치해 있지만 실제로 가본 적이 없다고 했다. 차가 없는 사람들은 오기 힘든데다 입장료도 비싸기 때문이다. 그래서 놀이 공원에 가보는 것이 아이들의 평소 로망이었던 것 같다.

과연 놀이 공원은 개장한 지 몇 년 되지 않아서 최신 시설을 갖추고 있었고, 넓은 면적에 다양한 놀이 기구와 동물원까지 있어 아이들이 좋아할 만한 곳이었다. 좀 전까지 멀미 때문에 오만상을 찡그리고 얼굴이 누렇게 떠 있던 아이들이 놀이 공원이라는 '신세계'에 입장하는 순간 언제 그랬냐는 듯 얼굴이 꽃처럼 활짝 피고 설렘으로 빛났다. 입구부터 앞다투어 인증샷을 찍어대고 쓰레기통까지 멋지다며 셔터를 눌러댔다. 텔레비전에서만 봤던 놀이 기구를 처음 타보고, 생전 처음 보는 동물들도 보고, 푸드 코트에서 점심을 사먹는 사치도 처음 누려보고…… 그렇게 한나절 동안 아이들은 많은 '첫 경험'들을 했다. 그러면서 처음으로 내게 행복과 고마움의 감정을 숨기지 않고 표현해 주었다. 그것은 내게도 행복하고 뿌듯한 '첫 경험'이었다.

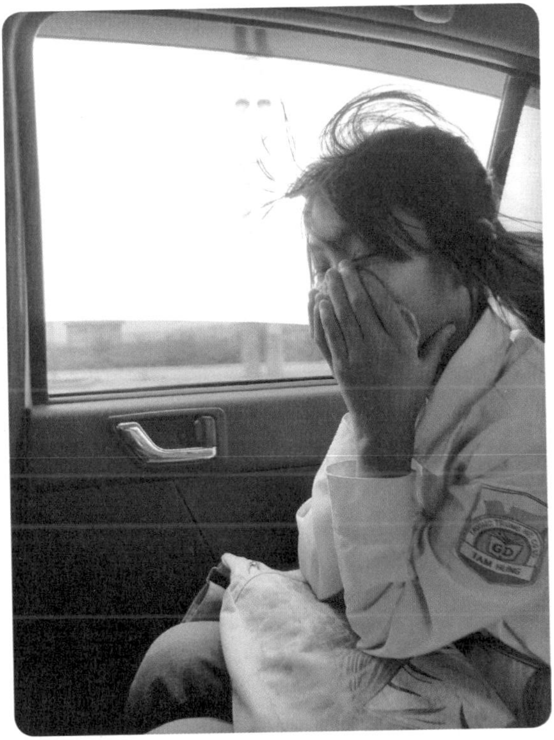

차멀미로 사투를 벌이고 있는 헙. 도로 포장 상태가 좋지 않은데다 주로 자전거나 오토바이를 타고 다녀서 그런지 택시 같은 승용차를 타게 되면 베트남 아이들은 차멀미를 잘하는 편이다.

내가 이 프로젝트를 하는 목적이며 기대하는 바는 명백하다. 하지만 프로젝트에 참여하는 아이들이 그것을 백 퍼센트 이해하고 있다고 생각하지는 않는다. 내용에 관해서는 잘 모르겠지만 어쨌든 자신이 선택되어 잃을 건 없는 것 같고, 따라가면 뭔가 재미있는 게 있을 것 같다고 육감적으로 느껴져서 참여했을 것이다. 사실 아이들이 꼭 알아줘야 할 이유도 없다. 그냥 따라가면서 느끼면 될 뿐이고, 끝까지 이해 못한다 해도 어쩔 수 없는 일이다.

하지만 나는 돈 많은 자선 사업가가 아니다. 그런데 아이들이 나를 돈이 많아서, 퍼주는 걸 좋아해서 이러고 다니는 사람이라고 오해하지는 않을지 그런 노파심이 늘 있었다. 그래서 아이들에게 솔직하게 이야기했다. 그리고 이 프로젝트의 취지에 동의해서 43명의 후원자들이 모아준 후원금으로 오늘 여기 놀러 온 것임을 설명하고, 원하는 놀이 기구를 모두 태워주는 건 너무 호사스러운 것 같으니 놀이 기구는 두 개만 골라서 타자고 제안했다.

내가 너무 생색내나? 아이들이 좀 치사하다고 생각할까? 하기 쉽지 않은 말이어서 꺼내기가 어려웠었다. 그런데 역시 베트남 아이들, 일관성 하나는 확실하다! '쏘 쿨~'하게 고개를 끄덕인다. 잘 알아들었고 날 이해한단다. 속마음은 실망하고 서운했을지 모르겠지만 어느 한 명도 떼를 쓰지 않았다. 머리를 맞대고 즐겁고 신중하게 토론을 하더니 귀신의 집과 대관람차로 낙찰 지었다. 그리고 자기 음료수는 자기 돈으로 사 먹었다. 심지어 레는 내게 선물이라면서 자그마한 기념품을 사서 주기도 했다. 알고 보니 아이들마다 주머니에 꼬깃꼬깃 몇천 원씩 챙겨왔다. 난생처음 놀이 공원이라는 곳을 온 아주 특별한 날이어서 다들 자기 용돈을 비상금으로 챙겨온 것이다. 단 한 명, 남이만 빼고.

남이는 다른 아이들이 음료수를 사먹을 때에도 목마르지 않다며 뒤로 빠져 있었다. 다른 아이들이 어떤 기념품을 살까 행복한 고민을 하고 있을 때에도 남이는 기념품 가게 밖에서 조용히 기다렸다. 남이는 레와 협이와 같은 학년인 열다섯 살 소녀다. 그리고 내게 유난히 신경 쓰이고 생각하면 마음이 짠해지는 아이가 바로 남이다. 그 아이의 사진이 그렇고 마음이 그렇고 표정이 그렇다.

"대나무는 베트남 국민의 인내력과 의지를 상징해요. 저는 제가 대나무를 닮았다고 생각해요. 왜냐면 어떤 고된 환경에도 불구하고 극복해 내기 때문이에요. 대나무는 강한 삶의 에너지가 있어요. 저도 그러고 싶어요. 저를 상징하는 것으로 대나무를 고르고 찍으면서 무척 기뻤습니다." (남)

자기 스스로를 상징하는 것을 사진으로 찍으라고 하니 아이들은 누가 소녀 아니랄까봐 전부 꽃을 찍었다. 그런데 유일하게 꽃이 아닌 나무, 그것도 밋밋하고 수수한 대나무를 선택한 아이가 있었다. 남이다. 다른 아이들은 빨간 꽃, 노란 꽃, 향기로운 꽃, 활짝 핀 꽃 등으로 무대 위에서 화려하게 스포트라이트를 받고 싶어 하는데, 남이는 향기도 없고 벌도 날아들지 않는 대나무를 자처하며 기껏해야 무대의 배경이 되거나 아니면 주연인 꽃을 부각시키는 조연 역할에 만족하는 것이다.

이러니 첫인상에서 경쟁력이 있을 턱이 없다. 다섯 명의 베트남 아이들 중 흐엉이는 막내라서, 응옥이잉과 협은 미인이라서, 레는 센스가 남달라서 각각 기억에 남았다. 그런데 남이는 이렇다 할 특징이 없고 적극

아이들이 놀이 공원의 랜드마크인 대관람차를 탈 수 있게 되었다며 흥분할 때 남이는 유독 무섭다는 이유로 타지 않았다. 함께 있되 혼자 있는 이 아이…… 남이의 그 전형적인 모습을 레가 사진에 담았다.

적으로 어필하는 아이도 아니었다. 그래서 남이에게는 미안한 말이지만, 나는 첫날 남이가 어디에 앉아 있었고 무슨 말을 했는지 하나도 기억에 없다. 남이에 대한 첫인상을 굳이 표현하자면 '존재감 없는 아이'였다.

그러던 것이 사진을 찍으면서 역전되었다. 남이의 존재감을 내가 처음 인식한 건 사진을 보면서부터였다. 다른 아이들의 사진은 휙휙 넘어가는데 이상하게도 남이의 사진들은 자꾸 시선이 붙들렸다. 잘 찍어서도 아니고 못 찍어서도 아니다. 남이의 사진들을 보고 있으면 이상하게 여운이 남고 어떤 정서가 유발된다. 개 사진만 비교해도 그렇다. 아이들마다 꼭 찍는 사진이 있는데 바로 개 사진이다. 그런데 유독 남이가 찍은 사진 속의 개는 뭔가 이야기하는 것만 같고 쓸쓸한 느낌을 준다. 나만 그럴까?

놀이 공원의 심벌이라고 할 만한 대관람차를 드디어 탄다는 감격에 들떠서 아이들은 재잘거렸다. 그런데 남이는 대관람차 타는 것이 무섭다면서 기어이 타지 않았다. 그래서 밖에서 혼자 기다리고 있는 남이를 대관람차 안에서 레가 사진을 찍었다. 레도 남이의 모습이 마음에 걸렸나 보다. 이 사진을 보면 남이의 전형적인 모습을 보는 것 같아서 짠하다.

남이가 찍은 인물 사진들도 정면 모습보다는 측면이나 뒷모습의 사진이 많다. 남이의 사진들을 보면 어떤 장면인지 직접 보지 않아도 상상이 된다. 과감하게 정면에서 카메라를 들이대지 못하고 소심하게 주변부를 맴돌다 슬며시 한 컷 찍고 고요히 물러나는 그런 아이. 장면 안에 들어가 있기보다는 장면 밖으로 나와 있는 것이 자기 자리인 것처럼 편해 보이는 아이. 이 아이는 왜 이러는 걸까? 이런 느낌의 사진은 어디서 나오는 걸까?

"작년에 남이 엄마가 사고로 돌아가셨어요. 공사장에서 인부로 일했는데 높은 데서 떨어져 죽었대요."

닭똥 같은 눈물을 뚝뚝 흘리는 남이를 대신해 통역이 설명해 주었다. 아이들 모두에게 공통적으로 한 질문이었고 그저 가족 관계에 대해 묻는 평범한 질문이었다. 그런데 남이가 갑자기 감정이 복받쳐 말을 잇지 못했다. 가족 얘기만 나와도 죽은 엄마 생각이 나서 아프고 슬픈 모양이었다. 엄마를 잃은 지 채 1년도 되지 않은 것이다. 세상에서 가장 의지하고 사랑하는 존재를 상실한 슬픔이 어찌 크게 한 번 우는 것으로 치유될까! 두고두고 우는 것이 마땅하고 잊을 만하면 한 번씩 생각나서 통곡하는 것이 당연하다. 그러니 지금 남이에게 필요한 격려는 이제 그만 울고 힘내라는 말이 아니다. 눈물이 나면 참지 말고 실컷 울어서 충분히 슬퍼하라고 해야 한다. 그렇게 충분히 애도 과정을 치르지 않으면 살다가 아주 엉뚱한 곳에서 아주 엉뚱한 대상에게 느닷없이 폭발한다. 내가 그랬듯이.

"몇 달 전에 소나기가 마구 쏟아지던 날이었는데 남이가 엉엉 울고 있는 거예요. 그래서 무슨 일이냐고 물었더니 수확한 벼를 햇볕에 말리려고 마당에 내놓고 나왔대요. 그런데 이제 비 때문에 다 젖게 되었으니 어떡하냐고, 그게 슬퍼서 운다는 거였어요."

통역을 도와주던 간사가 부연 설명해 주었다. 엄마가 돌아가신 후 남이는 집에서 가정주부 역할도 해야 하고 어린 남동생의 엄마 역할도 해야 한다. 열다섯 살 아이답지 않게 속이 깊고 철이 일찍 든 것도 그 때문이다. 어린 나이에 엄마를 비극적으로 떠나보내야 했던 트라우마는 남이의 정서와 성격에 적지 않은 영향을 끼쳤을 것이다. 사별로 인해 남

모든 아이들이 꼭 찍는 사진이 있다. 바로 개를 찍은 사진이다. 그런데 남이가 찍은 개는 유독 여운이 남는다. 어쩐지 하고 싶은 말이 있는 것만 같고 어딘가 쓸쓸한 느낌을 자아낸다. 나만의 느낌일까?

겨진 사람들이 갖는 죄의식이 남이를 위축시키고 뒤로 물러나게 만드는 것 같다. 어쩌면 아직까지도 자책감과 자기 연민의 롤러코스터를 타고 있을지 모른다. 그런데 자기 연민을 느껴본 사람만이 타인에 대해서도 동정심을 가질 수 있다.

"이 장애인은 코와 입이 붙어 있어서(일명 언청이) 호흡이 어려워 보여요. 이 장애인을 사진 찍으면서 슬픈 감정을 느꼈어요. 나와 비슷한 나이의 학생 같은데 태어날 때부터 이런 거잖아요." (남)

례는 나들이 가는 사람답게 새 옷을 입고 왔다. 그러나 남이는 교복에 낡은 책가방을 들고 왔다. 아마도 오빠가 쓰던 것을 물려받았을 것으로 여겨지는 그 가방은 십대 소녀와 어울리지 않는 색 바랜 카키색이었다. 그런데 남이는 그 가방을 끌어안고 있다시피 했다. 다 낡은 가방을 왜 그렇게 소중히 여기는지 처음에는 의아했는데 나중에 알고 보니 모서리가 헤져서 천이 너덜너덜해 그 부위를 손으로 가리느라 끌어안는 모양새가 된 것이었다. 다른 아이들이 2, 3천 원짜리 소소한 기념품을 사고 음료수를 사먹을 때에도 남이는 돈 한 푼 안 써서 돈이 없어 그러는 줄 알았다.

그러나 막판에 대반전이 일어났다. 다른 아이들이 쓴 돈을 몽땅 합쳐도 남이가 그날 하루 쓴 돈보다 적다! 남이가 기념품 가게에서 거금을 주고 야구 모자를 산 것이다. 자기 자신을 위해서는 물 한 병도 사지 않던 아이가, 자기 가방은 다 낡아서 자기도 부끄러워 손으로 가리고 다니던 아이가 1년은 족히 모았을 용돈을 털어 산 그 야구 모자는 주인이 따

남이가 찍은 이웃집 마당 풍경에 남이의 일상이 있다. 엄마가 돌아가신 후 때로는 가정주부로, 때로는 어린 남동생의 엄마로 사는 열다섯 살 남이.

로 있었다.

"이 모자, 아빠한대 선물로 드릴 거예요."

감동이 쓰나미처럼 나를 덮쳤다. 너희 아버지는 너 같은 딸이 있어 정말 행복하겠다고, 아버지가 이 선물 받으면 정말 감동받으실 거라고 말해주었다. 남이는 수줍게 살포시 웃었다.

"아버지는 엄마가 돌아가신 후 항상 집에 계시면서 저희 자식 세 명에게 먹을 것, 공부할 것을 챙겨주세요. 저는 아버지가 힘드시지 않게 도와드리고 싶지만 제가 할 수 있는 게 많이 없어요. 집 쓸기, 마당 쓸기, 밥 짓기, 설거지하기, 빨래하기밖에 할 수 있는 게 없어요." (남)

본의 아니게 남이를 울린 것 때문에 남이에게 미안하기도 하고, 막판 대반전의 감동이 여운으로 남아서 아이들과 헤어지고 난 후에도 계속 마음이 갔다. 편애를 하면 안 된다는 것도 알겠지만 그냥 가면 내가 두고두고 후회할 것 같았다. 남이의 깊고 고운 속을 몰랐으면 모를까, 알고도 그냥 넘어갈 수는 없었다. 출국 날까지는 하루의 시간 여유가 있었다. 나는 시장에 가서 남이에게 줄 책가방을 하나 샀다. 그리고 나대신 전달해 줄 것을 한베센터의 간사에게 부탁하고 베트남을 떠났다.

그로부터 얼마 후 남이가 아주 고마워하더라는 뒷이야기를 전해 들었다. 다시 그로부터 얼마 후에는 남이가 최근 아주 밝은 모습이 되었다는 소식이 들려왔다. 내 편애가 남이의 긍정적인 변화를 견인했다고 볼 근거는 없다. 그런데 말이다, 나라면 그럴 것 같다. 누군가 "너는 감동이야!"라고 하면서 사랑을 듬뿍 표현해 준다면 구름 위를 떠다니는 기분일

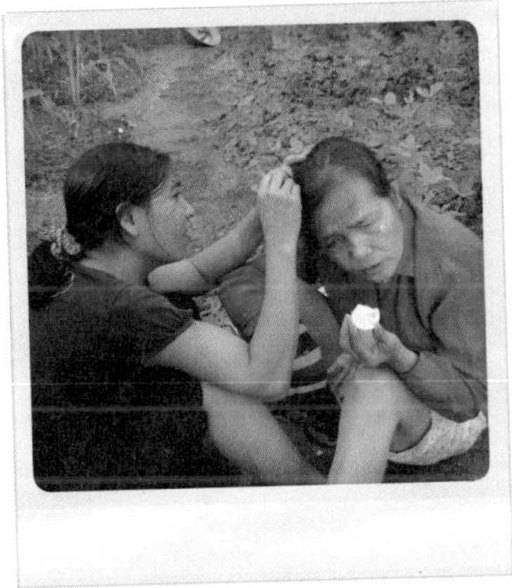

것 같다. 누군가 "우리만 아는 비밀이야!"라고 하면서 오직 나에게만 선물을 준다면 어깨에 힘 팍팍 들어가 씩씩하게 살 것 같다. 다시 만났을 때 나를 보고 실망하지 않도록.

그렇게 첫 나라, 첫 실험이 마감되었다. 나름 사전에 준비한다고 했건만 실전에 부딪쳐보니 고려해야 할 변수도 많고 모든 준비가 너무 치밀하지 못했다. 예상했던 것보다 저질 체력도 관건이었고 능력 부족도 많이 느꼈다. 하지만 희망도 느꼈다. 막막하고 무모하게 시작한 이 실험이 어찌 됐든 새드 엔딩으로 끝나지는 않겠다는 예감도 들었다. 이 정도면 됐다. 지금은 이 정도로 충분하다……

구원의 예감

예감 1. 이 나라를 열렬히 사랑하게 될 것 같다.

예감 2. 여기 이 아이들이 이 프로젝트를 구원해 줄 것 같다.

예감 3. 결국 나는 이 나라를 오고 또 올 것 같다.

프로젝트에 참여할 미얀마 아이들을 처음 만나고 돌아온 날 내가 SNS에 남긴 글이었다. 이렇게 앞서가다 나중에 실망하면 어쩌나 걱정도 되었지만, 살면서 흔히 겪는 예감과는 종류가 다른, 섬광처럼 강력하게 꽂히는 예감이었다. 스무 살에 첫사랑과 처음 만나고 머릿속에 운명이라는 단어를 떠올리며 실램에 잠을 설쳤던 그날처럼 말이다.

조짐은 아이들이 있는 학교에 들어서는 순간 왔다. 경계선을 넘자마자 감수성과 여성성으로 충만한 공기가 온몸으로 느껴졌다. '카메라야 부탁해!' 프로젝트의 모티브가 되었던 네팔의 여자 보육원을 방문했을 때의 바로 그 공기였다. 거기에 예사롭지 않은 비주얼이 내 시선을 사로잡았다. 수백 명의 소녀들이 온통 파르라니 깎은 민머리를 하고 핑크빛 승복 차림을 하고 있었다. 스님들인 것이다. 교실 안, 기둥 뒤, 우물 옆 등에 몸을 숨기고 호기심 가득 나를 훔쳐보는 수백 개의 눈들이 반짝거렸다. 그러다 내 눈과 마주칠라치면 수줍게 몸을 꼬며 한 마디씩 했다.

"밍글라바(안녕하세요)~"

소녀 스님들 160여 명을 포함해서 인근 마을에서 통학하는 아이들까지 총 300명이 넘는 학생들이 북적대는 이곳은 싼먀디따 사원이다. 싼먀디따 사원은 미얀마의 수도 양곤의 한참 외곽에 위치해 있는 비구니 사원이다. 이 프로젝트의 미얀마 편은 '지구촌공생회'라는 NGO의 협조를 받았다. 비구니 사원이라는 정보는 사전에 들었지만 수백 명의 소녀들이 머리를 밀고 스님으로 사는 광경을 맞닥뜨리니 흥분이 되었다. 아이들이 365일 함께 먹고 자고 공부하며 집단으로 생활하는 이런 독특한 환경은 어떤 사진이 되어 나올까?

두근두근 설레는 마음으로 아이들이 찍은 사진들을 처음 확인했다. 미얀마 아이들이 이 프로젝트를 구원해 줄 것 같다는 나의 예감은 정확히 적중했다. 겨우 사흘 동안에 아이들이 찍은 사진이 수백 장에 달할 뿐만 아니라 9첩 반상처럼 다채롭고 화려했다. 가짓수만 많은 게 아니라 맛도 일품인 산해진미의 경연장이었다.

진짜 별걸 다 찍었다 싶을 정도로 시시콜콜 일상적인 풍경까지 카메라 세 대에 낱낱이 담았다. 싼먀디따 사원의 하루 24시간을 그림으로 그

점심 식사 전 예의를 갖추고 순서를 기다리고 있는 소녀 스님들. 싼먀디따 사원은 미얀마의 몇 안 되는 비구니 사원으로서 부모 곁을 떠나 온 소녀 160여 명이 이 사원에서 숙식하며 교육을 받고 있다.

리라고 하면 그럴 수도 있을 것 같았다. 새벽 4시 예불 시간이면 모두 법당에 모여 경건하게 합장하는 아이들, 조막만한 손으로 쌀을 씻어 자기 몸집만한 커다란 솥에 밥을 안치는 아이, 천차만별 무늬의 노란 타나까를 바른 얼굴에 초록색 치마를 입은 초등학생들, 볕 좋은 날이면 아이들의 교복이자 외출복, 잠옷이기도 한 핑크빛 승복들이 빨랫줄 가득 널린 뒷마당, 중단됐다 후원금이 생기면 다시 재개되고 그러면서 3년째 공사중인 벽체뿐인 교실, 방과 후 그 교실에서 숨바꼭질을 하는 동네 꼬마 녀석들과 꼬마 스님들, 오후가 되면 비구니 스님들이 밥그릇을 옆구리에 꿰고 마을로 나가 쌀을 얻는 탁발, 밤이면 출입문도 없고 창문도 없는 지붕뿐인 교실에서 줄기차게 덤벼드는 모기와 싸우며 밤을 밝혀 공부하는 고학년 아이들……

그뿐이 아니다. 자기들이 무슨 유비, 관우, 장비라고 세 소녀 스님이 손을 맞잡고《삼국지》의 도원결의 코스프레를 하고 있질 않나, 빗자루를 기타삼고 바가지를 모자삼아 록 밴드 흉내를 내고 있질 않나, 숙제 검사하는 선생님 뒤에서 몰래 혀를 내밀고 메롱 하질 않나…… 매일 저녁 삼삼오오 모여서 한쪽에서는 모델 놀이를 하고 다른 한쪽에서는 재연 놀이를 하며 사진 찍기 삼매경이었다. 조신한 자세가 몸에 배어 있던 그 스님들이 실은 이렇게 짷고 까불고 방정떠는 악동들이란 말이야? 윤리 교과서를 그대로 옮겨놓은 듯 양보와 배려의 미덕을 보여주던 그 스님들이 사실은 미모 경쟁에 날 새는 줄 모르는 십대 소녀들 맞다고?

그 믿기지 않는 마법을 휘두른 것은 바로 카메라였다. 카메라가 엄숙한 승복 뒤에 가려진 '아이다움'을 불러낸 것이다. 카메라를 쥐고 있는 동안에는 마법에 걸린 듯 스님 모드에서 소녀 모드로 자동 전환되었다.

기타 대신 빗자루요, 모자 대신 바가지지만 폼만은 어디 내놔도 뒤지지 않는 '나는 가수다!' 카메라가 생긴 이후 매일 저녁 아이들은 서로 사진을 찍어주며 연예인 놀이 삼매경에 빠졌다.

그도 그럴 것이 아이들은 사원 안에서 텔레비전도 없고 변변한 놀잇감도 없어 단조롭고 적적한 일상을 보내고 있었다. 그런데 어느 날 갑자기 카메라라고 하는 신기하고 재미있는 장난감이 하늘에서 뚝 떨어진 것이다. 사원에 있는 거의 모든 아이들이 사진이라는 걸 찍어본 적이 없었다. 카메라라는 것을 실물로 본 게 처음인 아이들도 상당수였다.

특히 까까머리 소녀들이 머리를 맞대고 카메라에 찍힌 사진을 확인하다가 해맑은 표정으로 카메라를 응시하고 있는 사진은 감격스럽기까지 하다. 그래서 미얀마 편 사진들을 보면 아이들이 카메라를 빌미로 한바탕 신나게 놀았다는 것이 고스란히 느껴진다. 너무도 즐거워하고 그 소박한 낙에 행복해하는 아이들을 보니 나 자신도 덩달아 즐겁고 행복해진다. 가슴이 뻑적지근해 왔다.

내가 왜 이 프로젝트를 하려 했는지, 정말 그만한 이유와 효과가 있는 작업인지, 그 물음에 미얀마 아이들의 사진이 답을 해주고 있었다. 이 나라를 사랑하고 말 것 같다는 예감은 예감을 넘어 이미 진행중이었다.

문제는 사진이 아니라 아이들 선발 과정이었다. 미얀마의 경우처럼 집단에서 일부를 선발할 때에는 더욱 신중하고 조심스럽게 접근하지 않으면 안 된다. 어찌 보면 시설에서 사는 아이들이야말로 상황이 훨씬 열악하고 절실하다는 점에서 이 프로젝트의 대상으로 더 적합하고 이상적일 수 있다. 그래서 처음에는 다른 나라들도 고아원이나 난민촌 같은 시설에 가서 이 프로젝트를 진행할 생각도 해봤다. 하지만 이런 경우 괜한 상대적 박탈감을 줄 수 있다는 게 우려되었다. 나 혼자 커버할 수 있는 인원은 많아야 예닐곱 명이다. 집단 전체를 대상으로 할 수 없기 때문에 선발되지 못한 나머지 다수의 아이들이 상처받을 수 있는 것이다.

영락없는 개불이 십대들이다. 누구 하나 스님으로 여겨지지 않는다. 카메라를 손에 쥐면 아이들은 자기도 모르게 전환된다. 스님 모드에서 소녀 모드로.

카메라 세 대가 소녀 스님들 사이를 돌다 보니 이런 모습도 포착된다. 방금 찍은 사진을 보려고 까까 머리를 맞댄 아이들의 호기심에 찬 재잘거림, 부끄러워하는 웃음소리 등이 들리는 듯하다.

그래서 사전에 주지스님에게 미리 아이들을 선발해 달라고 부탁을 했다. 그 집단의 최고 책임자가 재량으로 선발하면 아이들도 납득할 것이고 내 심적 부담도 덜 수 있기 때문이다. 그런데 상황이 완전히 꼬였다. 첫날 내가 갔을 때 주지스님은 출타중이었고 부주지스님은 내용을 잘 모르고 있었다.

"부주지스님이 어떤 아이를 찾느냐고 물으시는데요?"

"어? 일단 가난한 집안의 아이여야 되고……"

"이 사원에 온 아이들 중에 가난하지 않은 아이는 없대요."

"…… 그럼 가난하면서 부모가 안 계신 아이로……"

"부모가 다 생존한 아이 찾기가 더 힘들 거라는데요?"

"…… 그럼 가장 먼 시골에서 올라온 아이는 어떨까?"

"양곤에서 1박2일이 걸리는 야카인이라는 지역이 있는데 그 지역에서 온 아이들만 해도 서른 명쯤 될 거래요."

그러면서 부주지스님이 나를 안심시킨답시고 하신 말씀이 나를 더 당혹스럽게 만들었다. 내가 찾는 조건의 아이들은 얼마든지 있으니 아이들을 직접 만나보고 내 마음이 가는 아이를 선발하라는 것이었다. 아이고, 나무아미타불 관세음보살~ 아이들이 무슨 쇼핑 대상도 아니고…… 여기가 무슨 오디션 현장도 아니고……

하지만 이 난국을 타개할 다른 방도가 떠오르지 않았다. 덕분에 비지땀을 한 바가지나 쏟았다. 35도를 웃도는 무덥고 습한 기온에 방 안에는 그 흔한 선풍기 하나 없었다. 나를 진땀나게 만든 것은 더위보다도 나의 '간택'을 기대하는 듯한 아이들의 초롱초롱한 눈망울들이었다. 차라리 가위 바위 보를 시켜서 1등부터 5등까지 선발하는 편이 공정할 뻔했다.

스님이 160여 명이나 되다 보니 사시사철 빨랫줄에는 핑크빛 승복들이 하늘거린다. 예복이자 교복이요, 외출복인 이 핑크빛 옷 한 벌의 가격은 2만 원 내외. 아이들이 가진 것 중 최고가의 물건이다.

형편이 더 어렵고 기회가 더 절실한 아이에게 기회를 준다는 게 이렇게 힘든 일이라니……

어찌어찌 프로젝트에 참여할 아이 다섯 명을 선정하고 나머지 아이들을 내보냈다. 나는 선정된 아이들보다도 내보낸 나머지 아이들에 못내 신경이 쓰였다. 그래서 찜찜한 기분으로 오리엔테이션을 진행하다 보니 횡설수설하고 중언부언하며 엉망이었다. 결국 아이들에게 말했다.

"나와 이 프로젝트를 하는 사람들은 너희 다섯 명이야. 하지만 그렇다고 카메라를 너희 다섯 명만 쓸 수 있다는 건 아니거든. 나는 너희가 친구들과 카메라를 나눠 쓰면 좋을 것 같은데, 그럴 수 있어?"

그때였다. 통역을 받자마자 아이들 사이에서 물결이 한 번 크게 출렁였다. 그때까지 본 가장 큰 리액션이었는데 그게 무슨 뜻이냐는 듯했다. 통역이 다시 설명해 주었고 나는 아이들이 거부하는 줄 알고 예민해졌다. 그런데 아니었다. 통역의 설명을 듣더니 다섯 아이들 모두 다행이라고 안도하면서 진심으로 좋아했다. 그러니까 내가 굳이 말할 필요가 없었던 것이다. 머잖아 알게 되었지만 이 아이들뿐만 아니라 미얀마 사람들에게 나눔은 일상이었다. 그래서 카메라도 나눠 쓰는 게 당연하다고 생각하고 있었는데 오히려 내가 그런 말을 하니 혼란이 왔던 것이다.

이런 리액션이 나올 줄은 정말 몰랐다. 그러면서 이 나라는 뭔가 달라도 많이 다르다는 것을 느꼈다. 앞서 말한 세 가지 예감이 강하게 나를 사로잡은 것도 그 순간이었다. 상황이 꼬여 처음에는 진짜 진땀을 흘릴 만큼 위기감을 느꼈는데 나중에는 상황이 완전 역전되었다.

미얀마 아이들은 그렇게 나를, 그리고 이 프로젝트를 한 단계 끌어올리고 있었다.

열 손가락 중에 더 아픈 손가락, 떼데퉤이

센티멘탈 소울의 소유자, 뚜난디

싼먀띠따 사원의 영순위 스님, 쥬바땡기

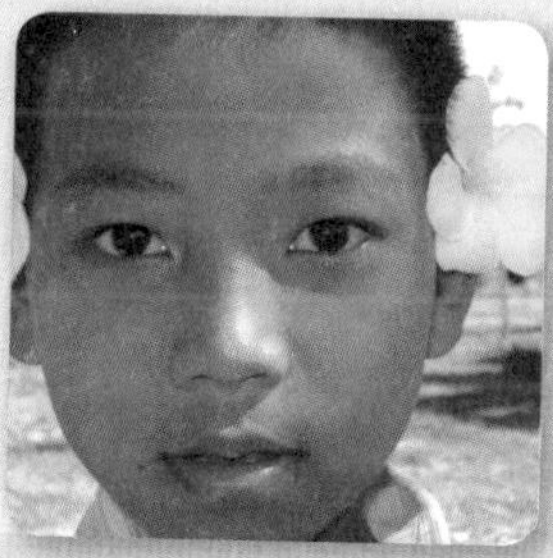

해피 바이러스의 청일점, 아가수

이보다 더 착한 아이 없습니다, 쥬윈느웨

우여곡절 끝에 합류한 제6의 멤버, 끌레아니

너무 일찍 철들지 마라, 아프다

"내가 가진 것 중에 가장 비싼 것이요? 승복이요." (뚜난디)

"없어요. 내가 가진 것이라고는 고향을 떠날 때 싸갖고 온 상자와 이불뿐이에요." (류바땡기)

싼마디따 사원의 소녀 스님들이 생활하는 공간은 쉽게 말해 군대 내무반과 비슷하다. 넓은 법당에서 수십 명이 함께 생활하면서 자기 한 몸 돌아누울 수 있는 정도의 공간이 유일한 개인 공간이다. 칸막이도 없다. 사물함 역할을 하는 커다란 궤짝이 유일한 살림살이다. 그 안에는 고유의 전통 복식과 부모님이 싸주신 이불, 그리고 자질구레한 학용품과 싸구려 티셔츠 몇 벌이 들어 있다. 아이들이 갖고 노는 장난감이라곤 옆구리가 뜯어졌거나 한쪽 눈알이 떨어져나간 낡은 봉제 인형 몇 개뿐. 유일한 호사는 탁발로 받아온 쌀을 팔아서 푼돈을 모았다가 어쩌다 한 번 노점에서 국수를 사먹거나 문구점에서 예쁜 학용품을 사는 것이다.

그렇게 스님으로 살면서 사원에서 의식주를 해결하는 아이들이 160여 명이나 된다. 고등학교 졸업반 아이들 중에는 머리를 기르고 티셔츠를 입은 민간인 신분으로 사원에서 숙식하고 있는 아이들도 많지는 않지만 몇 명 있다. 사원에서 살기 위해 의무적으로 스님이 되어야만 하는 규정은 없다는 뜻이다. 아이들이 스님의 삶을 선택한 것은 전적으로 본인과 부모의 뜻에 달려 있다. 그렇다면 대체 어떤 아이들이 스님의 삶을 선택하는 것일까?

미얀마는 공식적으로는 중학교까지 의무 교육이고 무상 교육이다. 하지만 등록금이 없다 뿐이지 학교에 다니려면 육성회비며 책값, 교복값 등등 이런저런 명목의 교육비를 부담해야 한다. 그래 봤자 1년에 몇만 원밖에 안 되지만, 여기는 한국이 아니라 미얀마다. 미얀마는 2012년 기준으로 1인당 GDP가 854달러(한화 87만 원)로 세계 184개국 중 161위, 최빈국 가운데 하나라는 꼬리표를 달고 있다. 수십 년 동안 군부 독재로 폐쇄되다시피 한 나라여서 국가 자체가 보유한 돈도 없고 국민도 대부분 농업에 의존하니 별다른 돈벌이랄 게 없다. 공립 학교의 수도 넉넉하지 않아 통학 비용과 시간도 문제다. 자녀수가 많거나 가장이 죽어 엄마 혼자 자녀를 키우는 경우에는 모든 자녀를 교육시킨다는 게 큰 부담이 될 수밖에 없다.

그래서 미얀마에서는 사원이 공교육을 보완하는 기능을 하고 있다. 미안마는 국민 대부분이 불교 신자인 만큼 도처에 사원이 있다. 이 사원들에서 운영하는 학교는 학용품에서 교복까지 일체 무료다. 그래서 사원 학교의 아이들은 자녀를 공립 학교에 보낼 형편도 못 되는 극빈층인 경우가 대부분이다.

싼마디따 사원의 아이들도 마찬가지다. 고향에 살면서 집과 가까운 사원 학교를 통학하는 방법도 있는데, 싼마디따 사원의 아이들은 양곤에서 수백 킬로미터 떨어진 산골이 고향이거나 소수 민족 출신들이 많다. 미안마는 70퍼센트가 버마 족이고 나머지가 130여 개의 소수 민족으로 구성되어 있는 나라다. 아무래도 주류인 버마 족과 소수 민족들 간에 충돌이나 차별 대우가 없을 수 없다. 불과 몇 년 전까지만 해도 미안마의 일부 지역에서는 반군과 정부군 간의 총질로 불안하고 위태로운 밤을 보내야 했다. 미안마는 아직도 외국인은 물론이고 자국민조차 마음대로 여행을 다니거나 아무 데나 가서 잘 수 있는 그런 나라가 아니다. 주거와 이동의 자유가 제한되어 있어 자신의 거주지와 다른 자치주로 가려면 엄격한 통제와 숱한 검문을 거쳐야 한다. 그런데 스님들은 어느 민족이 됐건 차별받지 않고, 엄격한 통제와 숱한 검문에서도 예외가 되어 비교적 자유롭다. 그래서 변방에 사는 소수 민족 출신 아이들은 싼마디따 사원이 있는 수도 양곤까지 무사히 가기 위해 미리 스님이 되는 의식을 치르고 고향을 출발한다.

뚜난디의 경우가 그렇다. 뚜난디는 미안마 소수 민족인 친 족族 출신이다. 고향은 양곤에서 1박2일이 걸릴 만큼 멀리 떨어진 야카인 지역이다. 남편이 죽은 후 혼자 농사지으며 살기도 벅찬 형편이 되자 뚜난디의 엄마는 3년 전, 뚜난디에게 동생의 손을 쥐어주고 싼마디따 사원으로 가

싼먀띠따 사원의 스님들 중에는 자매도 많고 사촌도 많다. 어린 동생을 위해 언니들은 누가 시키지 않아도, 누구에게 배우지 않아도 엄마 역할을 한다. 고작 열 살밖에 안 되어도 언니란 그런 존재다.

는 버스에 태워 보냈다. 그 버스에는 이미 뚜난디 자매처럼 이제 막 머리를 밀고 어색하게 스님 복장을 한, 미래에 대한 두려움과 엄마와 헤어지는 슬픔에 울지도 못하는 아이들이 수십 명이었을 것이다.

그래도 그렇지 어떻게 부모가 돼서 꽃 같은 딸을 어린 나이에 스님으로 살라고 할 수 있나, 한국인의 정서로는 납득이 안 될 수 있다. 하지만 가난은, 차별은 힘이 세다. 가난한 부모들은 딸이 자기처럼 평생 끼니 걱정하면서 학교 문턱도 못 가보고 뼈 빠지게 농사일만 하다 죽느니 스님으로 사는 한이 있더라도 아이를 교육시키는 게 낫다고 판단했을 것이다. 싼먀디따 사원에 아이를 보내면 무료로 먹여주고 재워주고 공부도 시켜준다니 생이별을 하더라도 딸의 장래를 위해서는 그 길을 선택하지 않을 수 없었을 것이다.

그래서 싼먀디따 사원의 스님들 중에는 자매지간이 함께 와서 언니가 어린 동생의 엄마 역할을 하며 지내는 경우가 많다. 사진 중에 병아리 스님들이 많은 이유도 그 때문이다. '언니'들이 카메라가 생기자 자기 친동생을 찾아 찍어주느라 신났던 것이다. 좋은 음식 먹거나 좋은 데 가면 가족이 생각나는 것처럼. 그나마 자매가 함께 있는 경우는 양호한 편이다. 소녀 스님들 중에는 고아도 꽤 많다. 거의 대부분은 양친 중 한쪽만 생존해 있는 경우다. 그리고 학교 문턱을 밟아보지 못한 극빈층 출신이나 고향에서 자기 민족의 언어만 쓰면서 살아온 소수 민족 출신들이다. 즉 표준어인 미얀마 어에 문맹 수준이라는 얘기다. 사정이 이러하니 사원에 온 첫해에는 아이들의 베개가 마를 날이 없다.

뚜난디 또한 고향에서 자기네 민족 언어인 친 족 언어만 쓰면서 살았다. 그래서 처음 사원에 왔을 때에는 미얀마 어를 몰라 더욱 외롭고 서러웠다. 고향에서의 자유로웠던 생활과 달리 규율과 예절을 지키고 집단 생활을 해야 하는 사원 생활도 너무 힘들었다. 엄마 보고 싶다고 우는 동생을 어르고 달래다 함께 울곤 하느라 사원에 온 첫해에는 베개가 마를 날이 없었다고 한다. 지금은 말도 잘 통하고 친구들과 사는 것도 좋다고 생각하고 있지만, 이렇게 적응하는 데 1년이 넘게 걸렸다고 한다.

"가끔 예고 없이 엄마한테 전화가 올 때가 있어요. 그런 날은 하루 종일 기분이 좋아요. 그런데 어떤 날은 엄마가 안 좋은 소식을 전해주기도 해요. 그런 날은 며칠 동안 마음이 아파요." (뚜난디)

현재 사원의 최연소 소녀 스님은 네 살이다. 올망졸망 병아리 스님들이 빡빡머리에 승복을 입고 있는 모습은 너무 귀여워 깨물어주고 싶다. 그러나 한편으로는 그 어린 나이에 이러고 사는 게 얼마나 힘들까 싶어 짠하다. 그 아이들이 뭘 알아서 스님이 되었겠는가? 그저 부모가 그러라고 하니까 머리를 밀었을 것이고, 언니가 함께 간다니까 언니만 믿으면 되는 줄 알고 떠나왔을 것이다.

그 나이의 아이들이란 무릇 엄마 무르팍에서 떼도 쓰고 말썽도 부려야 마땅하다. 그런데 여기 아이들은 떼를 쓰고 싶어도, 어리광을 부리고 싶어도 받아줄 상대가 없으니 그런 걸 해본 경험이 없다. 스님이라는 신분 때문에 또래 아이들만큼 실컷 놀면서 자라지도 못한다. 한창 개구쟁이 짓을 해야 하는 나이에 스스로 알아서 빨래를 하고 밥짓기를 하며 사는 아이들이다. 결국 정상적인 발달 단계를 뛰어넘어 이른바 '일찍 철든 아이'가 되는 것이다.

좋은 음식을 먹거나 좋은 구경을 하면 가족이 절로 생각나는 것처럼, 카메라를 쥐어주면 '언니'들은 약속이라도 한 듯 '내 동생'부터 찾는다. 그리고 자기 사진보다 더 공들여 동생을 예쁘고 근사하게 찍어준다.

아이가 너무 일찍 철들면 우려해야 할 일이지 칭찬해야 할 일이 아니다. 스스로 잘하는 아이, 알아서 먼저 하는 아이, 혼자서도 잘사는 아이…… 겉으로는 그렇게 보이는 아이들이 있다. 그러나 그런 아이들일수록 사실은 그 반대를 간절히 소망하며 그 때문에 죄의식을 갖는 경우가 많다. 어쩔 수 없이 일찍 철들어야 했던 어린 시절의 내가 바로 그런 경우였다. 그래서 나는 너무 일찍 철든 아이를 보면 아프다.

이를테면 류바땡기가 그렇다. 다른 소녀 스님들은 이따금 스님 신분을 떠나 그 나이에 어울리는 언행을 보이곤 하는데, 류바땡기는 한 치의 흐트러짐 없이 언제나 교과서적인 언행을 하며 애늙은이처럼 군다. 그도 그럴 것이 류바땡기는 싼먀디따 사원의 최고참이어서 자의반 타의반으로 '모범'을 보여야 한다는 사명감이 있다. 류바땡기가 싼먀디따 사원에 온 것은 열 살 때지만 일곱 살 때부터 엄마와 헤어져 주지스님에게 의탁되었다고 한다. 류바땡기가 싼먀디따 사원에 머무는 5년 동안 엄마가 딱 한 번 찾아왔는데 그때 데리고 온 동생 두 명이 있었다. 일곱 살 때부터 엄마와 떨어져 살기 시작해 어린 나이에 두 동생의 엄마 역할까지 하게 된 류바땡기. 일찍 철이 들지 않으려야 않을 수 없었을 것이다.

류바땡기 엄마의 경우처럼 엄마들이 자식을 만나러 직접 사원으로 찾아온다. 보통 1년에 한 번 엄마들이 찾아오는데, 사원에 있는 아이들 중 상당수는 3년째 엄마를 만나지 못했다고 대답했다. 차비 때문이다. 정말로 차비가 없어서 엄마들이 못 온다. 그깟 차비가 얼마나 든다고 그러나 싶을 것이다. 하지만 싼먀디따 사원에 자녀를 보낼 정도의 형편이라면 입에 겨우 풀칠하고 사는 형편이라고 보면 된다. 자매를 만나러 왔던 그 엄마는 차비로 한 달 치 수입을 몽땅 썼다. 류바땡기의 고향처럼 1박2일

스님으로서의 삶과 집단 생활은 많은 양보와 인내를 요구한다. 그러나 집으로 돌아가면 가난 때문에 이마저도 누릴 수 없음을 알기에 힘들어도 외로워도 참을 수밖에 없다.

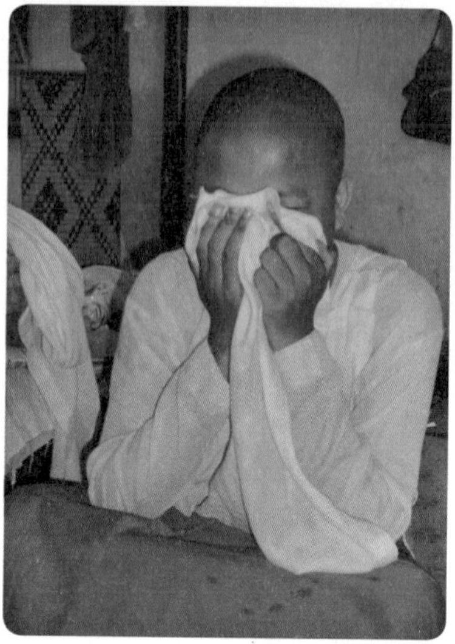

초등학교에 입학할 나이도 못 되는 병아리 스님들.
일반인 아이들과 어울릴 수 없어 그저 멀찍이서 아이들 노는 광경을 구경하는 것으로 만족해야 한다.

이 걸리는 먼 시골의 경우에는 거의 몇 달을 제대로 먹지 않고 꼬박 돈을 모아야 사원에 한 번 다녀올 차비를 마련할 수 있다. 그러니 아무리 자식이 눈에 밟혀도 엄마가 1년에 한 번 다녀가기도 힘든 것이다.

아홉 살과 여섯 살 된 자매를 맡긴 엄마가 마침 사원에 찾아왔다. 엄마를 보자마자 작은아이는 엄마 품으로 파고 들어갔다. 그런데 큰아이는 엄마를 보자마자 피했다. 교실로 도망가서 엄마가 이름을 불러도 나오지 않았다. 한참 후 그 아이는 좇아온 엄마 손에 이끌려 교실을 나왔다. 그리고 아주 서럽게 울었다. 엄마를 원망하고 또 원망하면서. 엄마는 아무 말도 못하고 그저 아이 등만 토닥이고 있었다. 그것 말고 가난한 엄마가 해줄 수 있는 일이란 게 뭐가 있을까?

그래도 원망이라도 하는 아이는 다행이다. 엄마가 나타나도 떠나도 관심을 보이지 않고 감정적인 반응을 하지 않는 아이들은 문제가 더 심각하다. 그런 아이들은 아무리 울어도 들여다봐 주지 않고 아무리 원해도 원하는 것을 주지 않는 엄마를 경험하면서 극심한 좌절감과 분노를 느끼고 스스로를 지키기 위해 엄마를 비롯해 그 누구도 불신하고 거부한다. 그래서 어릴 적에 부모와 정상적인 애착 관계를 형성하는 데 실패한 사람은 성인이 되어 대인 관계에 부적응적 패턴을 보이고 결국 자기 자신을 할퀸다. 그렇기 때문에 부모와 안정적인 애착을 경험하고 정상적인 발달 단계를 거치면서 자라는 것이 매우 중요하다. 아동기는 한 사람의 인생을 좌지우지할 만큼 중요한 시기다. 그런데 그 시기에 부모와 헤어져서 결핍 속에 살아가는 아이들이 싼먀디따 사원에는 너무 많다. 마음이…… 아프다.

한 끼 식사의 거룩함에 대하여

미얀마에 가면 꼭 하겠다고 결심한 숙원 사업(!)이 있었다. 미얀마 사람들처럼 얼굴에 타나까를 바르고 다니는 것이었다. 미얀마 사람들을 보면 아이고 어른이고 할 것 없이 얼굴과 팔등에 하얗게 뭔가를 바른 것을 볼 수 있다. 미얀마의 심벌이라 할 수 있는 이것이 바로 타나까다. 타나까는 전통적으로 미얀마 사람들이 애용하는 천연 자외선 차단제다. 타나까라는 나무를 약간의 물과 함께 돌에 비비면 노랗고 걸쭉한 액이 되는데 이것을 얼굴과 손등에 바르면 물기가 마르면서 무늬가 나온다. 언뜻 보면 그 무늬가 그 무늬 같지만 자세히 보면 천차만별이다. 그런 식으로 개성을 표현하고 멋을 부리기 때문에 타나까는 자외선 차단 기능뿐만 아니라 화장품 기능도 한다.

내가 타나까를 발라보는 게 소원이라고 했더니 부주지스님이 즉석에서 타나까 체험 시간을 만들어주었다. 타나까를 바르면서 신기하고 재미있었던 것은 나만이 아니었다. 외국인의 타나까 체험 뉴스는 단조로운 일상의 사원 안에 삽시간에 퍼져 어느새 창가에는 소문을 듣고 구경 나온 꼬마 스님들로 가득했다. 졸지에 동물원의 원숭이가 된 심정이었지만 기분이 나쁘지 않았다. 아니 오히려 나란 사람이 뭐라고 아이들이 저렇게 얼굴마다 햇살 가득한 표정으로 웃어주는지 사랑스럽고 고마울 따름이었다. 좀 전까지 강한 포스를 뿜어내던 부주지스님도 포스는 무슨 포스냐는 듯 아이처럼 손뼉을 치며 좋아했다. 그러면서 한국어로 '예쁘다'라는 말을 배워 내게 해주었다. 그 후로 나는 늘 타나까를 얼굴에 바르고 다녔고 그런 나를 볼 때마다 아이들은 수줍게 몸을 꼬며 한마디씩 했다.

"초레~ 나레~"

미얀마 어로 예쁘다는 뜻이다. 하긴 뭐 새삼스러운 얘기도 아니다. 이런 얘기 내 입으로 해서 정말 유감이지만 말이다. 미얀마에 와서 배 터지게 들은 말이 이거다. "너무 예뻐요~" "연예인 같아요~"…… 돌 날아올까 봐 이런 얘기까진 안 하려고 했는데 말이다. 드라마 〈대장금〉 얘기를 하며 부주지스님이 나한테 귓밥 쌓이게 한 말이 이거다. "이영애보다 예쁘다~"(미안합니다, 영애 씨!)

뭐 내가 공주병 말기 환자라서 이러는 것이 아니다. 싼먀디따 사원 사람들이 유독 시력이 나빠서 이러는 것도 아니다. 사원 사람들뿐만 아니라 어지간한 미얀마 사람들은 한국에서 왔다고 하면 한국의 여배우나 여가수 얘기를 하면서 닮았다는 소리를 곧잘 해준다. 일종의 후광 효과인 셈이다. 몇 년 전부터 미얀마에도 〈대장금〉을 비롯한 한국 드라마

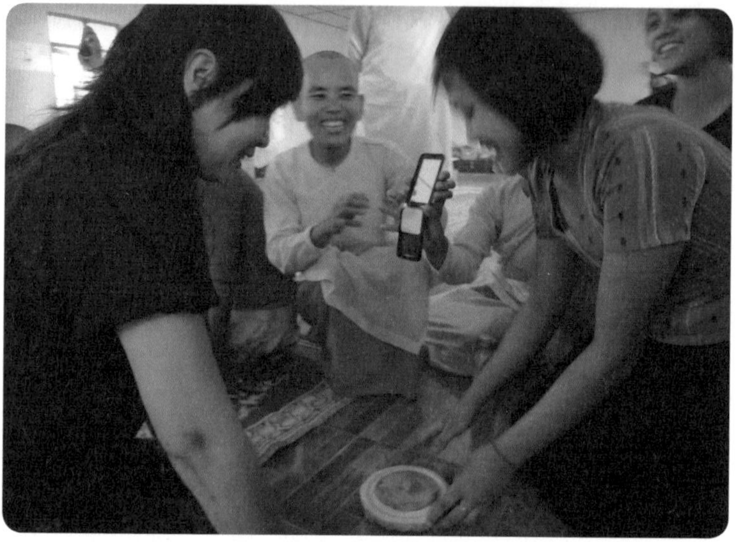

미얀마의 천연 화장품인 타나까 바르기 체험 시간. 가운데 있는 부주지스님은 평소 포스가 강한 분인데 내가 타나까를 바르자 아이처럼 즐거워하며 즉석에서 '예쁘다'는 한국어를 배워 립서비스까지 해주었다.

와 K팝 기세가 거세게 일면서 한국인에 대한 선망이 커진 덕분이다. 미얀마 국민들에게 거의 유일하다시피 한 오락이 텔레비전인데 메이드 인 미얀마의 드라마는 거의 없거나 있다 해도 지루하고 계도적인 내용뿐이다. 그런 데 비해 메이드 인 코리아의 드라마는 스토리도 흥미진진하고 미얀마 사람들이 보기에는 '피부가 하얀' 미남미녀들이라, 과하게 순진한 미얀마 사람들은 한국에는 다 미남미녀들만 사는 줄 안다! 그런데다 통역해 주는 예다나의 설명으로는, 여태까지 싼먀디따 사원을 찾아온 한국인이 스님 아니면 나이든 중년 보살님밖에 없었단다. 그래서 '젊은 한국 여자'를 처음 본 아이들이 나를 보면서 한국 연예인을 떠올리는 것 같다는 얘기였다.

그런데 내가 타나까를 바르고 난 뒤 보니 스님들은 아무도 타나까를 바르지 않았다는 게 비로소 보인다. 아무래도 외모에 신경을 쓰게 되기 때문에 스님들은 타나까를 바르지 못하도록 되어 있는 것이다. 스님들이 머리를 미는 것과 같은 이치다. 듣고 보니 이해가 되고 소녀 스님들도 타나까 따위 별로 관심 없어 보이는 것 같아 그런 줄 알았다. 며칠 후 뚜난디를 보기 전까지는 말이다.

미얀마에서도 아이들과 함께 소풍을 갔다. 마찬가지로 아이들이 원하는 곳으로 행선지를 정했고, 놀이 기구도 탈 수 있는 국립 공원을 갔다. 그리고 마지막으로 공원 매점에서 음료수를 마실 때의 일이었다.

내 앞에 앉아 있는 뚜난디가 어딘가를 자꾸 곁눈질하는 모습이 보였다. 뚜난디의 시선을 따라가 보니 저만치에서 뚜난디와 또래로 보이는 소년 스님들이 걸어오고 있었다. 세 소년 스님들 중에서 한 소년 스님도 슬쩍슬쩍 우리 쪽을 쳐다봤다. 자기도 모르게 시선이 향하는 뚜난디처럼. 나는 자꾸 웃음이 비어져 나오려는 것을 참으며 못 본 척했다. 뚜난디가 시치미를 떼고 있으니 나도 알은척을 할 수가 없었지만 소풍보다 몇 배로 재미있는 이 상황이 어떻게 끝날지 너무나 흥미진진했다.

드디어 소년 스님들의 얼굴을 알아볼 수 있을 만큼 가까워졌을 때였다. 뚜난디가 슬그머니 카메라를 들었다. 나무를 찍고, 음료수를 찍고, 옆 아이를 찍고…… 그러다 그 소년 스님들을 정확하게 앵글 가운데에 들어오게 하더니 줌으로 당기고는 찰칵! 그리고 아무 일도 없었다는 듯 무심하게 카메라를 내려놓았다. 그렇게 소년 스님들이 시야에서 사라지고 한참 후 뚜난디는 다시 슬그머니 카메라를 들었다. 그리고 그냥 보는 것이라는 투로 자기가 찍은 사진들을 돌려보기 시작했다. 그러다 한 사진에 유난히 오래 머무르더니 줌까지 써서 자세히 들여다보는 뚜난디! 그 사진이 누구를 찍은 사진일지는 안 봐도 비디오 아니겠는가!

그제야 나는 참았던 웃음을 터뜨리며 혼자 낄낄댔다. 지금에 와서 생각하니 후회막급이다. 내가 적극적으로 나서 부킹을 시켜줬으면 어땠을까? 진짜 그 순간에는 뚜난디의 몸을 감싸고 있는 분홍색 승복이 승복으로 보이지 않았다. 그러니까 분홍색 교복을 입은 여학생이 자주색 교복을 입은 이웃 학교 남학생을 은밀하게 곁눈질한 거다.

그렇다. 스님이기 이전에 여자다. 그리고 뚜난디나 류바땡기처럼 열다섯 살의 사춘기 아이들한테는 자기도 모르게 이성에 눈이 돌아가는 게 자연스러운 거다. 그런데 분홍색 승복이 패션의 전부이고 그 흔한 타나까도 바르지 못한 채 살아가는 현실, 그런 욕망을 품는 것에 대해 죄의식을 갖고 살아야 하는 현실이 안타깝다.

뚜난디만큼이나 나를 즐겁게 하는 아이가 있다. 청일점인 열한 살의 자주색 교복 차림의 소녀 스님들이 지나간다. 자기도 모르게 눈이 돌아가고, 자기도 모르게 사진으로 '찍고', 자기도 모르게 그 사진을 감상하고…… 지금 여기에 스님 뚜난티는 없다. 여중생 뚜난티만 있을 뿐이다.

남자아이 아가수다. 40도에 육박하는 기온에 물먹은 솜처럼 늘어져 있는데 아가수가 갑자기 양쪽 귀에 꽃을 꽂고 나타난 것이다. 덕분에 네 머리에도 내 머리에도 사이좋게 꽃을 꽂아주고 낄낄 깔깔 호호 그러면서 '광녀' 놀이를 하게 되었고 피로가 절로 회복되었다. 고백건대 나는 머리에 꽃만 꽂으면 봉인 해제된 '광녀'가 된다. 나도 모르게 입이 헤벌어지고 멋대로 팔이 너울거린다. 그러면서 봄바람처럼 살랑대면서 춤을 추거나 저 혼자 '나 잡아봐라~' 하며 깔깔대거나……

아가수는 남자아이지만 부주지스님의 조카이자 사원 학교 교사를 엄마로 두고 있는 관계로 사원에서 살고 있다. 아가수는 얼핏 '잘못 보면' 현빈이 떠오르는 얼굴에다 해피 바이러스로 똘똘 뭉친 녀석이라 사원 안에서도 누나들의 사랑을 듬뿍 받는다. 아닌 게 아니라 아가수만 보면 나도 덩달아 즐거워지고 그래, 인생 뭐 있냐 싶어진다.

아가수는 자기를 상징하는 것을 찍어보라고 했더니 사원의 고양이를 찍었다. 그런데 그 이유가 재미있다. 부주지스님 왈, 천하태평으로 늘어져 잘 자고 잘 놀아 아무 생각 없이 사는 그 고양이가 아가수와 똑같다는 것이다. 아가수가 동질감을 느끼는 대상이 또 하나 있는데 바로 사원에 사는 개다. 자기가 태어난 생일에 그 개가 태어났기 때문에 그 개를 더욱더 남다르게 보살피게 된단다. 발가락이 일곱 개나 되는데다 그마저 하나는 안으로 굽은 선천적 장애견이다. 무념무상 그저 놀기만 좋아하는 녀석인 것 같은데 아가수는 가끔 이렇게 사람을 놀라게 하고 다시 보게 만든다. 자기가 가장 행복했던 것과 슬펐던 것에 대해 사진을 찍어보라고 했더니 아가수는 둘 다 불상을 찍었다. 그 이유가 제법이다. 부처님이 이 세상에 태어났다는 것만큼 감사하고 행복한 일이 없지만, 한편으로 부처님이 이미 돌아가셔서 직접 만나볼 수 없다는 것만큼 슬픈 일도 없기 때문이란다.

아가수를 포함해서 미얀마 아이들은 나중에 이구동성으로 말했다. 소풍날을 잊을 수 없다고 말이다. 정확히 얘기하면 미얀마 아이들이 가장 좋아한 프로그램은 소풍이 아니라 '소풍 가서 외식한 경험'이었다. 난생 처음 간 놀이 공원도 좋았지만 식당에서 맛있는 밥을 배불리 먹을 수 있었던 경험에 대해 미얀마 아이들은 어마어마하게 행복해했다.

상상이 되는가, 어른 두 명을 빼고 아이 다섯 명이 먹은 한 끼 점심에 밥만 12인분이라는 것을! 다 먹은 빈 그릇을 쌓아보니 밥그릇만 무려 열네 개였다! 그나마 소녀들이라 남의 이목에 신경을 쓰느라 두 그릇만 비워 이 정도다. 내가 없었더라면 눈치 안 보고 각각 네 그릇씩은 해치웠을지 모른다. 더 먹으라고 고기 반찬을 추가로 시켰더니 애늙은이 류바땡기가 밥을 추가 주문했다. 밥값이 많이 나와 내게 부담이 될까봐 그때까지 자제하고 있었는데 고기 반찬 앞에서 체면을 벗어던진 것이다.

원래 동남아 사람들이 반찬은 조금 먹고 밥은 아주아주 많이 먹는다. 그래서 밥은 조금 먹고 반찬을 많이 먹으라고 얘기했더니 아이들은 밥만 먹어도 맛있다면서 밥을 몇 번 씹지도 않고 꿀꺽꿀꺽 삼켰다. 사원 밥은 맛이 없는데 이 밥은 꿀떡 같다는 것이다. 과장이 아니었다. 밥만 먹어도 맛있다는 말은 진짜였다. 미얀마에서는 스님들이 점심을 12시 이전에 마쳐야 하고 정오 이후부터는 곡물 섭취를 금하는 관례가 있다고 한다. 그래서 싼먀디따 사원의 소녀 스님들에게는 저녁 식사라는 게 없다! 정오 이전까지 먹는 두 끼 식사가 하루의 전체 식사인 것이다. 금식 기간이 따로 있는 것도 아니고 1년 내내 어떻게 저녁을 거르고 살 수

다섯 아이들이 싹싹 비운 밥그릇 열두 개가 쌓여 있다. 눈치 안 보고 먹었다면 일인당 네 그릇씩은 거뜬히 먹어치웠을 것이다. 덕분에 그날 저녁은 고픈 배를 물로 달래지 않아도 됐을 것 같다.

있나! 게다가 한창 성장기의 아이들 아닌가! 숟가락 놓고 돌아서기 무섭게 배고프다고 하는 게 이 나이 아이들인데 정오부터 다음날 아침까지 곡기를 끊고 어떻게 버티라는 건지, 그야말로 도 닦으며 산다! 그럼 배고프지 않느냐고 했더니 아이들 대답이 가관이다.

"배고프면 물을 먹으면 돼요."

더 황당한 사실은 그나마 먹는 두 끼의 식단에 있다.

아침: 밥, 야채볶음, 간장

점심: 밥, 나물무침, 젓갈

다음날 아침: 밥, 배춧국, 된장

다음날 점심: 밥, 채소 데침, 젓갈

싼먀디따 사원의 식단을 설명하자면 대략 이렇다. 즉 끼니마다 반찬이 많아봤자 두 가지라는 얘기다. 그때그때 조리법만 달리해서 나온다 뿐이지 푸성귀 잔치이고 그마저도 없으면 한국의 김치격인 미얀마식 젓갈 반찬 하나로 때운다. 미얀마에서는 스님들도 육식을 한다. 하지만 사원의 형편상 고기 반찬은 많이 나와야 한 달에 두 번 나온다. 하루에 세 끼를 먹는 것도 아닌데 매일 두 끼를 이렇게 말도 안 되는 영양 섭취를 하면서 사는 것이다.

그뿐이 아니다. 반찬이 부실하니 맨밥으로 배를 채우게 마련이다. 그런데 문제는 그 밥이 너무나 형편없는 수준이라는 것이다. 아이들이 먹는 밥은 사람이 경험할 수 있는 최고의 날림과 최저의 품질을 자랑하는 쌀로 지은 밥이다. 어찌나 부실한지 미얀마 현지 사람도 아이들이 먹는 밥을 먹어보고는 정말 이런 밥을 먹고사는 사람이 있는 줄 몰랐다며 혀를 내둘렀다고 한다.

하긴 하루 두 끼씩 200인분 가까이 소모하는 꼴이니 좋은 품질의 쌀 열 가마니 사는 것보다 덜 좋은 품질의 쌀로 서른 가마니를 사서 굶지 않는 게 더 중요할 수 있다. 싼먀디따 사원의 식비는 순전히 미얀마 국내 후원자들의 보시로 충당된다. 곳간에 쌀이 떨어지지 않는 것만 해도 감사한 판국에 불만은 어림도 없는 일이다. 아이들이 이구동성으로 말하는 게 이것이니 말해 뭣하랴!

"사원에 있으면 최소한 밥은 굶지 않고 살 수 있잖아요~"

그래서 내 사비를 털어 고기 반찬을 쐈다. 150달러면 사원의 모든 아이들이 닭고기 반찬이 나오는 식사 한 끼를 먹을 수 있다. 닭고기 반찬에 웃으며 밥을 먹는 아이들을 보니 돌처럼 얹혀 있던 마음의 빚이 비로소 조금 덜어지는 기분이다. 사실 소풍 갔을 때 밥만 두세 그릇 비우는 아이들을 보면서 사원에 있을 나머지 아이들에게 미안한 마음이 들었었다. 한창 성장기의 아이들이 매일 저녁은 굶고 밥은 후지고 푸성귀 반찬만 먹으며 산다는 것이 계속 마음에 걸렸었다. 그 아이들에게 '대접'을 해주고 싶었다.

물론 그 돈으로 책이나 학용품 같은 '실체가 남는 것'을 기증할 수도 있었다. 그 편이 합리적이고 현명하다는 것을 누구보다 내가 더 잘 안다. 예전의 나라면 그렇게 했다. 예전의 나라면 그런 일회적이고 감정적인 행동은 자기 만족에 불과하다며 비판했을 터였다. 하지만 이성적인 판단을 내려놓고 '지금 이 감정'에 충실하고 싶을 때가 있다. 아니, 살면 살수록 그렇게 살아야 하는 것 같다. 머리가 아니라 가슴이 보내는 메시

반찬은 채소로 조리한 반찬 하나와 젓갈류의 밑반찬 하나가 전부이고, 밥은 가장 값싼 쌀을 쓰다 보니 품질이 형편없다. 부실한 영양 섭취도 문제지만 이마저도 하루에 두 끼밖에 먹지 못하는 게 이 아이들의 현실이다.

지에 귀 기울여 사는 삶. 그래야 나중에 후회하지 않는다. 그래야 지금 여기에서 행복하다.

하여, 서푼어치 알량한 '생각' 따위는 멈추고 가슴이 시키는 대로 간다. 사원 아이들 전체에게 배부르고 기름진 한 끼 식사를 대접하고 싶다는 것, 지금은 그 감정에 충실하고 싶다. 당연하고 기초적인 욕망이 거세된 채 살아가는, 세상의 모든 '너무 일찍 철든 아이들'을 위해 맛있는 밥을 먹이고 싶다……

나는 행운아입니다

"어제 소풍 마치고 스님들을 사원에 데려다줬잖아요? 저 거기서 끌레아니를 만났어요."

통역자인 예다나가 난데없이 끌레아니 얘기를 꺼냈다. 첫날 아이들을 선정할 때 많은 소녀 스님들 중 군계일학이라 할 만큼 미모가 빛나는 한 아이가 있었다. 유난히 깊고 새까만 눈동자가 내 시선을 끌었다. 저 매혹적이고 사색적인 눈을 가진 아이는 어떤 사진을 찍을지 궁금해졌다. 그래서 가장 먼저 선정한 아이가 그 아이, 바로 끌레아니다.

그런데 두 번째 사원을 방문했을 때 끌레아니 모습이 보이지 않았다. 그 대신 낯선 아이가 끌레아니에게 줬던 카메라와 사진 일기장을 들고 나타났다. 그 아이가 류바땡기다. 주지스님이 끌레아니 대신 류바땡기에게 하라고 시켰다는 것이다. 사연인즉슨 주지스님이 애초부터 사원의 최고참인 류바땡기를 영순위로 점찍고 류바땡기에게 사전에 언질을 주었던 것이다. 그런데 첫날 내가 아이들을 선발할 시각 마침 수업중이라 몰랐다며 류바땡기는 류바땡기대로 억울한 눈치였다.

일언반구도 없이 주지스님이 누구를 빼고 누구를 넣었다는 사실에 나는 너무나 당황했다. 그러나 주지스님은 그날도 출타중이어서 만날 수 없는 상황이었고, 류바땡기는 빼도 박도 못하게 벌써 수십 장의 사진을 찍어왔다. 주지스님의 처사가 독단적이지만 무시하고 뒤집을 수도 없는 노릇이었다. 그래서 더 이상 묻지 않고 그대로 상황을 종료시켰다.

그리고 내가 끌레아니에게 품었던 남다른 애정은 엄청난 배신감으로 돌아왔다. 류바땡기가 말하기를 끌레아니가 사실 자기는 이 프로젝트 하고 싶지 않은데 마지못해 한다고 했다는 것이다. 그러면서 코빼기도 안 비치는 끌레아니가 너무나 괘씸했다. 그래서 예다나가 끌레아니 얘기를 꺼내자 나도 모르게 삐딱하게 말이 나갔다.

"끌레아니? 하기 싫다고 자기 멋대로 그만둔 그런 애를 뭐가 아쉽다고 만나?"

"그게요…… 사실은 그게 아니었던 거 같아요. 어제 저한테 얘기하면서 막 우는데 어찌나 안됐던지……"

"울었다고? 왜?"

그리고 이어진 비하인드 스토리를 전해 들으며 내 심장은 마구 벌렁거렸다. 이 상황이 너무나 속상하고 끌레아니에게 미안해서 몸이 떨렸다. 마음이 여린 예다나는 끌레아니가 불쌍하다며 눈물을 글썽였다. 그리고 걱정했다. 예다나는 내가 진실을 알게 되면 프로젝트를 접는다고 하거나 실망해서 미얀마를 떠날까봐 이 얘기를 해줘야 하나 말아야 하나 고민했다는 것이다.

다음날 나는 당장 사원으로 달려갔다. 그리고 끌레아니를 따로 불러냈다. 그런데 다시 만난 끌레아니는 얼굴이 그 사이 반쪽이 되어 있었다. 얼마나 상심했는지, 그날 이후 끌레아니는 심하게 몸살이 나서 며칠간 먹지도 못하고 누워 지냈다는 것이다.

"주지스님이 저더러 자격도 없는데 욕심만 많다고…… 머리도 나쁘고 잘하는 것도 없는 주제에 왜 나섰냐면서…… 그래서 못하게 됐어요. 사실은 제가 하고 싶었는데…… 저를 뽑아주셔서 얼마나 행복했는데……"

끌레아니는 현기증이 나서 부축해 줘야 할 정도로 펑펑 눈물을 흘렸다. 싼먀디따 사원의 주지스님은 포스가 강하고 직설화법을 즐기는 스타일이다. 그리고 사원이 집이자 학교인 소녀 스님들에게 주지스님은 하늘이요 법 그 자체다. 그런데 그런 독설을 들었으니 한창 예민한 나이인데다 의지할 가족도 없는 외로운 아이에게 얼마나 아픈 비수가 되어 박혔을까? 나라면 굴욕감과 수치심에 콱 죽고 싶었을 것 같다. 그날 이후 끌레아니가 몸살로 앓아누웠다는 게 무리도 아니다.

애초 류바땡기한테서 말을 전해 들었을 때 끌레아니를 불러 확인을 할까 생각도 했지만 류바땡기가 자기 말을 믿지 못한다는 식으로 받아들일 것 같아 부를 수가 없었다. 류바땡기의 성향으로 짐작건대 거짓말을 했을 것 같지는 않다. 전달상의 오류나 어느 대목에선가 오해가 있었던 게 아닐까 믿는다. 어쨌든 내가 진작 이 상황을 알았더라면 두 아이 다 상처받지 않게 상황을 정리할 수 있었다. 만일의 사태를 대비해 여분의 카메라를 갖고 다녔고 그런 융통성은 얼마든지 부릴 수 있는 프로젝

끌레아니 곁에는 늘 이 두 아이가 있었다. 꼭 포갠 양손만큼이나 세 소녀는 돈독한 우정을 과시했다. 사원의 소녀 스님들이 외롭고 힘든 생활이지만 그래도 버텨낼 수 있는 건 바로 '친구'라는 존재가 있기 때문이다.

트이니 말이다.

서러움에 복받쳐 들썩이는 끌레아니의 왜소한 등을 보니 내 가슴이 미어졌다. 끌레아니를 안고 나도 예다나도 모두 울었다. 애당초 내가 선발하지 않았더라면 끌레아니가 이런 굴욕을 겪지 않았을 거라고 생각하니 너무나 미안했다. 끌레아니에게 말해주었다. 다 내 잘못이라고, 넌 충분히 자격이 있다고, 이제부터 너도 함께 한다고.

그날 이후 끌레아니는 모든 공식 활동에 함께했다. 해법은 싱거울 정도로 간단하다. 더 이상 묻지도 따지지도 않고 류바땡기와 끌레아니 둘 다 참여시키면 되는 것이다. 남은 기간은 사흘이지만 끌레아니에게 카메라를 주고 실컷 찍으라고 했다. 그리고 따로 선물을 했다. 다른 아이들이 소풍 가서 잘 놀고 잘 먹을 그 시각에 끌레아니는 마음을 다쳐 몸져 누워 있었다고 생각을 하니 무엇으로든 보상해 주고 싶었다.

그런데 미얀마 사람들, 정말 못 말린다! 나중에 사진을 보니 내가 끌레아니에게 선물한 볼펜과 필통 따위를 다른 아이들이 들고 있고 그 옆에서 끌레아니가 웃고 있다. 나눠 쓰고 함께 쓰는 것을 당연하게 여기기 때문이다. 끌레아니에게 너 혼자만 쓰라며 몰래 쥐어줬던 내 손이 부끄러워지게 만든다. 그런 곳이다, 미얀마는.

그리하여 미얀마에서는 처음에 다섯 명으로 시작했지만 마지막에 여섯 명으로 끝났다. 이 중 세 명이 소녀 스님들인 뚜난디, 류바땡기, 끌레아니이고, 그 다음에 사원에 사는 청일점 아가수, 그리고 나머지 두 명은 사원 밖 마을에서 살고 있는 일반 아이들인 휴윗느웨와 떼데퉤이다.

첫날 프로젝트에 참여할 아이를 선정하는 자리에 긴 머리의 여자아이가 공손하게 합장하고 무릎을 꿇고 앉는데 행동거지가 조신하고 우아했다. 그리고 진심으로 윗사람을 존중하고 아랫사람을 돌보는 아이라는 느낌을 주었다. 그런데 시간이 흘러 나와 많이 친해진 이후에도 초지일관 흐트러짐 없는 자세로 공손하고 조신했다. 승복만 안 입었다 뿐이지 매일같이 수도하는 소녀 스님들보다도 더 부처님 가운데 토막같이 군다면 말 다한 것 아니겠는가.

바로 열다섯 살의 휴윗느웨다. 휴윗느웨의 아버지는 몇 년 전에 돌아가셨다. 그러나 엄마 없이 혹은 아빠 없이 자란 아이들은 가정 교육이 안 되어 있어 문제라느니 어쩌니 하면서 아직도 시대착오적인 편견에 사로잡힌 어른들이 있다면 휴윗느웨를 데려다 본때를 보여주고 싶다. 누구라도 휴윗느웨를 보면 그런 소리 할 수 없을 것이다.

"지금은 안 계시지만 제게 가장 소중한 사람은 아버지예요." (휴윗느웨)

"우리 집과 마당입니다. 우리 집은 가난해서 보기에 좋지 않아요. 하지만 저와 식구들은 잘 지내고 행복하게 살고 있습니다." (휴윗느웨)

휴윗느웨의 사진 일기장에는 그렇게 집과 마당을 찍었다고 되어 있었다. 그런데 아무리 찾아도 그런 사진이 없었다. 그래서 휴윗느웨가 직접 찾아서 사진을 보여주었는데 하마터면 내가 큰 실수를 할 뻔했다. 최소한 콘크리트 건물의 일반적인 집을 상상하고 있던지라 나도 모르게 정말 사람 사는 집이 맞느냐고 물을 뻔한 것이다. 심지어 우아함마저 풍기는 자태의 아이가 이런 초라한 집에서 살고 있다는 게 믿어지지 않았다.

이런 집에서 현재 일곱 식구가 산다고 한다. 그나마 이런 집마저 없어서 거리로 나앉은 적이 있었단다. 아버지가 돌아가시고 형편이 어려워졌는데 집에 불까지 나서 거의 알거지가 되었다는 것이다. 그래서 지금 집을 이웃 사람들이 만들어주었다고 한다. 휴윗느웨의 가족을 딱하게 여긴 이웃 사람들이 십시일반으로 돈을 모아 땅을 빌리고 함께 집을 지어줬다는 것이다.

마을 사람들이 가난한 이웃을 위해 집을 마련해 준다고?? 백 배는 더 잘사는 한국에서는 뉴스에나 나올 법한 소리가 아닐 수 없다. 그런데 이 정도는 미얀마에서 미담 축에 들지도 않는 듯하다. 미얀마 편 여섯 아이들 중 가장 막내인 떼데퉤이 집도 같은 사연이니 말이다.

떼데퉤이의 집도 나무와 볏짚으로 엮은 초가인데 작년까지만 해도 지붕이 거의 없는 거나 다름없었다고 한다. 지붕이 없는 집이라니, 상상이 안 된다. 그런데 옛날 우리나라에도 많이 있던 초가들을 생각해 보면 된다. 초가는 한 해에 한 번씩 새로 볏짚을 엮어 지붕을 보수해 줘야 한다. 그 보수 작업을 제대로 하지 않으면 비바람에 지붕이 다 삭거나 날아가 버린다. 그런데 그 작업을 해줘야 할 집안의 가장이 환자라 역할을 하지 못했던 것 같다. 그래서 보다 못한 동네 사람들이 돈을 걷어 자재와 인부를 사서 떼데퉤이네 지붕을 새로 해주었다는 것이다.

떼데퉤이! 그 아이에 대해 이야기를 할라 치면 나도 모르게 먼저 한숨부터 나온다. 떼데퉤이의 나이는 아홉 살일 수도 있고 열 살일 수도 있다. 제때 출생 신고를 하지 않은데다 누구는 아홉 살이 맞다고 하고 누구는 열 살이 맞다고 하니 떼데퉤이 본인도 자신의 나이를 정확히 모르는 것 같다. 이 어처구니없는 상황이 가능한 것은 떼데퉤이를 세심하게 챙겨줄 수 있는 존재가 없기 때문이다. 떼데퉤이의 엄마는 몇 년 전에 나무줄기와 볏짚으로 얼기설기 이어 지은 진짜 '초가'. 버려진 헛간도, 과수원의 원두막도 아니다. 휴윗느웨가 실제로 일곱 식구와 함께 사는 집이다.

돌아가셨다고 한다. 그런데 누구 말로는 암으로 돌아가셨다고 하고, 누구 말로는 동생을 낳다 그 후유증으로 돌아가셨다고 한다. 이 또한 떼데퉤이가 아는 것과 다른 사람들이 말하는 것이 다르니 어떤 게 진짜인지 분명하지가 않다.

떼데퉤이의 집은 사원에서 엎어지면 코 닿을 거리에 있다고 했다. 그래서 떼데퉤이가 어떻게 사는지 알아볼 겸 직접 찾아가 보았다. 그런데 어두운 집 안에서 웬 피골이 상접한 노인이 심하게 콜록거리면서 나왔다. 떼데퉤이의 아버지였다. 한눈에 보기에도 병색이 깊은 그는 5년째 결핵을 앓고 있는 중환자다. 내가 머문 20여 분의 시간 동안에도 그는 손수건을 입에 달고 있다시피 했고, 한번 기침을 시작하면 그 피골이 상접한 몸을 통째로 들썩거리며 고통스러워했다. 결핵은 약을 잘 먹고 병원에 일정 기간 다니면 나을 수 있는 병이다. 하지만 치료비가 무서워 병원에 제대로 다니지 않았고, 결핵은 잘 요양해야 낫는 병인데 무리해서 돈 벌러 다니다 보니 병세가 심각하게 악화된 것이었다. 지금 그가 할 수 있는 일이라고는 이제 겨우 열 살인 막내딸이 조막손으로 차린 밥을 먹고 종일 누워 있는 것밖에 없어 보였다.

떼데퉤이네 가정 형편을 보니 휴윗느웨네는 양반인 셈이었다. 최소한 전기는 나오니 말이다. 떼데퉤이네는 전기도 들어오지 않는 상황이었다. 전기세를 못 내 끊긴 것이다. 전기가 없으니 해가 지면 촛불 하나에 의지해 산다. 마당에서 세수를 하거나 밤에 화장실에 가려면 촛불을 들어야 한다. 이런 실정이니 떼데퉤이한테는 배터리를 충전하는 카메라가 아니라 일회용 건전지를 사용하는 카메라를 특별히 배정해야 했다.

떼데퉤이에게는 동생이 하나 있는데 집안 형편상 낳자마자 친척 집에 입양 보내졌다고 한다. 떼데퉤이 위로는 언니와 오빠가 있다. 언니와 오빠라고 해도 떼데퉤이보나 기껏 해야 네댓 살 많은 십대 중반이다. 당연히 학교에 다녀야 할 나이지만 언니와 오빠는 학교 대신 공장을 다닌다. 엄마는 돌아가셨고 아버지는 환자이니 돈벌이에 뛰어들지 않을 수 없는 것이다. 떼데퉤이의 언니와 오빠는 새벽밥을 먹고 인근의 병 만드는 공장으로 출근해 하루 열 시간씩 일한다고 했다. 하지만 그렇게 벌어도 아버지의 약값은커녕 생활비를 충당하기도 빠듯한 수입이다.

그래서 작년에는 떼데퉤이도 학교를 그만두고 생업 전선에 뛰어들었다고 한다. 광주리에 과일을 담아 그 조그만 몸으로 여기저기 돌아다니며 과일팔이 소녀로 살았다는 것이다. 그러다 어느 NGO가 떼데퉤이 같은 처지의 아이들에게 하루 일당을 계산해 생계비를 지원해 주고 아이들을 학교를 다니게 했다. 덕분에 떼데퉤이도 올해부터 다시 학교를 다닐 수 있었다고 하는데, 학교를 다니다 말다 한데다 아버지 병간호와 밥 짓고 빨래하는 집안일에 치어 학교 성적은 좋지 않았다. 첫인상은 아주 똘똘하고 야무져 보였는데 또래 아이들이 기본적으로 읽고 쓸 줄 아는 미얀마 어조차 떼데퉤이는 잘 몰랐다. 사진 일기장에 미얀마 어로 번역해서 열 가지 미션을 적어놨는데, 그 얼마 안 되는 문장도 온전히 읽을 수 없는 모양이었다. 그래서 착하고 친절한 휴윗느웨가 과외 아닌 과외를 하며 떼데퉤이가 사진 일기장의 글을 읽고 쓸 수 있도록 도와주었다. 사진 일기장의 어떤 페이지는 휴윗느웨가 쓴 것을 통째로 베껴 쓰기도 했다.

잘 읽고 쓰지도 못하는 수준이다 보니 떼데퉤이는 베트남의 흐엉이처럼 사진은 어마어마하게 찍고 글은 인색하게 남겼다. 그런데 그 얼마 안 되는 글이 내 가슴을 적셨다.

"내 취미는 사진 찍기입니다. 왜 그런지는 나도 몰라요. 그런데 사진 찍으면서 그런 생각이 들었어요. 내 인생에서 앞으로 이렇게 행복한 순간이 또 올까……" (떼데퉤이)

소녀 스님들과 달리 마을에 살고 있기 때문에 떼데퉤이의 사진에는 마을 풍경, 동네 사람들, 옆집 꼬마 등 다양한 인물과 풍경이 나와 풍성하고 즐겁다. 그런데 유난히 떼데퉤이의 사진에는 플래시가 터져 얼굴이 허옇게 나온 셀카가 많다. 밤에 집 안에서 혼자 놀며 찍은 셀카들이다. 그 사진들을 보니 매일 밤 이 아이가 느낄 외로움과 무료함이 고스란히 전달되는 것 같아 마음이 짠했다.

떼데퉤이네 집에는 컴퓨터는커녕 핸드폰도 유선 전화도 없다. 유일한 소일거리로 고물 텔레비전이 있지만 전기가 끊긴 지 오래다. 말상대라고는 쿨럭거리는 아버지뿐. 그러니 언니와 오빠가 늦은 밤 귀가할 때까지 떼데퉤이가 할 수 있는 일이라고는 어두컴컴한 방 안에서 멀뚱멀뚱 누워 시간이 가기를 바라는 것뿐이다. 초침이 멈춘 지 오래된 벽시계, 별 장식도 없는 밋밋한 천장, 무용지물 고물 텔레비전 등 서너 평 되는 방 안의 하찮고 볼품없는 세간들 사진이 매일 밤 누워서 외로움과 무료함을 달래는 떼데퉤이의 시선에 들어오는 것들 같다.

그 다음으로 떼데퉤이의 사진에 많이 등장하는 사진이 있다. 바로 내 모습이다. 사실 베트남 아이들 사진에도 몰래 찍은 내 사진들이 적잖게 발견되는데, 미안마에서는 그 수가 베트남의 두 배쯤 되고, 그 중에서도 압권은 단연코 떼데퉤이였다. 파파라치 저리 가라 할 정도로 별의별 각도로 찍은 내 모습이 떼데퉤이의 사진에 유난히 많았다. 그 이유를 물었더니 대답이 걸작이다. 나를 다른 나라 사람들한테 보여주고 자랑하고 싶었다는 것이다.

당시에는 그저 아이다운 발상이라고만 생각하고 넘어갔다. 그런데 다음해에 다른 아이가 찍은 사진을 보다가 우연히 발견한 사진이 있었다. 내가 떼데퉤이의 머리를 만져주는 모습이 우연히 찍혀 있는 사진이었다. 사진 속에서 나를 보는 떼데퉤이의 시선이, 예사롭지 않은 그 눈이 꼭 이렇게 말하는 것 같았다.

"엄마……"

떼데퉤이 본인은 모를 수 있다. 하지만 내 눈에는 떼데퉤이가 죽은 엄마에 대한 그리움과 갈망을 나에게 투사하고 있는 것으로 보인다. 자신의 머리를 매만져주는 나에게서 순간 엄마한테 보살핌을 받는 느낌을 받았을 것이다. 떼데퉤이는 나를 볼 때마다 상상 속의 완벽한 엄마, 자기를 사랑해 주는 엄마, 꿈속에서만 만나는 그 엄마를 불러내고 기대했던 것 같다. 떼데퉤이의 엄마가 죽지 않았다면 아마 지금쯤 내 나이 정도 아닐까?

"가장 소중한 사람 사진은 찍을 수가 없습니다. 엄마가 돌아가셨기 때문이에요. 제게 가장 소중한 사람은 엄마예요. 하지만 남은 우리 식구들은 다 행복하게 지내요. 저는 이렇게 좋은 가족이 있어 운이 좋은 사람이라고 생각합니다." (떼데퉤이)

떼떼퉤이의 엄마도 생전에 이렇게 딸의 머리를 만져주었을까? 내 손길이 몸으로 기억하고 있는 엄마를 불러냈을까? 떼떼퉤이가 감전된 듯 가만히 서서 나를 올려다본다. 그 아련한 시선이 마치 '엄마~'라고 말하는 것만 같다.

자신이 찍은 수백 장의 사진 중에서 떼데뤠이는 가장 좋아하는 사진으로 아버지의 뒷모습을 찍은 사진을 골랐다. 십분 동감한다. 복잡한 감정을 불러일으키는 사진인 것 같다. 이 사진이 약간 하이 앵글인 것이 더욱 여운을 준다. 떼데뤠이의 작은 키 때문에 올려 찍느라 자연 발생적으로 나온 앵글이겠지만 아버지에 대한 떼데뤠이의 감정이 반영된 게 아닐까 싶다. 그래서 떼데뤠이도 이 사진을 좋아하는 것 같다.

떼데뤠이의 장래 희망은 의사다. 아버지의 병을 고치기 위해 의사가 되고 싶다는 아이이다. 오랜 투병 생활로 신경질이 잦고 하루가 멀다 하고 빨랫감을 쏟아내는 아버지지만, 떼데뤠이에게는 아버지가 세상에서 가장 멋지고 존경스러운 존재인 것 같다. 민폐만 끼치고 어린 자식들의 등골을 휘게 만드는 아버지인데도 떼데뤠이는 아버지를 원망하지 않는다. 아니, 아버지가 살아있으니 감사하단다. 자기는 행운아란다!

비단 떼데뤠이만이 아니다. 다른 미얀마 아이들 모두 자기야말로 행운아라고 입을 모은다. 학교는 돈이 없어 3년째 공사중이고, 문짝도 없고 흙바닥 그대로인 교실은 큰비가 내리기라도 하면 무릎까지 물이 차오른다. 하지만 가족이 있고 밥 굶을 걱정은 안 하고 살며 학교도 다니고 있으니 얼마나 행복하냐며 아이들은 이구동성으로 말한다.

"저에게 가장 행복한 것은 학교에 다니고 있다는 사실이에요. 학교 못 다니는 아이들 보면 불쌍해요. 다른 나라에도 학교에 가고 싶은데 못 가는 아이들이 있나요?" (휴윗느웨)

"제가 찍은 사진 중에 가장 좋아하는 사진은 바로 우리 아빠를 찍은 사진이에요. 지금은 아빠가 병 때문에 몸이 너무 말랐어요. 그런데 사진상으로는 멋있어 보여요. 그래서 마음이 좋아요." (떼데퉤이)

"학교에 다니고 있는 아이들과 학교에 다니지 못하고 있는 아이들을 비교해 보면 학교에 다니고 있는 아이들이 더 자유롭다는 생각이 들어요. 이 사진을 찍으면서 학교에 다니지 못하고 있는 아이들이 학교에 다닐 수 있게 되면 좋겠다는 생각을 했어요." (끌레아니)

"처음에는 사원 생활이 힘들었지만 지금은 행복하게 잘 지내요. 친구들과 사원에서 같이 지낼 수 있어서 좋아요." (뚜난디)

이러니 어찌 내가 미얀마 아이들을 특별히 더 사랑하지 않을 수 있겠는가!

미얀마를 떠나면서 그런 생각이 들었다. 더 이상 이 프로젝트에 대해 의심하지 않아도 되겠다고. 미얀마 그리고 이 아이들을 만난 나야말로 진정한 행운아라고.

언니가 돌아왔다!

비행기가 몽골 울란바토르 칭기즈칸 국제공항에 착륙하기 위하여 상공을 선회하자 낯익은 울란바토르 시내의 풍경이 한눈에 들어왔다. 그 모습을 내려다보는데 안에서 무언가가 울컥 올라왔다. 사실은 내가 몽골을 그리워하고 있었음을 그때 깨달았다. 그렇다, 2010년 2월부터 1년여를 자원 활동가라는 신분으로 몽골에서 살았던 까닭이다.

공항 청사 밖으로 나오자 깔깔한 석탄 냄새가 섞인 차갑고 건조한 몽골 겨울 특유의 공기가 콧속을 강타했다. 익숙한 그 공기가 반갑기도 했지만 내가 12월에 몽골에 오다니, 미쳐도 단단히 미쳤구나 싶었다. 여름에 몽골을 와본 사람들은 다시 몽골에 오고 싶다고 입을 모은다. 하지만 겨울에 몽골을 와본 사람들은 죽어도 다시 오지 않겠다고 입을 모은다.

왜냐고? 추워도 너~~~무 춥거든!

"12월에도 한 달의 절반 이상이 영하 30도 이하예요. 1년도 안 지났는데 감이 너무 떨어진 거 아니에요, 언니?"

내가 몽골에 살았을 때 알고 지낸 자원 활동가 동생이자 이 프로젝트의 몽골 편 협력 단체인 지구촌공생회 몽골 지부의 간사 영이가 나를 보자마자 그렇게 야단을 쳤다. 몽골에 머무는 동안 영이의 집에서 숙식을 해결하기로 했는데 영이가 귀가하기 전에 내가 먼저 집에 도착하게 되었다. 그래서 실외도 아니고 실내인 아파트 복도, 게다가 울란바토르의 아파트는 복도에도 난방이 되는 시스템인데, 그런데도 복도에서 20분쯤 기다리다 동상 걸리는 줄 알았다. 공항에서 바로 집으로 이동하는 스케줄이니 내복 하나에 양말도 한 개만 신고 '가볍게' 왔기 때문이다. 그런 차림으로 영이와 전화 통화하느라 몇 분 동안 장갑을 벗고 있었던 게 화근이었다. 냉동실의 생선처럼 그새 꽝꽝 언 손은 녹을 기미를 보이지 않았고, 찬바람 한번 맞았다가 처음으로 정수리의 머리털이 쭈뼛 서면서 오싹거리는 경험을 했다.

그렇다. 살아봤다는 사람이 몽골의 겨울님을 그렇게 만만하게 보고 오다니, 내가 감이 떨어져도 너무 떨어진 것이다. 한겨울의 몽골은 밤에는 영하 40도 가까이 떨어지고 낮에도 영하 20도가 보통이다. 몽골 인들이야 적응돼서 괜찮지만 한국인들은 그 추위에 밖에 나다니려면 중무장을 하고도 손발이 떨어져 나가는 것 같다. 몇십 초 정도라고 해도 장갑 없이 맨손을 노출하는 건 자살 행위나 다름없고, 양말은 수면 양말까지 포함해서 세 개씩 껴 신어야 한다. 엄살이 아니다. 몽골에서 겨울을 나본 사람들은 안다. 몽골의 겨울 추위가 얼마나 무시무시한지를!

모름지기 놀아야 아이다. 비록 볼은 빨갛게 트고 손발은 꽁꽁 얼어도 말이다. 게다가 이 정도 추위쯤은 몽골 아이들에게 껌이다. 저 표정을 보고 누가 상상할 수 있겠는가, 지금 영하 20도라는 것을!

다음날에는 빙판길에 미끄러져서 완전히 대자로 자빠지고 말았다. 그렇게 신고식을 톡톡히 치른 후에야 몽골은 나를 다시 허락해 주었고 나를 다시 '자가 에그체'라 불러주었다. '에그체'는 언니 또는 누나를 호칭하는 몽골 어이고, '자가'는 행복이라는 뜻의 '자르갈'의 준말로 내 몽골어 이름이다. 바로 몽골 아이들이 나를 부르는 말이다.

이 '자가 에그체'가 툭하면 쓰는 몽골 어가 하나 있다. '어머나~' '엄마야~' '아이고~' 등의 뜻을 가진 몽골 어 '야나~'다. 몽골에서 처음 배운 단어여서 그런지 지금도 '아이고~' 소리가 나와야 할 때 나도 모르게 '야나~'가 튀어나온다. 그 외 '티모?'(그래?), '주게르'(괜찮아), '거이밴'(아주 좋아), '우꾸'(아니야) 등의 단어는 몽골에 살면 무시로 쓰고 말하게 되는 단어이다. 간단한 문장 정도는 할 수 있을 만큼의 몽골 어도 익혔지만 한국에 돌아가자마자 빛의 속도로 잊혀졌다. 한국에 있을 때는 그런 줄만 알았다. 그런데 신기하게도 다시 몽골에 오니 까맣게 잊고 있던 몽골 어가 나도 모르게 툭툭 튀어나온다.

그 나라의 현지어를 이해한다는 것에는 엄청난 장점이 있다. 몽골에서는 아이들이 하는 말을 내가 알아듣고 바로 반응해 주니 아이들이 거리감을 덜 느끼면서 다른 나라에서보다 몇 배로 빠르게 친밀감이 형성되었다. 그리고 간단한 감정 표현과 의사는 내가 아이들에게 직접 할 수 있으니 그 자리에서 바로 리액션을 주고받으며 더 많이 교감할 수 있었다. 하나부터 열까지 통역을 거치지 않아도 되면서 시간적인 여유가 생겼다는 것도 큰 장점이었다.

그 나라에 '살아본 사람'의 장점은 언어뿐이 아니다. 맥락을 이해할 수 있다는 것은 언어보다도 더 엄청난 장점이다. 몽골 사람들의 특성이나 주번 아이가 보온병을 들고 다니며 아이들 컵에 따라주는 것은 수테 차라는 이름의 우유를 넣고 끓인 차다. 이 수테 차를 몽골 사람들은 하루에도 몇 잔씩 마신다.

관습과 문화를 내가 어느 정도 알고 있다 보니 확실히 시행착오가 줄어든다. 몽골에 살아보지 않았더라면 베트남에서 첫날 오리엔테이션할 때처럼 몽골 아이들의 무뚝뚝한 표정과 뚱한 리액션에 속으로 당황하고 전전긍긍했을 것이다. 내가 생각하는 몽골은 친절하고 다정한 여성스러움보다는 강하고 선 굵은 남성스러움이 지배적인 나라다. 그래서 애당초 몽골 아이들에게 살갑거나 세심하거나 남을 배려하는 면들을 기대하지 않았고, 그러다 보니 당황하거나 상처받을 일도 많이 없었던 것 같다.

사실 동남아시아 사람과 북방 대륙의 몽골 사람은 지리적 차이만큼이나 기질 차이가 크다. 여러 원인을 찾을 수 있겠지만 내 생각에 가장 큰 원인은 유목을 하는 민족과 농경 생활을 하는 민족이라는 데서 오는 것 같다. 한국이나 베트남, 미얀마처럼 한 곳에 정착해서 농경 생활을 하는 민족은 남과 교류하고 힘을 모으지 않고는 생존하기가 힘들다. 상부상조하는 농사 품앗이나 두레 같은 조직이 괜히 생겨난 게 아닐 것이다. 그러다 보니 타인의 존재와 소문에 늘 신경을 쓰며 이른바 '낯짝'이나 소속감에 연연해하는 삶을 산다. 하지만 유목민들, 특히 몽골의 유목민들은 수 킬로미터를 가야 겨우 이웃을 만날 수 있을 만큼 광활한 대륙에 띄엄띄엄 흩어져 산다. 지금도 수도 울란바토르만 벗어나면 수백 마리의 가축을 치고 이동하면서 자기 가족 외에는 근방 수 킬로미터 안에 사람 구경을 못하고 사는 몽골 인들이 대부분이다. 오죽하면 칭기즈칸이 자기 어린 시절에 대해 "그림자 말고는 친구가 없었다"고 했겠나!

그래서 몽골 사람들이 대체로 다른 사람을 배려하고 양보하는 면은 약한 데 반해, 쫀쫀하고 자잘하게 굴지 않기 때문에 대인배다운 화끈하고 호탕한 매력이 있다.

몽골에 살면 주먹다짐하는 사람들을 종종 목격하게 된다. 한번은 길에서 서로 드잡이를 하며 죽기 살기로 싸우는 두 남자를 본 적이 있었다. 그 광경을 보고 처음에 얼마나 쫄았는지 모른다. 그런데 얼마 후 다시 그곳을 지나가는데 좀 전까지 싸우던 두 남자가 담배를 나눠 피면서 사이좋게 걸어가고 있었다. 언제 싸웠냐는 듯 말이다. 쏘 쿨~~ 아무튼 몽골 사람들 직설적이고 화끈한 건 알아줘야 한다. 처음에는 왜 이 사람들이 말로 할 걸 주먹으로 하는 건지 이해되지 않았다. 그러나 이제는 쫄지도 않고 나름 이해도 된다. 어제의 적이 오늘의 동지가 되고 어제의 동지였던 자가 오늘은 적이 되어 만나는 전쟁을 거듭한 끝에 대몽골제국을 세운 칭기즈칸의 후손들 아닌가! 몽골 사람은 늑대나 다른 부족으로부터 가족과 가축을 지키고 살아남기 위해 뼛속까지 강인해지지 않을 수 없었을 것이다. 고립무원의 환경에서 믿을 수 있는 건 오직 자기 자신뿐이었을 것이다.

그런데 프로젝트에 선정된 아이들이 딱 그러했다. 단체 사진을 찍을 때에도 다른 나라에서는 상상도 못한 일이 벌어졌다. 다른 나라에서는 행동 빠른 누군가가 내 팔짱을 먼저 끼고 옆자리를 차지하면 나머지 아이들은 어쩔 수 없다는 듯 조용히 물러난다. 그런데 몽골 아이들은 그러는 법이 없다. 당당하고 드세다! 내가 찜한 자리니까 비키라고 주장하고, 말로 안 되면 힘으로 밀어내서라도 자기 뜻을 관철시킨다. 내가 옆에 있는데도 개의치 않고 밀어내려는 자와 밀리지 않으려는 자의 힘겨루기가 벌어지는 것이다. 이러니 내가 큰소리를 내지 않을 수가 있겠나!

나 원 참, 그동안 베트남이나 미얀마에서는 내가 아이들에게 큰소리 한 번 내본 적이 없었다. 무슨 건수가 있어야 야단을 치지! 그런데 몽골

'티모?'(그래?), '주게르'(괜찮아), '거이 밴'(아주 좋아), '우꾸'(아니야)…… 이런 식으로 간단한 의사 표현과 리액션이 오간다. 그러니 몽골 아이들과는 더 빨리 친해지고 더 많이 교감하며 더 막역해지는 것이 당연지사.

에서는 내가 아이들에게 정색을 하고 큰소리 칠 일이 자꾸 일어났다. 진지해야 할 때에도 계속 장난을 치고 말을 안 듣는 통에 결국 야단을 쳐야 했고, 약속을 어기고도 그게 뭐 대수냐는 식으로 나오는 통에 잔소리를 해야 했다.

아이들이 이렇게 구는 데에는 다른 나라에는 없는 두 가지가 몽골에는 있기 때문이다. 하나는 장점이 곧 단점인 셈이다. 내가 자기 나라 언어로 말을 걸어주고 자기 나라에서 '살았던 사람'이기 때문이다. 그래서 아이들은 나를 너무 친근하게 여기다 못해 만만하게 굴면서 '개기는' 경향을 보였다. 그런데 사실 내가 몽골을 대하는 자세가 그렇다. 너무 친근해서 너무 만만하게 본다. 그러니 아이들한테만 뭐라 할 수 없는 노릇이다. 그리고 다른 이유 하나는 몽골 아이들 다섯 명 중 네 명이나 열한 살 동갑내기라는 점이다. 심지어 둘은 바로 옆집에 산다. 그렇게 서로 막역한 사이이니 내숭 같은 건 옛날 옛적에 안드로메다로 보내버린 상황!

그래서 몽골 아이들끼리 놔두면 방에서 난리가 난다. 기차 화통 삶아 먹은 듯 고래고래 소리 지르면서 약 올라 하는 아이, 우당탕 부딪치고 넘어지며 부산스럽게 돌아다니는 아이, 귀를 틀어막고 고개 숙이는 예민한 아이, 그러든가 말든가 노래 부르며 혼자 평화로운 아이, 언제 무슨 일로 나갔는지 알 수 없게 사라져버린 아이……

오죽하면 몽골에 1년 살았을 때에는 쓸 일이 없어서 몰랐는데 이번에 내가 새롭게 배운 몽골 어 하나가 있으니, 바로 '치메구'다. 이 단어가 가장 많이 들리는 곳은 학교 교실이다. 학교에서 선생님들이 입에 달고 사는 말로, 우리말로 번역하면 이런 뜻이다. '조용히 해! 떠들지 마!'

야나~

고래 싸움에 등 터지는 아기 새우, 나몽차야

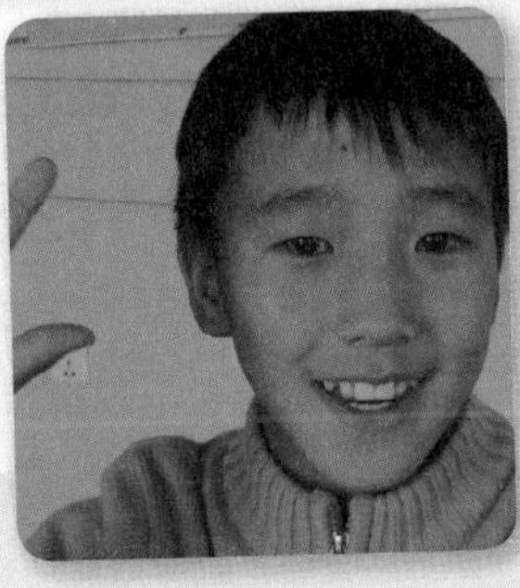

뛰는 톰 위에 나는 제리, 뭉흐바트

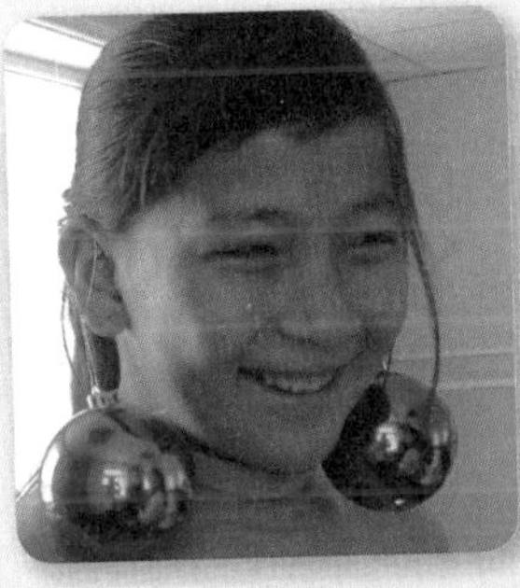

제리를 못 잡아먹어 안달인 톰, 할에르덴

예측불가의 특별한 아이, 툽신치멕

몽골의 애교 끝판왕, 이칭허롤러

천둥벌거숭이들의 치명적인 매력

몽골 아이들 중에서 존재감이 슈퍼갑인 아이들은 '톰과 제리'처럼 늘 티격태격하는 두 아이, 바로 함에르덴과 뭉흐바트다. 제리를 괴롭힐 생각으로 잔머리를 굴리지만 결국엔 제 꾀에 제가 넘어가서 번번이 당하는 쪽이 고양이 톰이다. 그런데 그 톰을 연상케 하는 아이가 바로 함에르덴이다.

가만히 보면 먼저 가서 집적거리고 신경을 건드리는 쪽은 주로 함에르덴이다. 그도 그럴 것이 함에르덴은 여자이지만 남자인 뭉흐바트보다 크다. 다른 아이들보다 성장 속도가 빨라서 몸집도 크고 힘도 꿀리지 않다 보니 남자아이들이 만만하게 보이고 선머슴같이 구는 것이다.

"말(장난감)을 사진으로 찍었어요. 말은 멋져요. 나중에 말로 태어나고 싶어요." (함에르덴)

하지만 결정적으로 함에르덴이 톰과 다른 게 한 가지가 있다. 톰처럼 머리 나쁘고 둔한 아이가 아니라는 점이다. 누구보다 눈치가 빠르고 센스가 있는 아이가 함에르덴이다. 사실 내가 말하는 몽골 어 수준이란 것이 '단어 모음+문법 무시+엉망진창 발음'이다. 그래서 몽골 사람들이 잘 못 알아듣는 경향이 있는데 신통방통하게도 함에르덴은 한 번에 이해해서 친구들에게 통역까지 해준다. 프로젝트도 가장 완벽하게 이해하고 있어 기특하기 짝이 없고 성격은 시원스럽고 적극적이어서 나무랄 데가 없다. 단 제리와 아옹다옹하는 것만 빼면 말이다.

〈톰과 제리〉에 보면 승자는 언제나 제리다. 덩치가 훨씬 큰 톰을 민첩한 행동과 영특한 기지로 골탕 먹이고 승자의 여유를 누리는 제리, 딱 뭉흐바트 이야기다. 뭉흐바트는 실제로 시험에서 백점을 맞기도 하는 등 공부도 꽤 잘하고 영특한 모양이다. 뭉흐바트는 학교가 끝나면 바로 지구촌공생회에서 운영하는 도서관으로 '출근'해서 도서관이 문을 닫을 때까지 죽치고 앉아 책을 읽는다. 그러다 보니 읽은 책도 많고 장래 희망도 도서관 사서라고 한다.

뭉흐바트는 마을에서 한참 벗어난 동네에 살고 있어서 학교까지 가려면 한 시간을 걷거나 한 시간에 한 번씩 지나가는 버스를 이용한다. 그런 지리적 핸디캡 때문에 뭉흐바트는 그동안 NGO에서 하는 다양한 프로그램에 수혜자로서 기회를 누려본 적이 없다. 그러다 보니 이 프로젝트에 참여하게 된 것을 누구보다도 기쁘게 여기고 사명감에 불타 있었

"칭기즈칸은 세계의 절반을 정복한 대단한 사람입니다. 외국 친구들이 칭기즈칸을 찍은 제 사진을 보고 세계적으로 유명한 이 위인이 몽골 사람이었구나 하는 것을 알아주면 좋겠어요." (뭉흐바트)

다. 사진 한 장, 글 한 줄에도 자기 조국에 대한 자긍심이 묻어난다.

다음은 몽골의 홍보 대사 뭉흐바트 님이 남기신 주옥같은 어록이다.

"옛날부터 몽골 사람들은 게르(몽골 전통 천막집)를 몇 채씩 지어 함께 살았습니다. 그렇게 사는 것을 자랑스럽게 생각해요. 몽골 게르는 수작업이 많이 들어가고, 못 같은 인공적인 것은 하나도 들어가지 않는다는 사실을 외국 친구들에게 알려주고 싶어요." (뭉흐바트)

"몽골을 대표하는 다섯 가지 가축은 양, 염소, 말, 소, 낙대입니다. 옛날부터 몽골 사람들은 가축을 잘 키우고 우유로 유제품을 만들어 먹었습니다. 몽골 사람들이 가축의 우유를 얼마나 잘 활용하는지를 외국 친구들에게도 알려주고 싶어요." (뭉흐바트)

"몽골 말에는 (나무 없는 곳에서 사는) 산말, (나무 많은 곳에서 사는) 산맥말, (사막에서 사는) 들말의 세 가지 종류가 있습니다. 몽골 말은 신체가 튼튼하고 빨리 달리고 용감합니다. 수컷 말에는 똑똑한 대장이 있어 전체 무리를 이끕니다. 몽골 말은 똑똑하고 주인에게 충성합니다. 말을 타고 나갔다 주인이 죽으면 말이 집으로 돌아가서 집의 가족들을 죽어 있는 주인이 있는 곳으로 안내합니다. 그래서 말 사진을 찍었습니다." (뭉흐바트)

함에르덴과 뭉흐바트의 사진과 글에서 자주 등장하는 것만 봐도 알 수 있듯 칭기즈칸과 말馬은 몽골을 대표하는 두 가지 키워드다. 칭기즈칸은 말로 천하를 통일하고 몽골제국을 세웠다. 몽골 아이들은 걸음마보다 먼저 말타기를 배운다는 얘기가 있을 정도다. 소변이나 대변을 보러 나갈 때 몽골 사람들은 "말 보고 온다"고 표현한다. 그만큼 말이라는 가축은 몽골 인의 일상에 밀접하고 특별하다. 특히 유목민들에게 말은 신체의 일부와 같다.

몽골 어에는 가축의 나이에 따라 부르는 호칭이 따로 있는데 말의 경우에는 무려 54가지나 된다고 한다. 한국어로는 좀 작으면 망아지요, 좀 크면 말이 전부이지만, 몽골 어로는 망아지 중에 6개월 된 망아지와 1년 된 망아지, 2년 된 망아지의 이름이 다 따로 있다는 얘기다. 그런데 뭉흐바트의 설명에 따르면 나무가 있는 산과 나무가 없는 산에서 사는 말이 또 제각각 다른 이름으로 불리나 보다. 또한 말의 색깔을 표현하는 몽골 어도 기본 어휘만 16가지인데, 더 세밀하게 나타내면 160가지, 지역의 방언까지 포함하면 무려 300가지에 이른다는 글을 본 적이 있다. 예를 들어 한국어로 풀이하자면 그냥 '붉은 말'이 아니라 '까만빛이 도는 불그스름한 말', '아주 빨갛지는 않고 그렇다고 붉다고는 할 수 없는 그 사이 색깔의 말' 등등으로 어마어마하게 많은 표현이 가능하다는 얘기다.

"새들이 창문 뒤에서 자고 있어요. 겨울에는 춥기 때문이에요." (나몽차야)

"옆집 개를 찍었어요. 저를 가장 힘들게 하는 것은 그 개예요. 제가 지나갈 때마다 힘들게 해요." (나몽차야)

'톰과 제리'가 서로 으르렁거릴 때면 언니 오빠한테 차마 조용히 하라는 말은 못하고 유일하게 스트레스를 받는 아이가 있다. 열 살의 나몽차야다. 고래 싸움에 새우 등 터진다는 말처럼 억세고 괄괄한 언니 오빠들 덕분에 애먼 나몽차야가 다치거나 울게 되는 상황이 종종 벌어졌다. 나몽차야는 목소리도 작고 예민하고 약해 보여서 보호 본능을 불러일으키는 아이이다. 아닌 게 아니라 첫날 우람한 체격의 상남자가 나몽차야를 호위하며 보디가드로 따라왔다. 나몽차야의 아버지였다. 그러면서 내가 수상한 사람은 아닌 것 같다고 판단했는지 그 상남자가 눈이 반달이 되어 인사하는 통에 얼떨떨했다. 우락부락한 외모에서 도저히 연상될 수 없는 아이 같고 순박한 표정이었기 때문이다.

나몽차야와 달리 이칭허를러의 대응 방식은 '톰과 제리'에 대해 무념무상 유아독존이다. 열한 살 동갑내기로서 거의 매년 같은 교실에서 지내다 보니 둘이 티격태격하는 광경을 보는 것도 이력이 난 것이다. 이칭허를러의 얼굴은 무표정할 때 보면 그리 귀엽지도 인상적이지도 않다. 그런데 자신이 뭔가 원하는 상황이 생기면 애교가 자동으로 발동한다. 언제 투정을 부려야 하고 언제 애교를 부려야 하는 줄을 본능적으로 아는 것이다. 알고 보니 집에서 늦둥이 막내다. 부모로부터 충분한 관심과 사랑을 받으며 자라는 아이는 안정감과 자존감이 강하다. 이칭허를러의 사진을 보면 그런 것들이 다분히 느껴지고, 여느 열한 살 아이다운 솔직한 감정 표현과 관심사가 보인다.

"나를 힘들게 하는 것은 후진 옷이에요. 후진 옷을 입고 다녀서 너무 속상해요." (이칭허를러)

아이들이 사는 곳은 울란바토르 외곽에 위치한 쇼워라는 지역으로 돈

"저는 다시 태어나면 비둘기가 되고 싶어요. 비둘기처럼 예쁜 새로 태어나고 싶어요." (나몽차야)

"내 꿈은 댄서예요. 그래서 이 사진을 찍었죠. 이러고 사진을 찍으니 기분이 좋았어요." (이칭허를러)

을 벌기 위해 상경한 시골 사람들이 많이 살고 있다. 주로 수백 마리의 양과 소, 말 등을 키우고 살다가 혹독한 추위에 가축을 잃었거나, 근대화 물결에 휩쓸려 유목 생활을 청산하고 도시로 무작정 상경한 시골 사람들이다.

몽골의 실업률은 10퍼센트에 가까울 만큼 높다. 몽골의 땅덩어리는 남북한을 다 합친 것의 여덟 배인데 전체 인구는 300만이 조금 안 된다. 그런데 전체 인구의 절반이 울란바토르에 살고 있으니 당연히 일자리의 수요가 공급을 초과할 수밖에 없다. 그나마 아이들이 살고 있는 곳은 근처에 닭고기 공장과 샐러드 제조 공장이 있어 일자리를 구하기가 나은 편이다. 그래봤자 한국 돈으로 한 달에 25만 원 정도 버는 형편이라 몽골의 치솟는 물가를 감당하기 힘들지만 말이다.

몽골 사람들은 거의 대부분 몽골의 전통 천막 가옥인 '게르'에서 생활한다. 게르 안에서 석탄 난로를 때 취사도 하고 난방도 하는데, 문제는 물이다. 게르에는 수도 시설이 없기 때문이다. 그러니 한낮 기온이 따뜻해 봤자 영하 20도인 한겨울에 심하게는 몇 킬로미터를 가야 하는 우물에 가서 물을 길어오는 게 이들의 일상이다. 그런데 매일 되풀이되는 이런 일상에서 아이들이라고 봐주는 법이 없다.

"우물에 가서 물 떠오는 데 왕복 15분 정도 걸려요. 매일 난로에 불도 때요. 우리 가족 모두 하는 일이고 몽골 사람이면 세 살 때부터 다 하는 일인걸요." (뭉흐바트)

"엄마 안 계실 때에는 제가 설거지와 청소를 해요. 그리고 일주일에 두 번씩

우물에 가서 물을 떠와요. 춥지만 장갑이 있잖아요. 괜찮아요!" (나몽차야)

또래 한국 아이들로서는 상상도 못할 것이다. 나도 믿기지가 않아서 정말 몽골 아이들은 네 나이에 빨래도 직접 하느냐고 물었더니 함에르덴이 당연한 것 아니냐고 도리어 의아해한다. '이 나이'에 그런 집안일도 안 하면 그게 이상한 것 아니냐며 고개를 갸우뚱한다. 석탄 난로는 길어야 여섯 시간이면 열이 식기 때문에 새벽에 꼭 한 번씩 일어나서 석탄을 새로 넣어줘야 한다. 그런데 이 성가시고 위험한 일을 몽골에서는 아이들도 똑같이 하는 것이다. 이삼일에 한 번 우물에 가서 물 떠오기는 기본이다. 나는 잠깐만 밖에 나가도 얼어 죽을 것 같다며 생난리를 치는데 몽골 아이들은 눈썹에 고드름을 매달고 제 몸무게만한 물통 수레를 밀며 묵묵히 눈밭을 가로질러 가는 것이다.

마냥 말썽부리고 자기 생각밖에 못할 때면 '이 천둥벌거숭이들을 어쩌면 좋을꼬' 싶다가도, 이처럼 일당백의 몫을 톡톡히 하면서도 엄살이나 생색은 조금도 하지 않으니 그저 내가 부끄러워지고 몽골 아이들이 존경스러울 따름이다.

열한 살 동갑내기 네 명 중 마지막 아이의 이름은 툽신치멕이다. 이칭허를러가 애교와 '예쁜 짓'으로 자기를 주목하게 만든다면, 툽신치멕은 정반대의 방식으로 신경 쓰이고 마음 쓰이게 하는 아이다. 사진과 글에서 느껴지는 툽신치멕의 인상은 솜사탕 같고 솜털 같다. 툽신치멕이 동생을 끌어안고 찍은 사진을 보면 적당히 예뻐하는 게 아니라 넘치도록 예뻐한다는 게 느껴진다. 격렬한 사랑과 연민이 이 아이의 내면에 존재한다는 얘기다.

"제가 빨래하는 사진 맞는데요! 다른 나라 아이들도 그 정도 일은 당연히 하고 살지 않나요?" (할에르덴)

"내가 가진 것 중에 가장 소중한 것은 우리 할머니가 옛날에 만든 비즈 목걸이예요." (툽신치멕)

"제가 선물을 줄 수 있다면 저는 동생에게 장난감을 주고 싶어요. 동생이 장난감을 좋아하거든요." (툽신치멕)

그러나 글과 사진에서 느껴지는 이미지와 달리 툽신치멕의 실제 느낌은 이상하게 윤기가 없고 퍽퍽했다. 어떻게 말로 표현할 수 없는 투박함 같은 게 있다. 예를 들면 이런 식이다. 처음 카메라를 줄 때 충전 방법을 설명해 주는데 당시에는 잘 알아듣는 것 같던 아이들도 막상 집에 가면 어떻게 하는 건지 헷갈려 하고 두려워한다. 그래서 다음에 만났을 때 충전하는 방법을 다시 알려달라고 하는 아이들이 자주 나온다. 그럴 때 보통 아이들은 도와달라는 자세로 상식적인 행동을 보인다. 그런데 툽신치멕은 다짜고짜 충전기가 고장이라면서 카메라와 충전기를 내던지듯 했다. 점검해 보니 충전기는 이상이 없고 배터리를 거꾸로 끼워서 충전이 안 된 상황이었는데, 사정이야 어쨌든 툽신치멕처럼 말도 퉁명스럽게 하고 카메라를 함부로 던지듯 다루는 아이는 그 누구도 없었다.

몽골에서의 일정이 끝나고 마지막 날 헤어지려는데 함에르덴이 내게 작은 상자를 내밀었다. 상자를 열어보니 코끼리 모양으로 된 예쁜 장식물이었다. 이게 뭐냐고 물으니 엄마가 선물로 드리라고 했단다. 함에르덴의 부모는 모두 직업이 없어서 국가에서 주는 연금으로 근근이 살고 있다. 함에르덴의 집안 형편이 넉넉하지 않은 것을 알고 있기에 감격스럽기까지 했다. 아이의 부모로부터 선물을 받게 되다니, 전혀 기대도 못한 일이었다.

함에르덴의 엄마가 나의 존재를 인식하고 선물까지 챙기게 된 건 가정 방문으로 나와 만나봤기 때문이다. '카메라야 부탁해!' 프로젝트에는 43명의 후원자 외에 몽골 편을 특별 후원한 후원자가 한 분 더 있는데, 울란바토르의 한 한국 기업에서 일하는 김 소장님이 그 주인공이다. 내가 가정 방문을 하고 싶어 한다는 얘기를 듣고 그분이 자신의 차량과 운전기사를 무상으로 제공해 준 것이다. 덕분에 빙판길에 미끄러져 대자로 눕지도 않고 몽골 아이들처럼 양 볼이 빨갛게 트지도 않은 채 안락하게 아이들의 집을 방문할 수 있었다.

'도어 투 도어'로 편히 이동하게 되어서 그런지 아이들은 자기 집에서 볼일이 끝나도 병아리처럼 졸졸졸 따라다녔다. 그렇게 친구들 집을 순방하면서 아이들도 서로 더 가까워지고 달리 느껴지는 게 있는 듯 보였다. 같은 친구라고 해도 자기 집에 데려와 본 친구와 와본 적 없는 친구는 친밀감의 급이 다르지 않은가! 그리고 외국인의 가정 방문이라는 이벤트가 아이들에게는 들뜨고 특별한 기분에 취하게 만들었던 것 같다. 담임 선생님도 그렇게까지 아이에게 관심을 보이고 시간을 낸 적이 없었을 테니 말이다.

나로서는 아이들의 가정 형편을 눈으로 직접 확인하고 부모들도 만나 볼 수 있다는 게 엄청난 소득이었다. 부모들은 내가 직접 찾아와 프로젝트에 대해 설명해 주니 고맙기도 하고 안심도 되는 모양이었다. 또 부모들을 만나면서 아이에 대해 몰랐던 것도 알게 되고 아이의 행동에 대해 더 깊이 이해할 수 있는 계기가 되었다. 나몽차야의 엄마를 직접 만나고 나서 나몽차야의 성격이며 옷차림이 왜 그렇게 깨끗하고 센스 있는지를

"보면 볼수록 사랑스러운 거요? 제 동생이죠. 저는 동생을 보고 있으면 너무 귀여워서 기분이 막 좋아져요." (툽신체렉)

알았다. 함에르덴의 엄마도 직접 만나보니 함에르덴의 성격이 화통하고 곰살궂은 이유를 알 것 같았다. 무엇보다도 툽신치멕의 이해할 수 없는 행동들을 이해할 수 있는 맥락이 생겼다.

툽신치멕의 집에서는 아버지가 나를 맞아주었다. 그런데 되는 대로 입은 듯한 옷이며 미간 사이의 깊게 패인 주름이 실제보다 훨씬 나이 들어 보이는 인상이었다. 그는 5년 전 건축 현장에서 일하다 다리를 크게 다쳤고 그 후로 변변한 일자리를 얻지 못해 집에서 아이들을 뒤치다꺼리하고 있다고 했다. 그 대신 엄마가 인근 공장에서 일을 하며 생계를 책임지고 있다고 했다.

그러나 나는 아버지가 정말 뒤치다꺼리를 하기는 하는 걸까, 과연 엄마가 집을 건사하기는 하는 걸까 의구심이 들었다. 사정은 알 수 없으나 툽신치멕의 부모는 아이들을 거의 방치하다시피 하는 듯 보였다. 유치원에 다닐 만한 나이의 어린 두 동생은 자세히 보면 귀엽게 생긴 얼굴이다. 그런데 제때 씻기지 않아 얼굴은 꼬질꼬질하고 옷은 꾀죄죄해 선뜻 손을 뻗어 안아줄 수가 없었다. 주부의 손길이 닿은 지 오래된 느낌의 집 안은 지저분한 것도 지저분한 것이지만 어딘지 모르게 어수선하고 불안정한 분위기였다. 집 안이 이러한 것이 툽신치멕의 정서에 어떤 영향을 미치겠는가!

당시에는 거기까지였다. 그저 깨끗하고 안정적인 가정과는 거리가 먼 집 안이 툽신치멕의 불안정한 정서와 어떤 연관이 있지 않을까 그 정도만 생각될 뿐이었다. 내 관심이, 내 애정이, 내 역량이 거기까지였기 때문이다. 다만 그날 본 한 장면이 내 시선을 끌었고 가시처럼 목에 걸려 두고두고 떠올랐다.

그것은 내가 아버지와 이야기를 나눌 때 우연히 목격한 툽신치멕의 모습이었다. 어두운 얼굴을 한 채 편치 않은 자세로 앉아 있는 모습. 그런 모습은 이전에 본 기억이 없었다. 가장 편해야 할 자기 집에서 오히려 가장 불편해 보이는 아이…… 부끄러웠을까? 화가 났을까?

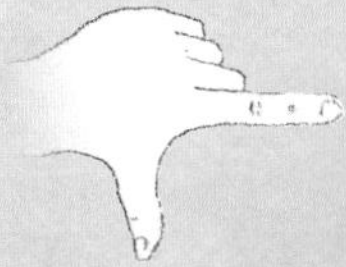

너의 의미

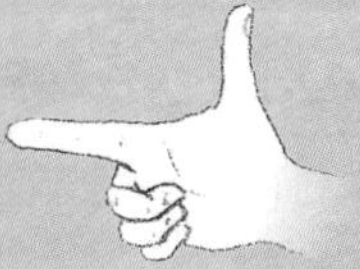

몽골에서의 소풍날은 이 프로젝트 역사상 가장 길고 다사다난했던 하루였다. 소풍날 나의 일정은 아침 7시에 시작되어 저녁 6시에 끝났다. 시내에서 차를 빌리고 쇼워로 가서 아이들을 차에 태워 소풍을 간 다음 다시 쇼워로 아이들을 데려다주는 풀코스 서비스를 진행하느라 차만 여섯 시간을 타야 했다.

사실 몽골에서는 겨울에는 추워서 어디 갈 만한 데도 없는데다 한번 움직이자면 차를 대절해야 해서 비용도 만만치 않게 들기 때문에 소풍을 생략할까 싶었다. 그런데 베트남과 미얀마에서 아이들에게 가장 만족도가 높은 프로그램이 소풍이었다. 그리고 추운 날씨 때문에 아이들이 밖에서 사진을 많이 못 찍다 보니 사실 찍을 만한 것은 다 찍었다는 몽골 아이들의 말에도 일리가 있었다. 그래서 결국 몽골에서도 소풍을 가기로 결정했다. 그런데 이번에는 놀이 공원이 아니었다.

“눈썰매장이요? 텔레비전에서 광고하는 거기요? 가면 진짜 눈썰매 타는 거예요?”

눈썰매 소리에 아이들의 눈이 커지고 말들이 많아졌다. 열두 달 중 아홉 달을 눈을 볼 수 있는 나라가 몽골이다. 하지만 불과 몇 년 전만 해도 스키를 탈 수 없는 나라가 몽골이었다. 그러다 최근에 울란바토르 외곽에 스키와 눈썰매를 탈 수 있는 리조트가 개장을 했다. 그런데 리조트라는 것이 대개 그러하듯 자가용이 없으면 가기 힘든 곳이고 입장료나 장비 렌탈료, 음식값 등이 비싸다. 때문에 서민들에게는 그림의 떡이요, 언제 한번 가보는 게 로망이다. 그런데 내가 대충 계산해 보니 차량만 확보된다면 눈썰매 반나절 타고 시내에서 밥을 사먹는 경우 그리 비용이 많이 들지 않았다. 다만 추워서 아이들이 과연 눈썰매를 탈 수 있을까 그게 걱정일 뿐. 그런데 그것은 쓸모없는 기우였다.

“하나도 안 추워요! 오늘 영하 6도밖에 안 되는 걸요.”

“손이 다 얼었는데 뭐가 안 추워? 뭉흐바트, 너 지금까지 한 번도 안 쉬고 계속 탔잖아. 몇 번 탄 거야?”

“몰라요. 한 오십 번?”

“야나(아이고)~”

“저 갈게요.”

“벌써? 물 먹고 좀 쉬었다 가~”

“목 안 말라요~”

“잠깐만! 그럼 손이라도 녹이고 가~”

눈의 나라 몽골에 살고 있지만 눈썰매라는 것은 생전 처음 타보는 아이들이다. 볼이 빨개지고 옷이 다 젖어도 아랑곳하지 않는다. 그렇게 세 시간 내리 아이들은 눈썰매'만' 탔다.

"다 녹았어요~"

아이는 이미 등을 보이며 문을 향해 내달린 뒤였다. 뭉흐바트만의 이야기가 아니다. 아이들 모두 눈밭에 굴러 옷이 다 젖고 볼이 빨개졌지만 진짜 물 먹고 화장실 가는 시간도 아까워했고, 내가 좀 쉬라고 하면 행여 붙들릴까봐 미꾸라지처럼 빠져나갔다. 다람쥐 쳇바퀴 구르듯 단조롭기 짝이 없는 그 오르내림을 어떻게 세 시간 동안 반복할 수 있는지 감탄스러울 따름이다.

정작 나는 세 시간 자유 이용권을 끊어놓고도 실내에 틀어박혀 한 번도 눈썰매를 타지 않았다. 몸살 기운 때문이었다. 영상 30도의 동남아에서 더워 죽겠다며 민소매 티셔츠 차림으로 축 늘어져 지내던 것이 불과 일주일 전이었다. 그런데 지금은 또 밤에는 영하 30도까지 떨어지는 곳에서 머플러를 칭칭 동여매고 추워 죽겠다며 잔뜩 웅크리고 있다. 단시간에 급격한 기온 차이에 노출되었으니 몸살이 나지 않는다면 그게 더 이상한 일일 것이다. 내 몸의 장기들이 대체 어디다 장단을 맞춰야 하느냐고 아우성을 치는 듯했다. 그래서 통역해 주는 동생 어요카와 함께 내내 실내에 틀어박혀서 그동안 아이들이 쓴 사진 일기장과 사진을 들여다보고 있었다.

툽신치멕과의 드라마는 그때부터 시작되었다.

"툽신치멕, 사진은 좀 찍었니?"

"아뇨."

"아뇨? 왜?"

"카메라 없어요."

그러면서 툽신치멕은 용무 다 끝났다는 듯 홱 돌아섰다. 나는 툽신치멕을 불러 세웠다. 처음에는 진짜 무슨 말인지 이해가 안 되어 물어봤다.

"카메라가 없다니 그게 무슨 말이야?"

"차에 있다고요."

"카메라를 안 갖고 내렸다고? 왜?"

"거추장스러워서요."

황당했다. 너무도 당당하게 대답하는 아이의 얼굴을 보니 내가 이상한 건가 싶어 머리가 어질어질했다. 그러다 다시 이야기를 하려고 고개를 돌렸는데 야나~ 툽신치멕은 이미 저만치 달려가며 등만 보이고 있었다.

큰소리로 이름을 불러 툽신치멕을 가까이 오게 했다. 입이 댓 발쯤 나온 툽신치멕이 왜 귀찮게 붙잡느냐는 표정으로 내 앞에 다시 섰다.

"아까 우리 차에서 내리기 전에 카메라 갖고 내려야 되냐고 누가 물어봤던 거 기억나, 안 나? 그래서 내가 뭐라고 대답했지? 눈썰매 타고 노는 것도 노는 거지만 오늘 여기 온 목적 중의 하나는 사진을 찍는 거라고 내가 설명했어, 안 했어?"

"…… 했어요."

"그래서 다들 카메라 챙겨서 내리는 거 너도 봤지? 그럼 걔들은 거추장스럽지 않아서 카메라 들고 내린 거야? 그리고 다른 아이들이 이 안에서 사진 찍고 다니는 거 너도 분명히 봤지? 그걸 보면서 아무 생각 안 들었어?"

"……"

대답이 없다. 마음이 저기 콩밭에 가 있기 때문이다. 어서 가서 눈썰매 탈 생각만 하고 내 말은 듣는 둥 마는 둥 하는 아이를 보니 슬슬 화가 올라왔다. 대체 어디서부터 어떻게 얘기를 해야 할지 갑갑해서 한숨

이 나왔다. 그래서 잠시 고개를 돌렸는데 야나~ 그 순간 기다렸다는 듯 톱신치멕이 획 돌아섰다. 그리고 뛰어가기 시작했다.

순간 속에서 울컥 올라왔다. 처음에는 어이가 없었는데 이제는 화가 났다. 톱신치멕이 카메라를 차에 두고 내린 것은 이미 논점에서 벗어나 있었다. 그 사실 자체는 뭐 그리 괘씸할 일도 아니다. 내가 괘씸했던 것은 상대방 이야기는 듣지 않고 자기 멋대로 행동하는 톱신치멕의 태도였다. 아까보다 더 큰 목소리로 몇 번을 더 외친 다음에야 톱신치멕이 다시 돌아왔다. 나는 아이가 도망가지 못하도록 옷깃을 붙잡았다. 그리고 동시 통역이 힘들 만큼 쏟아내었다.

"왜 자꾸 네 멋대로 가버리는 거야? 이게 통보지 무슨 대화야? 넌 네 할 말만 하면 끝이니? 상대방이 할 말을 다했는지 안 했는지 그런 건 생각 못해? 사람 말을 제대로 듣지 않으니까 자꾸 이런 일이 일어나는 거 아냐? 한 번만 더 이러면 나 진짜 가만히 안 있을 거야. 앞으로 너, 나한테 가도 되냐고 꼭 확인받은 다음에 움직여! 그리고 지금 당장 운전기사 아저씨한테 차 열어달라고 해서 네 카메라 갖고 와 찍어. 알아들었어?"

그제서야 분위기 파악이 된 듯 보였다. 톱신치멕은 알았다며 고개를 끄덕이고 떠났다. 그러고 나니 나도 마음이 약해졌다. 내가 좀 심했던 것 같아 미안한 마음이 들었다. 혹시 톱신치멕이 상처를 입은 건 아닐까 신경이 쓰였다. 그런데 한 시간 정도 지났을까, 운전기사 아저씨를 만났다.

"아저씨, 번거롭게 해드려서 죄송해요. 그 아이한테 차 열어주셨죠?"

"누구요? 차는 왜요?"

"어! 톱신치멕이 찾지 않았어요? 제가 아저씨한테 가서 차 열어달라고 부탁하라 그랬거든요."

"누가 절 찾았다고요? 그런 일 없었는데요?"

게다가 기사 아저씨는 내내 아이들과 함께 썰매를 탔다고 했다. 그렇다면 튭신치멕이 기사 아저씨를 못 봤을 리가 없는데 보고도 얘기 안 했다는 뜻이다. 야나~ 머리에 스팀이 올랐다. '개무시'당한 줄도 모르고 혼자 괜히 미안해했던 내가 천하의 등신이지!

그랬다. 그저 산만한 아이가 별 생각 없이 한 행동이려니 하고 넘어갈 수도 있는 문제다. 그런데 나는 그 아이가 나를 무시했고, 내 존재 자체를 거부했다고 받아들였다. 내가 아직 보고 있는데, 내가 아직 사랑하고 있는데 상대방이 내 앞에서 돌아서서 등을 보이면 나는 내 존재 자체가 거부됐다고 받아들였다. 거절, 거부…… 그리하여 홀로 남겨짐…… 혼자인 것은 참을 만하다. 내가 참을 수 없는 건 나를 사랑하고 내가 사랑했던 것들이 어느 날 갑자기 내게 등을 보이며 내 눈앞에서 문이 닫히는 상황이다. 쿵! 그것만큼 비참하고 고통스러운 경험이 또 있을까! 그래서 나는 늘 남겨지지 않기 위해 내가 먼저 버렸다. 거부되지 않기 위해 내가 먼저 돌아섰으며, 초라해지지 않기 위해 박수받을 때 퇴장했다. 내 삶은 그 두려움과 맞닥뜨리지 않기 위한 선택의 연속이었다.

그렇다. 사실은 튭신치멕이 아니라 나의 문제다. 사람이 어떤 대목에 유독 예민한 반응을 보이는 건 그 대목이 그 사람 과거의 어떤 미해결 과제와 관련되어 있기 때문이다. 내가 유독 거부의 사인에 예민하게 반응하고 아파하는 것은 PTSD(외상 후 스트레스 장애), 즉 트라우마 때문이었다. 그것이 트라우마라는 것을 내가 인정하고 직면하는 데에만 무려 6년이 걸렸다.

그러나 그 당시에는 그것을 알지 못했다. 당시만 해도 나는 나 자신

몽골에서는 특별히 일정을 앞당겨 1차 프로젝트 기간에 사진 전시회를 가졌다. 사진을 구경하는 사람들에게 아이들은 자기가 찍은 사진을 소개하며 자랑스러워했다.

에 대해 까막눈이었다. 그러면서 나는 누구보다도 나 자신을 잘 읽고 있으며 정직하게 행동한다고 착각했다. 또는 무의식적인 방어일 수도 있다. 내 원초적인 두려움과 맞닥뜨리지 않기 위해, 내 고통스러운 상처를 헤집지 않기 위해 초점을 밖으로 돌린 것인지 모른다. 이건 나의 문제가 아니라 너의 문제라고 하면서.

그런데 이것은 겨우 오프닝에 불과할 뿐, 진짜 드라마는 이제부터 시작이었다. 툽신치멕이 지른 불에 가뜩이나 더워하고 있는 상황인데 다른 아이들은 불난 집에 부채질하는 셈이었다. 사진 일기장을 점검하다 물어볼 것이 있어 아이들을 호출하면 내 말을 전달하러 간 아이도, 전달받았을 아이도 함흥차사였다. 아이들이 다시 나타났을 때에는 세 시간짜리 이용권이 만료되어 나가야 하는 시간이었다. 그러면서 나에게 기껏 한다는 소리가 유감 표명이었다. 재미는 있었는데 세 시간밖에 타지 못해 아쉽다고 말이다. 야나~ 이칭허를러는 한 술 더 떴다. 여기까지 와서 리프트도 못 타보고 간다면서 나 들으라는 듯 계속 구시렁거렸다. 그것이 아이들에게 생애 처음으로 스키장에 데려와 눈썰매를 태워주고, 차를 대절해 풀코스로 서비스하며, 식사에 간식까지 제공한 나에게 아이들이 돌려준 인사였다.

당연히 아이들이 악의 없이 하는 소리라는 것을 안다. 아이가 하는 소리에 예민하게 받아들이는 것도 우스운 일이다. 그러나 오늘뿐만 아니라 몽골에 온 이후 지금까지 나는 아이들한테서 고맙다는 뜻의 '바야를라~' 한 마디를 단 한 번도 듣지 못했다. 감사 치레를 들을 목적으로 이러고 다니는 건 아니지만 그래도 이런 반응은 너무 억울했다. 받은 것에 대해 인사는 없고 왜 조금밖에 안 해주느냐며 더 바라는 소리나 하는 몽골 아이들의 태도에 나는 기운이 쭉 빠졌다. 뭐지? 내가 이 아이들을 잘못 길들이고 있나? 받는 것에 대해 아이들이 이렇게 당연하게 여겨도 되나? 내가 대가없이 퍼주다 보니 이 아이들이 나를 돈 많은 자선 사업가쯤으로 여기나?

그리하여 아이들을 앉혀놓고 일장 훈계를 했다. 툽신치멕의 행동에 대한 지적질부터 시작해서 지금 내 기분이 어떤지를 정색을 하고 설명했다. 다다다다다~ 신나게 놀고 온 아이들은 갑자기 이게 웬 마른하늘에 날벼락인가 싶은 눈치였다. 분위기는 싸해졌고 아이들은 내 눈치만 살폈다. 그러더니 그 시각 이후부터 미친 듯이 사진을 찍어대기 시작했다. 눈썰매장에서 노는 데에만 정신이 팔렸던 게 좀 미안했던지, 차창 밖으로 휙휙 지나가는 풍경들에 정신없이 셔터를 눌러댔다.

내 옆자리 차지하기 경쟁이 시작된 것도 그때부터였다. 식당에서도, 중간에 들른 관광지에서도 아이들은 경쟁적으로 "자가 에그체~"를 찾으며 기념 사진을 찍어댔다. 이칭허를러는 필살기인 애교를 부리며 연신 내 팔짱을 끼었다. 금방 혼나고 바로 웃고, 금방 싸우고 바로 화해하고, 금방 울고 바로 웃고…… 역시 아이들이다!

덕분에 내 마음도 곧 풀려 언제 그런 일이 있었냐는 듯 화기애애하게 식사를 하고 아이들을 집까지 바래다주었다. 그런데 다사다난했던 소풍의 추억은 이것으로 끝이 아니었다. 이 사건의 오프닝은 툽신치멕이었다. 그러더니 클로징까지 분량 꽉꽉 채웠다!

소풍 전날, 나는 아이들에게 옷을 단단히 껴입고 특히 장갑을 챙겨오라고 신신당부를 했다. 그런데 소풍 당일에 보니 툽신치멕이 맨손이었다. 장갑을 잃어버려서 없다는 것이었다. 중간에 어디 들러서 장갑을 사러 가기도 애매한 노선이었다. 그래서 가는 길에 우리 집에 들러 내가 갖고 있던 여분의 장갑을 툽신치멕에게 주었다. 겉은 스웨이드이고 안은 양털로 된 두툼한 장갑으로 몽골에서 사서 한 번인가 껴본 새것이었다.

사실 처음에는 툽신치멕에게 그 장갑을 아예 줄 생각이었다. 그런데 몇 시간 후 툽신치멕이 내 얘기를 '개무시'하는 사건이 일어났고, 우연히 내 장갑이 눈밭에 아무렇게나 굴러다니고 있는 것을 내가 목격했다. 그래서 툽신치멕에게 내 장갑을 어쨌냐고 물었다. 만약 잃어버렸다고 하면 그럴 줄 알았다며 또 한 소리 늘어놓을 참이었던 것이다. 유치하게!

그런데 어쩐 일로 잊지 않고 챙겼나 보다. 눈밭에서 굴러다닌 내 장갑은 완전히 푹 젖어 있었다. 그것을 툽신치멕은 마치 걸레라도 되는 듯 두 손가락으로 집어 내게 건네주었다. 그때 내 뜨악한 표정을 본 함에르덴이 툽신치멕의 옆구리를 툭 치면서 속삭였다. 고맙다고 하라며. 그제야 툽신치멕이 한 마디 했다. "바야를라~(고맙습니다~)"

거기까진 좋았다. 함에르덴의 센스 덕분에 상황은 그쯤에서 마무리될 뻔했다. 그런데 뒤이어 툽신치멕이 뭐라고 중얼거렸다. 그러자 기사 아저씨가 자기도 모르게 실소했다. 눈치를 보아하니 툽신치멕의 말이 어처구니없었던 것 같았다. 마침 기사 아저씨도 한국에서 일했던 경력이 있는지라 어느 정도 한국어를 할 줄 알았다. 그래서 내가 물어보니 툽신치멕이 이렇게 말했다는 것이다.

"장갑이 싸구려래요. 중국산에서 나는 퀴퀴한 냄새가 있는데 장갑에서 그 냄새가 난다고……"

야나~ 야나~ 툽신치멕아~

정녕 네가 내 인내력을 테스트하는구나!!

너의 뇌 구조는 도대체 어떻게 생겨먹은 거니!!

너를 대체 어떻게 하면 좋으니!!

이쯤 되니 웃음밖에 안 나왔다. 나는 더 이상 말하지 않고 툽신치멕을 보냈다. 그리고 집에 돌아와 걸레가 된 장갑을 쓰레기통에 처박아버렸다. 진짜 대책 없는 아이라고 결론지으면서. 아아, 유치함의 끝장이여!

그런데 아직도 끝난 게 아니었다. 까도 까도 계속 나오는 양파처럼 툽신치멕은 매번 기대를 배반하며 반전에 반전을 거듭했다. 원래는 아이들이 찍은 사진을 내가 한국에서 인화해 다음해에 다시 왔을 때 사진 전시회를 가질 계획이었다. 그런데 협력 단체인 지구촌공생회의 몽골 사업소에서 크리스마스 시즌도 다가오고 하니 이번에 사진 전시회를 하자고 제안했다. 그러면서 이 프로젝트에 참여한 아이들에게는 사진 한 장씩 크게 인화해 액자에 넣어서 선물을 해주었다. 그래서 지구촌공생회 간사인 영이가 아이들을 따로 만나서 특별히 소장할 사진 한 장씩을 고르게 했다. 그런데 사진 선정을 마친 영이가 생글생글 웃으며 돌아왔다.

"언니! 툽신치멕이 언니를 싫어하는 거 맞아요?"

"싫어하지 않으면 걔가 나를 그렇게 고문할 수 있니? 왜 그러는데?"

"다른 아이들은 가족 사진 아니면 자기 사진을 선택했거든요. 그런데 툽신치멕이 선택한 사진이 뭔지 아세요?"

"글쎄…… 설마………? 말도 안 돼!"

"다른 사진은 필요 없대요. 자가 에그체가 나온 사진 아니면 다른 건 싫다던데요!"

결국 툽신치멕은 내 모습이 크게 확대된 사진 액자를 선물로 받았다. 우리 집에도 그런 사이즈의 내 사진은 없다. 게다가 그 사진은 나 같으 툽신체렉이 사진 전시회를 앞두고 부모님께 드릴 초청장을 만들고 있다. 전시회가 끝나고 툽신체렉이 말했다. "자가 에그체, 해르태시 태~ (사랑해요~), 바야를라~ (고마워요~)"

면 찍자마자 지워버렸을 굴욕 사진이었다. 정 그러면 내가 잘나온 사진을 작은 사이즈로 인화해서 따로 주겠다고 온갖 말로 설득해 보았지만 툽신치멕은 확고했다. 자기는 그 사진이 좋고 크게 뽑아서 자기 집의 잘 보이는 곳에 걸어두겠단다. 그래서 볼 때마다 이 프로젝트의 추억을 떠올리고 싶단다. 야나~

그뿐이 아니다. 마지막 날 자기가 직접 만든 비즈 목걸이를 내게 선물하기까지 했다. 나한테 대놓고 지적질까지 받았고 내가 자애로움과는 거리가 먼 태도로 자신을 대했는데도 툽신치멕은 스트레스조차 안 받는 듯 보였다. 이 아이는 왜 기분이 안 나쁠까? 눈치가 없나?

좋은 쪽으로 생각할 수도 있었을 것이다. 툽신치멕의 그런 괘념치 않는 쿨한 태도는 매력적으로 봐줄 수도 있고, 자기 사진보다도 내 독사진을 뽑을 만큼 나와 이 프로젝트를 사랑해 주니 기쁘고 고맙게 여길 수도 있었다. 툽신치멕의 집을 방문했을 때에는 측은지심이 발동해서 앞으로 잘해줘야겠다고 마음을 먹기도 했었다.

하지만 고백건대 당시에는 그저 나 힘든 것만 보였다. 사람이 말할 때 들을 생각을 안 하고 자기 중심적이고 충동적으로 행동하는 것도, 상황에 어울리지 않는 부적절하고 무례한 행동들을 계속 하는 것도 나는 도무지 이해할 수가 없었다. 나는 정말이지 그 아이가 버거웠다. 번번이 나를 시험에 들게 하는 것 같아 미웠다. 정말 신이 있다면, 신이 나를 시험에 들게 하기 위해 이 아이를 보낸 것이 틀림없다는 생각이 들었다. 그리고 장갑을 쓰레기통에 버리면서 나는 신의 시험에서 보기 좋게 실격했다!

사람은 자기가 갖지 못한 것을 남에게 주기 힘들다. 나는 나를 힘들게

하는 아이까지 사랑해 줄 수 없었다. 나 자신도 사랑하지 못하는 어리석은 인간이 누구를 사랑해 줄 수 있단 말인가? 그런 주제에 아이들에게 널 이해한다고, 널 응원한다고 떠벌렸으니 아아…… 프로젝트가 좋으면 뭐하나, 사람이 이렇게 후진데!

나는 도대체가 이런 프로젝트를 할 만한 자격도 준비도 되어 있지 않은 사람이었다. 지식도 부족하고 배려심도 부족하고 공감 능력도 부족하고…… 그 사실을 뼈아프게 인정하는 것으로 시작이었다. 나 자신에 대한 직면의 시작!

그렇게 길은 다시 새로운 길로 이어지고 있었다.

제2부

프로젝트 비긴즈

제로에서 시작한다는 것

노를 젓다가/ 노를 놓쳐버렸다/ 비로소 넓은 물을 돌아다보았다

— 고은, 시 〈비로소〉

“넌 도대체 뭐하고 사는 애냐?”

2011년 11월, 그러니까 1차 순회를 마치고 귀국한 지 얼마 안 되었을 무렵이었다. 함께 안마를 받고 나오면서 엄마가 그렇게 물었다. 칠순이 가까운 엄마는 며칠 전에 김장 60포기를 했다. 십수 년 동안 그렇게 배반당하면서도 엄마는 올해 김장날에도 내가 와서 일손을 도와줄 것을 기대하신다. 하지만 십수 년 동안 일관성을 고수하는 나는 올해 김장에도 코빼기도 비치지 않다 다음날 김치통만 날름 집어왔다. 그 대신 김장

후유증으로 삭신이 쑤셔하는 엄마를 모시고 함께 안마 서비스를 갔다.

그래서 그날도 엄마와 함께 나란히 누워 안마를 받았다. 그런데 안마사의 손길이 닿는 족족 "아이고~" "으악~" "나 죽네~" 등등 다채로운 곡소리를 내면서 허리, 어깨, 종아리, 등짝 중에서 어디 하나 아프지 않은 부위가 없다고 하는 쪽은 엄마가 아니라 나였다. 어깨 근육이 뭉쳐도 너~무 뭉쳐 있어 풀어주려면 몇 달은 다녀야 한다고 진단을 받은 쪽도 역시 엄마가 아니라 나였다. 스트레스를 많이 받는 일을 하는 사람들의 어깨가 전형적으로 이렇다면서 안마사는 내게 묻고 싶은 눈치였다. 도대체 뭐하시는 분이세요, 그 질문이 이제 나올 차례였다. 너무 뻔해서 너무 노련해진 나는 자연스럽게 화제를 다른 데로 돌렸고 그렇게 마시지를 마치고 나오는 길이었다.

"그러니 지나가는 개가 웃을 일이지 뭐냐~ 아니, 백수가 뭔 스트레스가 그리 많다고 몸이 안 아픈 데가 없어?"

"엄만 백수가 더 바쁘다는 말도 몰라? 직업 없는 사람은 하는 일이 없는 사람이다, 그렇게 생각하면 오산이야! 물론 나 같은 자발적 실업자들보다 직장인들이 일을 훨씬 많이 한다는 건 인정! 하지만 일을 많이 하는 게 중요해, 아니면 일을 즐겁게 하는 게 중요해? 재미도 없는데 돈이나 재능 때문에 일하는 사람들 봐봐. 엄마는 내가 그렇게 불쌍하게 살면 좋겠어?"

"얼씨구~ 그래서, 그렇게 재미있는 일을 해서 어깨가 돌덩이가 될 만큼 뭉치셨어?"

"뭐 일이 재미있다고 힘이 안 드나? 그리고 엄마 딸 이제 사십대유. 뭘 해도 체력이 달리는 게 당연한 나이라고."

"내 말이! 그 나이에 네가 남들처럼 남편이 있어, 자식이 있어, 집이 있어? 그러면서 없는 돈까지 끌어 모아 뭐하고 다니는 거냐고 글쎄~ 카메란지 뭔지 그딴 거 하면 돈이 나와, 밥이 나와?"

결국 또 매를 벌고 만다. 늘 이런 식이다. 그리고 이런 대화의 끝은 대략 내가 철부지, 멍청이, 몽상가, 이상주의자 중에 하나이거나 혹은 전부 다 합친 사람이라는 결론이다. 비단 엄마만 이러는 게 아니다. 내 과거를 잘 아는 지인들과 가족들은 때로는 대놓고, 때로는 속으로 한숨을 쉬었다.

그러고 보니 남들처럼 평일에 출퇴근하면서 직장 다니는 생활을 한 것은 2001년도가 마지막이니 어느덧 10년이 훌쩍 넘었다. 그런데 재작년 한 해 수입은 이것저것 다 끌어 모아도 천만 원이 안 되고, 그 대신 이것저것 배운답시고 들인 수업료만 500만 원이었다. 그러니 일반적이고 상식적인 사람이 봤을 때, 그러니까 효율성과 생산성이라는 잣대로 봤을 때 최근 몇 년 동안의 내 행보는 참으로 한심스럽고 걱정스럽게 보이는 게 당연했다.

그렇다고 내가 평생 이렇게 살아왔던 것은 아니다. 왕년에 잘 나가지 않은 사람 없다지만, 나 역시 그러하다. 나도 '왕년에는' 치열하게 경쟁하고 먹고살기 위해 일했던 시기가 있었다. 그러면서 어디 내놓아도 부끄럽지 않을 정도의 바이오그래피를 가졌다.

제목을 대면 사람들이 '아아, 그거!' 하는 방송 프로그램들을 여러 개 히트시키며 남부럽지 않은 프로필의 방송 작가로 산 인생이 8년, 그 후 화려하게 데뷔했다가 미약하게 마감할 때까지 영화 시나리오 작가로서 산 인생이 4년, 그렇게 10년 이상을 나는 방송과 영화판에서 작가라는 정체성으로 살았다. '1억 작가'라는 타이틀도 달았다. 총 800여 편이 출품된 시나리오 공모전에 난생처음 쓴 시나리오를 응모했다가 1등에 당선되어 상금 1억 원을 받은 것이다. 로또에 1등으로 당첨돼도 짜릿했을 일인데 내 능력을 인정받으며 화려하게 데뷔했으니 이보다 더 짜릿할 수는 없었다. 그때 내 나이 서른다섯 살이었다. 인생에서 한 번 터질까 말까 한 그 '대박' 사건은 내 인생 그래프에 찍힌 최고의 정점이자 수직 하강의 시작점이었다.

내 인생을 그래프로 그린다면 2004년도를 기준으로 수직 하강해 그 이후 오랫동안 기준점 이하의 바닥을 훑고 있는 'L'자 형태일 것이다. 인생은 정반합의 변증법적 과정이다. 나쁜 일은 항상 떼로 몰려다니고 연속으로 일어난다. 너무 폭발적이었고 너무 대박이었던 만큼 나는 순식간에 쪽박이라 해도 좋을 정도로 바닥으로 곤두박질쳤다.

"남의 이야기라고만 생각했지 내 이야기가 될 줄은 진짜 몰랐다!" 이혼한 사람들 중 열이면 아홉 명이 하는 말이 이것이다. 나 또한 나의 결혼 생활이 9년 만에 폐기처분될 것이라고는 상상도 못했다. 제조일자 1997년 가을인 나의 결혼 생활은 알고 보니 유효 기간이 2006년 가을까지인 한정 제품이었다.

나에게 그 남자의 존재는 1순위냐 2순위냐의 차원이 아니었다. 이를테면 팔이나 허파처럼 내 신체의 일부와 같아서 순위를 논할 수 없는 차원이었다. 왜냐하면 그가 나를 그렇게 여기고 있다고 200퍼센트 믿었기 때문이다. 그렇기에 당연하게 요구도 할 수 있었다. 결국 당신 인생에 남을 사람이 누구인지 생각해 보라고, 당신이 가장 소중하게 여기는 존재에게 집중 좀 하라고. 그러나 돌아온 그의 대답은 결국 내 입에서 이

혼하자는 말을 꺼내게 만들었다. 그는 말했다. 물론 나를 사랑하지만 그것과 별개라며 자기 인생에서 1순위는 친구이고 2순위는 가족이라고 했다. 지난 9년간 그래왔고 앞으로도 그럴 것이라며. 이것이 10년 가까이 결혼 생활을 한 여자에게 할 말인가?

그날 이후 사흘간 집에 틀어박혀 울기만 했던 것 같다. 충격도 충격이지만 비참함은 이루 말로 다 할 수 없었다. 천하에 이런 등신이 또 있을까! 그런 줄도 모르고 신체의 일부 운운하며 그도 나처럼 여긴다고 떠들어댔으니…… 10년 가까이 한 이불을 덮고 잤던 남자가 나란 존재를 한 번도 영순위로 여겨본 적이 없었다니…… 지난 9년간의 내 삶은 대체 뭐였단 말인가? 누구에게든, 한 번이라도 내 존재가 영순위였던 적이 있었나? 앞으로 내가 누구를, 무엇을 믿을 수 있단 말인가……

이혼의 후폭풍은 내가 짐작했던 것보다 세고 위협적이었다. 다시 일상으로 돌아가 꾸역꾸역 원고를 썼지만 허깨비처럼 몸만 둥둥 떠서 다니는 꼴이었다. 눈을 감고 다니는 것도 아닌데 한치 앞도 볼 수 없을 만큼 깜깜하기만 했고, 나는 밤마다 다시는 아침을 맞을 수 없을 것 같은 기분에 사로잡혔다. 그 전에 얼어 죽거나 혹은 미쳐 죽거나.

그래서 떠났다. 죽을 것 같아 떠났고, 살아 돌아오고 싶어 내가 가진 모든 것을 버렸다. 당시 내 재산이라고는 10년 된 소형차와 전셋돈 3,500만 원이 전부였다. 살던 집과 작업실을 빼고 보험이며 연금을 모두 깼다. 결혼 반지, 가전 제품 등 팔 수 있는 건 다 팔았다. 그렇게 두 달 만에 다 정리해서 그 돈이 떨어지면 돌아온다는 각오로 한국을 떠났다.

그때까지 나를 수식했던 대표 키워드 '유부녀'와 '작가'가 쓰레기통에 처박혔고, 완전히 정체성을 상실한 나는 하루하루를 그저 살아내기도 버거웠다. 돌아와서 무슨 돈으로 어떻게 살지, 그런 대책은 당시 내게 사치였다. 언제 끝날지도, 어디서 끝날지도 짐작할 수조차 없었기에 내 손에는 편도 비행기 티켓 한 장뿐이었다. 현기증이 날 만큼 수직 상승했다가 수직 하강하는 롤러코스터 같은 인생, 그것이 내 인생 시즌 1이었다.

그리고 2007년 2월, 2년이 걸린 제로세팅이 시작됐다. 세계 여행은 말이 여행이지 사실상 유랑이요 도피였다. 2년 동안 47개국을 떠돌며 나는 유목민처럼, 집시처럼 가고 싶은 대로 가고 되는 대로 살았다. 한 도시에 익숙해질 만하면 다시 배낭을 싸서 떠나기를 거듭하며 끊임없이 부유했다. 많은 곳을 여행하고 싶다는 열정이나 기대감 때문이 아니었다. 가난한 배낭 여행자이면서 혼자 다니는 여자 여행자는 몇 배로 경계하고 집중하고 투쟁해야 한다. 낯선 환경에 떨어지면 아무도 의지할 수 없기에 생존 본능과 원초적인 감각에 충실하지 않을 수 없는 것이다. 그런데 몸이 익숙해지고 안락해지면 버리고 온 과거가 스멀스멀 피어올랐고 토가 나오도록 지겹게 반추하게 되었기 때문이다. 거기에는 발가벗겨지고 살점이 뜯기고 사지가 잘린 참담한 내 모습이 있었다.

다 버리고 세계 여행을 떠나면서 나는 선언했었다. 내가 정말 하고 싶은 일이 무엇인지 그 답을 찾기 전에는 돌아오지 않겠다고. 잘할 수 있는 일이 아니라 좋아하는 일을 찾아서 새로 시작하지 않으면 나를 압도하는 이 불행감에서 헤어날 수 없을 것 같았다. 글을 쓰면서 먹고살 정도의 재주가 내게 있다는 것에 나는 진심으로 감사하게 여긴다. 그래서 일찌감치 잘할 수 있는 일을 하면서 사는, 쉬운 삶에 투항했다.

하지만 그 세월 내내 나는 한 번도 작가로 사는 일을 행복하다고 느껴본 적이 없었다. 싫어하다 못해 지독하게 불행하다고 느끼며 살았다. 그래서 여러 차례 때려치운다고 했지만 부메랑처럼 번번이 제자리로 돌아왔다. 달리 하고 싶은 게 뭔지 모르겠으니 배운 게 도둑질이라고 다시 노트북 앞에 앉게 되는 것이다. 결국 방송에서 영화로 판만 바뀌었다 뿐이지 나는 여전히 꾸역꾸역 원고를 쓰면서 살았다.

그런데 시나리오 한 편을 온전히 창작하고 그것을 또 몇 달 동안 토가 나오도록 들여다보며 수정하는 시나리오 작가로서의 삶은 봄이면 살랑대는 봄바람에 엉덩이가 들썩거리고 가을이면 흩날리는 낙엽에 정신을 빼앗기곤 하던 내게는 너무나 큰 고문이었다. 그래서 늘 나는 "불행해! 불행해!" 노래를 부르며 살았다. 이제 그런 노래는 그만 부르고 싶었다. 이혼 그리고 세계 여행은 울고 싶은데 빰 내민 격이었다.

맞다. 작가라는 타이틀을 내다버린 것도, 이혼을 결정한 것도, 다 버리고 떠나 유랑하는 삶도 모두 내 선택이었다. 그러나 그 선택은 내 의지라기보다 생존 본능에 가까웠다. 어영부영하는 사이 초라하고 외롭게 '남겨진 나'만 있다고 상상하면 죽음보다 더 공포스러웠다.

애초에 내 것이 아니었으면 내가 그렇게 엄청난 상실감에 시달리지도 않았을 것 같다. 애초에 내가 주지 않았다면 왜 돌아오는 것이 없느냐며 억울해하지도 않았을 것 같다. 돈이 그렇고, 일이 그렇고, 사랑이 그렇다. 내가 사랑했고 나를 원했고 내게 소중했던 그런 것들이 내게 등을 보이며 떠나고 있었다. 한때는 내 것이었으나 이제는 내 것이 아닌 것투성이인 이 현실을 나는 아직 초연하게 받아들일 수가 없었다. 그래서 어제 했던 분노와 절망을 오늘 다시 되풀이하면서 손톱에 낀 핏자국이 지워질 틈도 없이 나 자신을 할퀴어댔다.

그렇게 2년여의 시간을 길 위에서 보내며 수백 페이지의 일기를 썼다.

그것이 《여행의 여왕》이라는 제목의 책으로 묶여 2010년에 세상에 나왔다. 책을 낸다는 것은 내게 특별한 의미가 있는 일종의 의식이었다. 나는 무대 뒤로 퇴장하는 내 인생 시즌 1에 그동안 수고했다며 등을 두드려주고 싶었고, 제로에서 시작하는 내 인생 시즌 2에 두려움보다는 기대와 자신감을 가지라고 박수를 쳐주고 싶었다.

그때 내 나이 이른바 '흔들리지 않는다'고 하는 '불혹不惑'이었다. 다시 시작하기에는 내 나이가 많다는 사실이 슬프기는 했다. 그러나 잃을 것이 없으니 겁날 것도 없었다. 그것은 아무것도 없는 자만이 누릴 수 있는 경쟁력이요 축복이었다. 정답은 없었다. 흔들리지 않으면 지금까지 살아온 대로 살게 될 것이다. 그러나 나는 통째로 흔들렸다. 기꺼이!

여행에서 돌아온 이후 이렇다 할 직업도 벌이도 없이 여기저기 등록해서 배우고, 이 사람 저 사람 만나 이야기 들으며, 이 길인지 저 길인지 두드려보면서 몇 년을 살았다. 그 사이 방송과 영화 쪽은 아예 쳐다보지도 않았다. 가까운 지인들과 가족들은 한창 나이에 재능과 경력을 제 발로 차버리고 바닥부터 다시 시작한다며 당사자인 나보다 더 아까워했고 염려했다. 그러나 나는 내가 진정으로 하고 싶은 것을 찾고 싶었고, 앞으로 남은 생은 온전히 그 일을 하면서 살고 싶다는 꿈을 꾸었다. 어떤 직업으로 분류되고 내 이름 뒤에 어떤 호칭이 붙을지는 그다지 중요하지 않다고 생각했다.

그러나 자신이 잘할 수 있는 것을 굳이 등지고 자신이 좋아하는 것을 찾아 바닥부터 시작한다는 것은 수십 차례의 시행착오와 수백 번의 한숨과 수천만 분의 시간을 제물로 바쳐야 하는 일이었다. 처음에는 2년간의 멈춤과 떠나 있음이면 충분하고도 남을 것으로 알았다. 그런데 결과적으로 세계에서 떠돌이로 산 시간보다 더 긴 시간을 한국에서 '구도자'로 살았다.

그렇다. 문제는 나이가 아니었다. 문제는 해내지 못할지도 모른다는 내 안의 불신과 조바심이었다. 제로에서 다시 시작하는 것은 차라리 쉬웠다. 몇십 배로 어려운 것은 그것이다, 내 안의 불신과 조바심에 항복하지 않고 버티는 것!

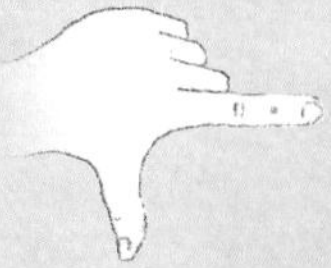

짐을 싸거나 아니면 짐을 풀거나

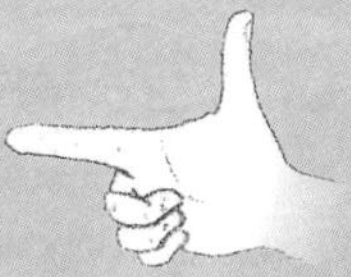

어머니는 평생 짐을 싸거나 아니면 짐을 푸는 과정중에 있었다.

— 레이몬드 카버, 소설 〈상자〉

그 '어머니'에게서 미래의 내 모습을 예감했던 것일까? 십대 후반에 읽었던 그 소설의 스토리는 예전에 몽땅 잊어버렸지만 저 문장만큼은 정확히 기억하고 있다.

세계 여행을 마치고 나는 부모님의 도움으로 조그만 원룸을 구해 '정착'했다. 하지만 말이 정착이지 집은 옷장이며 세탁기 등이 다 구비된 빌트인 식의 원룸이고 꼭 필요한 세간 외에는 집에 들이지 않았다. 가구 대신 자리를 차지하고 있는 것은 여행용품이 상비된 크고 작은 여행용

가방들이었고, 그 아이들은 출동 명령을 기다리는 5분 대기조처럼 언제든 손을 뻗으면 닿을 수 있는 곳에서 대기하고 있었다. 당시 우리 집에 와본 사람들은 '집'이 아니라 숙박 시설의 숙소에 들어와 있는 느낌이라며 잠시 머물다 나가줘야 할 것 같다고들 했다.

언제든 떠날 준비가 되어 있는 사람은 집을 꾸미지 않는다. 휑하고 퀭한 공간을 그나마 '장식'해 주면서 그래도 여기가 집이라는 생각이 들게끔 만들어주는 유일한 장식품은 바로 벽에 걸린 커다란 사진 액자였다. 그 액자는 유일하게 남은 내 결혼 생활의 유물로 원래는 결혼식 사진이 들어 있었다. 미련이 남아 처분하지 못한 것이 아니다. 사진을 꺼내고 싶은데 도구가 없어 액자를 분해하지 못했고, 그 상태로 버리면 내 결혼 사진이 골목에 나뒹굴며 모르는 사람의 상상력을 자극할 것 같아 버리지 못했을 뿐이다. 그래서 방구석을 전전하며 애물단지가 되어 있었는데 여행 후 멋지게 재활용되어 보물로 재탄생했다. 여행중에 찍은 온갖 피부색과 별의별 민족의 아이들 사진으로 교체되었기 때문이다.

내게 최고의 비타민이 된 요르단의 양치기 아이들 사진은 말할 것도 없다. 과테말라 아이들이 할로윈 마스크를 쓰고 어흥~ 하는 사진, 쿠바의 백인 아이와 흑인 아이가 한 책상을 쓰면서 공부하고 있는 사진, 티베트의 까까머리 동자승들이 경전을 말아 쥐고 있는 사진, 너무도 우아하게 생긴 파키스탄 여자아이가 머리에 히잡을 두르고 그 빛나는 미모를 죽이고 있는 사진, 노점상을 하는 볼리비아 여인이 사과 상자로 만든 침대에 아기를 눕히고 아기와 눈맞춤을 하고 있는 사진…… 그저 보기만 해도 절로 엄마 미소가 지어지고 마음에 평화가 깃드는 치유 사진들이다.

그런데 내가 세계의 아이들 사진을 커다란 액자에 넣고 두고두고 감상하는 것은 단지 그 아이들이 예쁘거나 내게 힐링이 되기 때문만은 아니다. 더 중요한 의미가 있다. 내 인생 시즌 2는 바로 이 아이들에서 출발했기 때문이다.

사실 세계 여행 초반에는 여행보다 도피가 목적인 불손한 의도의 여행자이다 보니 이른바 '현지인'들이 어떻게 살건 내 관심사가 아니었다. 이미 내 문제만으로도 너무 무거워서 깔려죽을 것 같은 마당에 가난한 나라, 가난한 사람들이 처한 고통에 눈을 돌릴 여력은 없었다. 그때까지의 내 삶의 방식이 그래왔듯 봉사, 나눔, 희생, 기부 등등의 단어는 나와는 전혀 다른 세계에서 사는 사람들의 언어라고 여겼다. 그저 한 달에 몇만 원씩 구호 단체에 기부금을 내는 것으로 나는 충분히 내 도리를 다하고 있다고 자위할 뿐이었다.

그런데 여행이 길어지고 여행이 일상이 되면서 그동안 안 보이던 게 조금씩 보이기 시작했다. 안 보일 때에는 몰랐는데 보이니 점점 더 신경이 쓰였다. 학교 갈 시간에 거리에서 구두를 닦고 있거나 식당에서 서빙을 하는 아이들을 보면 마음에 걸렸고, 형편없는 식사와 불결한 위생 상태로 피부병을 달고 사는 빈민층 아이들을 볼 때마다 마음이 아팠다.

특히 학대나 차별을 받는 게 아이이면 나는 거의 분노의 수준을 느꼈다. 나를 움직이게 만든 것은 바로 그 분노였다. 그런 아이들을 방관하고 돌보지 않는 이 세상, 그리고 행동하지 않는 나 자신에 대한 분노. 죄 없는 아이들이 가난과 관습과 전쟁 등으로 고통 받고 다른 삶을 살 수 있는 기회를 박탈당한 채 사는 현실을 목격하고도 나는 예전처럼 그렇게 눈 감고 귀 막은 채 살 수는 없었다.

"부자 나라 어른으로서 내가 나누어 져야 할 책임과 양심이 정말 없다고 생각해?"

"그 아이들을 학교에 다니게 하고 꿈을 꾸게 할 수 있는 일, 마음만 먹으면 내가 할 수 있는 일 아냐?"

"돈만 후원하는 것보다 직접 그 일을 하는 사람으로 살면 더 보람 있고 충만한 삶이 되지 않을까?"

그래서 행동에 나서기로 했다. 가난한 나라의 아이들에게 기회를 주고 빈곤의 악순환을 끊을 수 있도록 도움을 주는 일. 그 일이 내 가슴을 뛰게 하는 행복한 삶인지 아닌지는 확신할 수 없었다. 그러나 내 가슴이 시키는 일이라는 것은 확실했다. 지금 하라고!

그리하여 두터운 옷들로 잔뜩 짐을 싸서 다시 한국을 떠나는 비행기에 올랐다. 도착한 곳은 드넓은 땅덩어리의 나라 몽골이었다. 2년간의 세계 유랑을 마치고 귀국한 지 채 1년도 안 된 시점이었다. 유목민처럼 세상을 유랑한 것도 모자라 아예 유목 민족의 나라로 날아가서 그렇게 1년을 살았다.

그리고 다시 귀국한 때가 2011년 2월. 그런데 100일도 지나지 않아 나는 다시 짐을 쌌다. 이번에는 얇은 여름옷들로 가볍게 꾸렸다. 이번 무대는 네팔이었다. 2년간 세계를 떠돌다 돌아온 후에도 나는 다시 몽골로, 다시 네팔로…… 그렇게 짧게는 한 달, 길게는 몇 년을 떠나서 살다 다시 돌아오는 삶을 반복했다. 그러다 보니 많은 사람들이 내게 전화해서 한다는 소리가 이거였다.

"진짜 한국에 있는 거 맞아? 또 나간 거 아니고?"

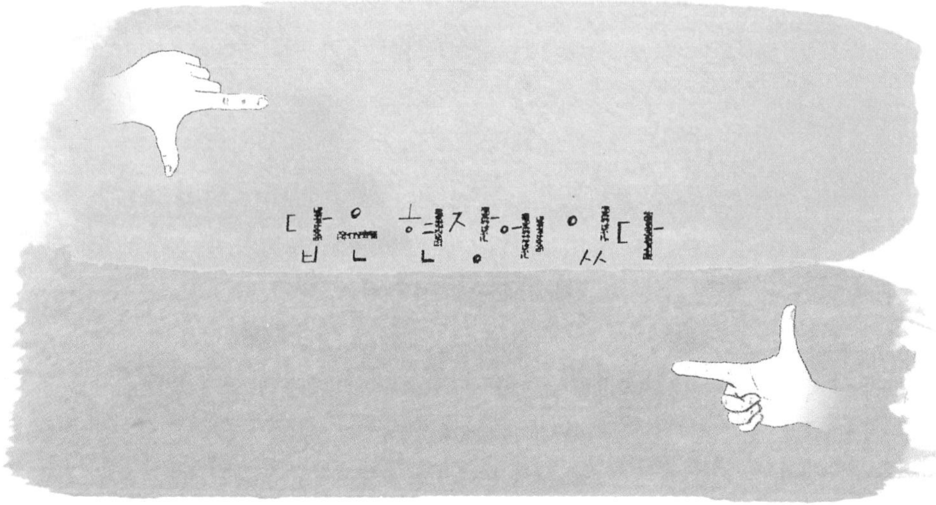

답은 현장에 있다

"가난한 사람들에게는 엄청난 관리 능력이 있어요. 그들은 자신이 무얼 하고 싶은지, 어떻게 하고 싶은지 정확히 알죠. 그들에게 유일하게 없는 것은 자본이에요."

— 데이비드 본스타인, 《그라민 은행 이야기》

9월초에 첫눈이 와서 다음해 6월초까지 눈이 내리는 길고 혹독한 추위의 나라 몽골. 세상에 이렇게 높고 푸르고 짱짱한 하늘이 또 있을까 싶은, 짧아서 더욱 찬란한 여름의 몽골. 세계 60여 개국을 다녀봤지만 내가 1년이나 살아본 나라는 몽골이 유일하다.

2010년부터 1년 남짓 나는 '지구촌나눔운동'이라는 NGO의 자원 활동가 신분으로 몽골의 수도 울란바토르 외곽에서 지역 개발 사업을 하게 되었다. 원한다면 몽골에서의 삶을 1년 더 연장할 수도 있었다. 하지만 나는 연장하지 않았다.

나를 이 판에 들어서도록 촉발시킨 대상은 '아이들'이었다. 그런데 내가 속한 NGO는 현지 아이들과 직접 접촉하는 프로그램이 거의 없었다. 그나마 있던 아동 교육 사업도 여름까지만 하고 정리하는 판국이었다. 그 대신 지역 주민 중에 우수한 주민들을 양성해 지도자 교육을 시키는 연수 사업이나 새마을운동 같은 소득 증대 사업으로 중심이 바뀌어갔다. 그러다 보니 내가 추구하는 방향과 점점 멀어졌고, 내가 하는 일에 회의가 들기 시작했다. '개발' 자체는 거스를 수 없는 대세겠지만 내가 그들에게 부자로 살고 싶은 욕망을 부추기는 데 앞장서고 있는 것은 아닌지 의심스러워졌고, 비영리 단체에서 일하는 것이 아니라 어느 영리 기업의 몽골 지부에서 액면 그대로 '사업'을 하고 있는 듯한 느낌이 들었다.

이런 건 직접 '현장'에 가서 겪어보기 전에는 모르는 일이다. 세상 거의 모든 일이 그러하지만 국제 개발 협력 분야는 특히 그러하다. 현장에 가서 직접 현지인들을 상대로 개발 사업을 하다 보면 그동안 한국이라는 우물 안에서 글로 배워 알고 예상했던 것들이 처참하게 산산조각 난다. 그래서 '봉사한다'는 순진한 발상으로 왔다가 환상을 깨닫고 배신감을 느끼며 돌아가는 활동가가 한둘이 아니다. 남 이야기 할 필요 없다. 바로 내 이야기다. 이 판에 들어온 지 얼마 안 되어 나는 내가 얼마나 천진난만한 생각과 환상 속에서 이 일을 하려 했는지 깨닫지 않을 수 없었다.

몽골에서 일할 때 나를 가장 혼란스럽게 만든 것은 몽골 인들의 너무도 당당한 태도였다. 다 그런 건 아니지만 많은 몽골 인들이 "당신이 주고 싶어 하니까 내가 받아주는 거야" 식의 태도로 나오거나, "지난번에는 저것도 줬는데 이번에는 왜 이것밖에 안 줘?" 하며 당당하다 못해 뻔뻔하게 나왔다. 주면 당연히 고마워하고 기뻐할 줄 알았던 나로서는 황당하기 짝이 없었다. 그런데 시간이 흐르면서 보니 황당한 쪽은 오히려 그들이겠다는 생각이 들었다. 받는 사람은 떡이 아니라 집이 필요한 상황인데, 주는 사람은 떡만 잔뜩 들고 와서는 당당하다, 뻔뻔하다 하면서 "떡 줄 사람은 생각도 않는데 김칫국만 마신다"고 화를 내는 격이니 황당하지 않겠는가?

사실 지난 수십 년간 잘사는 나라 사람들이 가난한 나라 사람들에게 묻지도 따지지도 않고 주는 대로 받아먹으라며 퍼다 준 것들 대부분은 현지인들에게도 '잉여'다. 유효 기간이 다 되어 폐기처분 직전인 약품이나 평생 먹어도 남을 양의 구충제, 그들로선 읽을 수 없어 마음의 양식으로도 삼을 수 없는 영어책들처럼 말이다. 그런 것들을 경험하면서 나는 한국의 많은 구호 단체들이 저개발국 현지에서 하고 있는 사업 방식에 회의적인 생각이 들었다.

'도대체 누구를 위한 사업이고 누구를 위한 봉사인가?'

'계도나 선교를 들이대기 전에 먼저 그 나라 사람들의 종교, 문화, 관습을 이해하고 존중해 주는 자세가 순서 아닌가?'

나는 지금 특정한 한두 단체를 이야기하고 있는 것이 아니다. 거의 모든 단체에서 방학 시즌만 되면 경쟁적으로 다녀오는 동남아와 아프리카 등지의 해외 봉사 활동 프로그램만 봐도 그렇다. 봉사자 자신이 잘할 수 있는 것이나 줄 수 있는 것 또는 단체가 필요로 하는 것을 프로그램으로 짜지, 이른바 '수혜자'라고 하는 사람들의 욕구와 수요를 먼저 알아보고 그것을 기초로 프로그램을 짜는 경우는 거의 없다. 그러나 사실 현지인들 입장에서 보면 미장이나 도배, 차 수리 등 장차 돈이 될 만한 기술을 배우는 것이 더 필요할 수 있다. 대학생들이 며칠씩 준비해서 부채춤을 추고 한국어 교육을 시키는 것보다 말이다.

도서관을 지어준다거나 컴퓨터나 책걸상을 지원해 주는 것은 물론 누가 봐도 좋은 일이다. 하지만 그들에게 더 필요한 건 하드웨어가 아니라 소프트웨어일 수 있다. 컴퓨터가 생기면 처음에는 좋지만 고장이 나면 수리 비용을 감당하기 힘들기 때문에 애물단지가 되는 것은 시간 문제다. 교복이나 책걸상, 학용품도 한국에서 많이 지원하는 품목이다. 하지만 실제로는 그들의 삶에서 우선 지원 품목이 아닐 수도 있다. 그것들이 당연히 필요하고 절대적일 것이라고 생각하는 것은 한국식 발상이라는 얘기다.

그리고 자신의 선한 의도가 오히려 누군가를 굶게 만들거나 상대적 박탈감을 안겨줄 수도 있다. 몽골에서는 어느 한국 NGO가 더 크고 좋은 우물을 공짜로 놔준 '착한 일'을 했다. 덕분에 원래 있던 조금 비싼 우물이 폐쇄되고 사업자는 망했으며, 어떤 주민들은 물 긷는 데 왕복 10분 걸리던 것이 왕복 30분이 걸리게 되었고 영하 30도의 혹한에 수 킬로미터를 걸어야 하는 상황이 되었다. 네팔에서는 어느 한국 NGO가 마을 아이들을 위해 학교를 너무 잘 지어주고 근사한 교복도 무상으로 지급해 주며 셔틀버스까지 운영했다. 덕분에 원래 의도와 다르게 지금은 가난한 마을 아이들은 감히 다닐 엄두를 못 내고 다른 지역의 상류층 아이들이 '원정' 오는 귀족 학교가 되었다. 이처럼 출발은 좋은 의도였지만 결과적으로 누군가에게는 상대적 박탈감과 배고픔을 느끼게 만들 수 있으며, 받는 것을 당연히 여기게 해 오히려 자립을 방해하는 결과를 초래할 수도 있다. 그래서 이런 말이 있다. 선한 의도가 반드시 선한 결과를 낳는 것은 아니다!

그래서 다른 나라, 다른 사업을 경험해 보기로 했다. 그런데 네팔이란 곳은 거의 모든 나라에서 거의 모든 종류의 구호 사업을 펼치는, 국제 개발 협력 분야의 종합 전시장과 같은 곳이다. 한국의 구호 단체만 해도 다른 나라 지부는 없어도 네팔 지부 없는 곳은 거의 없다. 그러면서 20년 전이나 지금이나 학교를 지어주고 도서관을 지어주고 책을 보내주고 학용품을 보내주는, 그 나물에 그 밥 격인 교육 사업을 한다. 히말라야 산맥 오지에 도서관을 지어주거나 책을 전달하는 단체도 한국에만 열 군데가 넘을 것이다. 그래서 늘 궁금했다.

"그렇게 많은 NGO들이 들어갔고 그렇게 오랫동안 사업을 했다는데 네팔은 왜 여전히 못사는 걸까?"

"네팔에는 외국 NGO들이 왜 그렇게 많을까? 현지인들은 스스로 그런 일을 할 능력이 없는 걸까?"

"외국인들이 히말라야 오지에 지어놓은 그 많은 학교와 도서관들은 과연 제 구실을 하기는 하는 걸까?"

이러한 궁금증이 네팔에 있는 동안 나를 여러 NGO들로 이끌었다. 네팔 토종 사람들이 만든 로컬 NGO도 서너 군데 찾아갔고, 독립적으로 혼자 자선 사업을 펼치는 네팔 인 활동가도 만나봤으며, 네팔에 와 있는 한국인 활동가들을 만나 고민을 나누기도 했다. 그 결과 나는 선한 의도가 반드시 선한 결과를 낳지는 않는다는 진리를 재확인하게 되었다. 외국 NGO들이 우후죽순으로 사립 학교나 사립 유치원을 지어주는 일만 해도 네팔 공립 학교의 경쟁력을 더더욱 떨어지게 만들고 있었다. 잘사는 나라 사람이 지어준 사립 학교들은 공립 학교와 비교할 수 없이 좋은 시설과 프로그램을 운영하고 있고 교사들 월급도 외국인 기업 수준이다. 당연히 괜찮은 교사들은 사립 학교로 빠지려 하지 공립 학교에 남으려 하지 않는 것이다. 따라서 외국 NGO들이 앞 다투어 좋은 학교나 도서관을 지어주는 일보다는 그 나라의 공립 학교 시스템을 보완하고 협력하는 방식으로 전환되어야 한다는 게 내 생각이다. 네팔 현실에 맞는 지원은 학교 건물이나 교육 기자재 같은 하드웨어가 아니라 교사 역량 강화 프로그램 같은 소프트웨어다. 실비로 탁아소를 운영하거나 공립 학교 건물에서 교사에게 방과 후 프로그램을 진행하도록 지원할 수도 있다. 어린 동생을 돌봐야 하는 아이들이나 돈벌이를 할 수 없는 엄마들이 많은 네팔에는 그 방법이 더 현실적일 수 있다.

그런데 이런 일은 그 나라 사람이 더 잘할 수 있다. 학교 교장을 만나고 기술자를 고용하는 업무 따위를 외국인이 하려면 번거로운 통역 과정을 비롯해 시간과 비용도 많이 들고 나쁜 사람들에게 이용당하는 경우도 많다. 반면에 현지인들은 사정을 훤히 꿰고 있기 때문에 더 쉽고 원활하게 해결할 수 있다. 현지에서 생겨난 로컬 NGO들은 자신들에게 정말 필요로 하는 사업이 무엇인지를 안다. 외국 NGO들은 무엇이 진정 지속 가능한 개발인지 고민하지 않지만, 로컬 NGO들은 그 땅의 주인들이기에 자신들의 장점과 조화를 살리는 방식으로 개발을 한다. 외국 NGO들은 현지인들에게 없는 것을 잘 보지만, 로컬 NGO들은 그들이 이미 갖고 있는 것을 잘 본다.

이런 자문을 해보자. 우리가 들어가서 그들의 문제를 풀려고 하기 전에 그들이 스스로 문제를 풀 수 있는 방법을 가지고 있는지 알아보았는가? 그들이 무지한 것이 아니라 그들의 가능성에 대해 우리가 무지한 것은 아닌가? 그들에게는 정말 능력이 없는가?

"가난한 사람들에게는 엄청난 관리 능력이 있어요. 그들은 자신이 무얼 하고 싶은지, 어떻게 하고 싶은지 정확히 알죠. 그들에게 유일하게 없는 것은 자본이에요."(《그라민 은행 이야기》)

그러나 대부분의 한국 NGO들은 가난한 나라에 직접 들어가 사업 구상부터 진행, 감독까지 한국인들이 직접 다 하는 방식이다. 한국인만큼 잘하지도 못하지만 무엇보다 믿을 수가 없기 때문이다. 특히 금고 열쇠만큼은 한국인이 틀어쥐고 있다. 뒤통수를 당한 경험이 한두 번은 있기 때문이다. 외국 NGO에서 근무하는 현지인 직원들은 큰돈을 집행하기도 하고 수혜자를 선발하는 권력을 누리기도 한다. 그래서 순진하고 선량했던 사람도 사적인 일에 회사 돈을 유용해 쓰다가 마치 바늘도둑이 소도둑 되듯이 나중에는 엄청난 공금 횡령과 사기 행각을 저지르기도 한다.

솔직히 나도 현지인들을 100퍼센트 신뢰하지는 못한다. 하지만 그들에게 뒤통수 맞으면 당연한 거고 뒤통수 맞지 않으면 운이 좋은 것이라고 나는 생각한다. 열에 한 명이라도 신뢰를 저버리지 않는 사람이 있다면 나는 성공했다고 보고 희망을 얘기할 수 있을 것 같다. 어떻게 생각해 보면 아홉 명은 나쁘지만 이해할 수 있는 사람이고, 많은 유혹과 기회 앞에서도 신뢰를 지킨 그 한 명은 정말 대단한 사람이다.

믿지 않으면 최소한 안전할 수는 있다. 그러나 믿지 않고서는 희망도 없다. 믿지 않는 것보다는, 그들이 나쁜 마음을 품을 수 없도록 제도적인 장치를 만들고, 신뢰를 저버렸을 때 자신이 잃는 것이 훨씬 크고 치명적이게 시스템을 만드는 편이 더 건설적이다. 다행히도 나는 몽골과 네팔에서 몇몇 로컬 NGO들이 충분한 능력과 자격을 갖추고 있는 것을 목격했다. 희망은 없는 것이 아니라 찾지 않아 보이지 않는 것일지 모른다.

고로, 답은 현장에 있다. 출발도 끝도 현장에서 해야 한다. 내가 생각하는 최선의 국제 구호 방식은 로컬 NGO와 파트너십을 맺어 실무는 그들에게 맡기고, 외국 NGO는 뒤로 물러나 장기적인 플랜과 펀딩, 모니터링을 담당하는 방식이다. 그들을 믿고 맡긴다는 얘기가 사업비만 지원해 주고 신경 꺼야 한다는 말이 아니다. 사업을 정말 잘 진행하고 있는지, 어려움은 없는지 정기적이고 체계적으로 모니터링하는 것은 기본 전제다. 이것이 몽골과 네팔에서 국제 구호 활동가로 살아보면서 내가 내린 결론이다.

솔직히 나는 몽골에서 그랬던 것처럼 빈곤국에 나가서 구호 활동가라는 명목으로 사는 삶을 최소한 몇 년은 더 해보고 싶었다. 그러나 외국인이나 외국 단체가 직접 활동을 하는 방식은 결코 최선이 아니라고 확신하게 된 이상 자기 만족을 위해 그렇게 살 수는 없는 일이었다.

결국 아쉽지만 그곳이 '현장'이 됐든 '직장'이 됐든 간에 더 이상 나는 가난한 나라로 가서 사는 것을 그만두기로 했다. 그렇다고 국제 구호 활동가로서의 삶을 그만두었다는 뜻은 아니다. 나는 국내에서 내 식대로 국제 구호 활동을 하는 것이다.

이로써 세계 여행을 기점으로 5년째 짐을 싸거나 짐을 풀던 패턴의 삶이 전환 국면을 맞았다. 영원할 것 같던 유랑의 시기는 그렇게 일단락되고 있었다.

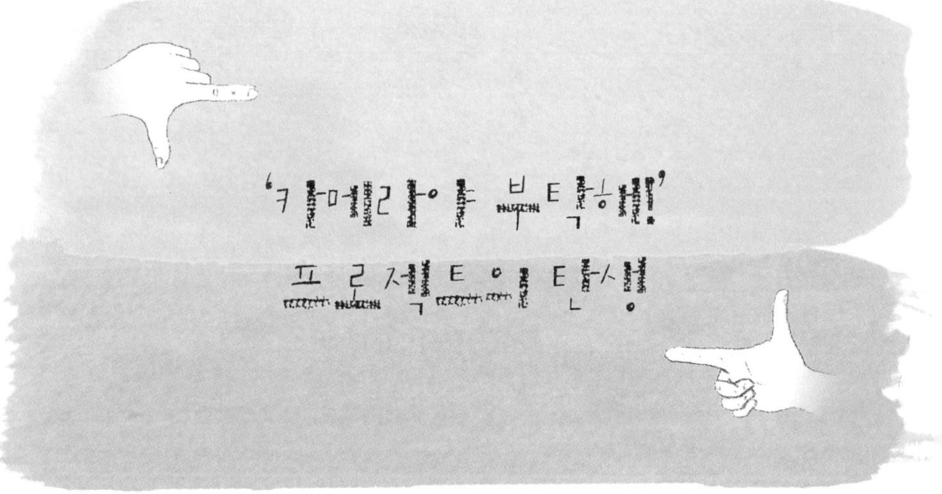

'카메라야 부탁해!' 프로젝트의 탄생

살다 보면, 그런 일이 있었다는 것조차 아주 까맣게 잊고 있었는데 어느 날 문득 섬광처럼 떠오르는 기억과 함께 '아아, 사실은 내가 그래서 그랬던 거구나~' 하며 뒤늦게 깨닫는 경우가 있다. 전혀 별개의 두 에피소드인 줄 알았는데 시간이 흘러 나중에 보면 그것들이 정확하게 맞물리면서 사실은 원인과 결과, 배경과 전경으로 연관되어 있음을 깨닫는 것이다. 이 책을 쓰는 지금 내가 그러하다.

나는 도서관에서 책을 빌려서 읽는 것을 즐긴다. 그런 책에는 앞서 그 책을 빌린 사람이 밑줄을 그어놓은 경우가 많기 때문이다. 마침 내가 밑줄을 긋고 싶은 대목에 누군가 먼저 밑줄을 그어놨으면 괜히 궁금해진다. 나와 똑같은 생각을 하는 이 사람은 어떤 사람일까 상상해 보는 것이다. 그러면서 그 사람이 그어놓은 밑줄을 쭉 따라 읽어본다. 이 대목의 무엇이 그 사람의 마음에 다가왔기에 여기다 밑줄을 그었을까 상상도 해본다. 그러고 나면 얼굴도 이름도 모르는 사람이 괜히 친근하게 여겨지고, 그저 책만 읽었을 때에는 얻을 수 없는 재미를 보너스로 얻은 기분이 든다.

그래서 세계 여행을 하는 중에 실험을 해봤다. 책을 여행시키는 것이다. 실험 대상은 내가 한국에서 들고 나온 유일한 책인 장 그르니에의 《섬》이라는 책이었다. 내가 좋아하는 구절에 밑줄을 긋고 어떤 구절에는 암호 같은 단어 몇 개들을 끼적거렸다. 그리고 책 맨 뒷장에 이 책을 다 읽으면 다른 나라의 다른 여행자에게 꼭 전달해 달라고 메시지를 남겼다. 또 맨 윗줄에 내 이름과 함께 책을 떠나보낸 날짜와 장소를 적어서 이 책을 읽은 사람들이 순서대로 이어서 적을 수 있게 만들었다. 그렇게 터키를 시작으로 내 손을 떠난 책이 여행자들의 손에 손을 거쳐 몇 명에게 전달되고 어디까지 갈 수 있을지 궁금했다. 책이 섬에도 가고 산에도 가고 바다도 건너면서 여행을 한다면 재미있을 것 같았다. 그러다 바람결에 그 책을 봤다는 소식을 누군가 전해주기라도 하면 신기한 일이고. 그러게, 지금 그 책은 어디를 여행하고 있을까?

그로부터 8년이 지난 지금까지 책을 여행시킨다는 그 엉뚱한 발상은 까맣게 잊고 살았다. 그런데 이제 보니 책에서 카메라로 매체만 갈아탄 것이다. 책 여행의 발상이 4년 후에 카메라 여행이라는 다른 버전으로 이어졌으니 말이다.

사진에서 모티브를 얻은 것은 네팔의 보육원 아이들 때문이었다. 사진을 찍을 때 눈부시게 빛나던 그 아이들이 기억나면서 사진의 놀라운 힘에 주목하게 되었다. 그래서 가난한 나라의 아이들을 대상으로 사진을 찍게 한다면 좋겠다는 생각이 들었다.

'가난한 아이들한테 사진을 찍게 해준다고 자존감이 올라가?' 그런 의문이 들 수 있을 것이다. 한국에서는 카메라가 그리 고가도 아니고 누구나 원하는 사진을 마음대로 쉽게 찍을 수 있으니 이해가 안 되는 것이 당연하다. 우리는 갓난아기 때부터 부모가 찍어주는 수백수천 장의 사진과 함께 성장하면서 주목받고 스포트라이트받는 경험에 익숙해져 있다. 하지만 가난한 나라, 가난한 아이들의 경우는 그렇지가 않다. 빈곤층 아이들에게는 대부분 카메라라는 것이 사치품인 까닭에 성장하면서 카메라를 만져볼 기회가 거의 없다. 마음껏 다룰 수 있는 자기 소유의 카메라가 생긴다는 것은 감히 상상해 볼 수 없는 일이다. 그래서 카메라가 주어지면 아이들은 자신이 선택됐다는 사실 하나만 가지고도 역사에 기록할 만한 사건인 양 여긴다.

그래서인지 가난한 나라의 아이들에게 사진을 가르쳐주는 사람들은 종종 존재했다. 다큐멘터리로도 만들어진 〈꿈꾸는 카메라〉도 그중 하나다. 미국의 어느 사진 작가가 인도의 사창가에 들어가서 사진 작업을 하다가 암울한 환경에서 자라는 사창가 아이들에게 사진을 가르치면서 꿈과 희망을 찾게 이끄는 과정을 기록한 다큐멘터리가 〈꿈꾸는 카메라〉다. 섹스와 폭력에 노출된 환경에서 감히 미래를 꿈꾸지 못하고 살아가던 아이들은 미국인 사진 작가가 주는 필름 카메라로 자신의 일상을 기록하기 시작했다. 사진 작가는 그 사진들로 전시회를 열어 아이들에게 기회를 열어주었다. 어떤 아이는 영국의 유명한 사진 학교에 장학생으로 가게 되었고, 어떤 아이는 그동안 사창가 출신이라는 이유로 미션 학교에서도 안 받아주었는데 이제 받아주는 학교가 생겨 드디어 사창가를 벗어나게 되었다. 사진이 그 아이들을 피폐한 삶에서 건져준 것이다.

그러나 나는 사진 작가도 아니고 사진 수업이나 사진 전시회가 목적도 아니었다. 필름 카메라에도 나에겐 큰 매력이 없었다. 그보다 디지털 카메라가 가진 기능이 나에게는 훨씬 매력적이었다. 디지털 카메라는 찍고 바로 볼 수 있을 뿐더러 찍은 사람이 일부러 삭제하지 않는 한 메모리 카드에 사진이 고스란히 저장된다. 그래서 사람들이 낯선 카메라를 발견하면 호기심에 제일 먼저 하는 일이 저장되어 있는 사진을 보는 일이다. 그리고 사진을 보면서 이런 사진을 찍은 사람은 어떤 사람일까 상상을 한다. 도서관에서 빌려 읽은 책에서 누군가 그어놓은 밑줄을 발견하면 어떤 사람일까 상상하듯 말이다. 그러니까 디지털 카메라는 그 자체로서 충분히 메신저이자 편지의 기능을 할 수 있다는 얘기다. 그러면서 자연스레 카메라를 여행시키면 어떨까 하는 데로 생각이 이어졌다.

'이어달리기에서 다른 주자에게 바통이 전달되는 것처럼 카메라가 여행하는 방식은 어떨까?'

'카메라를 함께 쓰면 앞서 카메라를 쓴 다른 나라 아이가 찍은 사진들을 볼 수 있겠지?'

'자기 또래 외국 아이의 삶을 사진으로 보면서 아이들끼리 교감하게 되지 않을까?'

여기서 핵심은 '카메라의 여행'이다. 카메라가 이어달리기의 바통처럼 전달되기 때문에 아이는 자신이 찍은 사진을 다음 아이가 볼 거라는 걸 안다. 그렇기 때문에 기왕이면 좀 더 멋지게 보이고 싶어지고, 자기가 가진 것 중에서 뭐 자랑할 만한 것이 없나 주변을 둘러보게 된다. 그러면서 사실은 자신이 소중하고 자랑스러운 것을 꽤 많이 가지고 있음을 깨닫게 된다. 한편으로 자기보다 힘들게 사는 것처럼 보이는 친구에게는 자연스레 위로와 응원을 보내게 된다. 그동안 자신은 줄 만한 게 없는 사람이고 그것이 당연하다고 여기며 살았는데, 이제 보니 자신도 뭔가를 줄 수 있는 존재라는 것을 깨닫는다. 이런 특별한 경험이 아이에게 얼마나 많이 긍정적인 효과를 미치겠는가? 사진 찍기가 주는 즐거움과 특별한 외국인 친구를 가졌다는 은밀한 자랑거리는 보너스다.

그리고 나는 사진을 찍는 것만큼이나 글로 풀어쓰는 것도 중요하다는 생각이 들었다. 사진을 찍고 거기서 그냥 끝나면 안 된다. 사진에 덧붙여 한 줄이라도 글로 적거나 말로 표현하는 과정이 필요하다. 글이라는 게 무턱대고 쓰라고 하면 부담스럽고 어렵게 여겨지지만, 자신이 찍은 사진에 대해 쓰라고 하면 얘기가 다르다. 말로 물어봤으면 "그냥 슬퍼서"라고 답했을 것도, 글로 쓰라고 하면 "갑자기 슬픈 기억이 떠올라서"라며 구체적인 대답이 나올 수 있다. 그러면서 자신도 잘 몰랐던 것을 뒤늦게 깨닫기도 하고 자신의 감정에 민감해지기도 한다. 따라서 글을 쓰고 그 과정에서 자기의 감정을 알아차리면 사진이 가진 치유적 기능을 극대화시킬 수 있는 것이다.

하나 더, 똑같은 주제를 내주고 사진을 찍으라고 하면 흥미로운 현상이 나타날 것 같았다. 예를 들어 자신에게 가장 소중한 것이 무엇이냐고 물었을 때 어떤 사람은 당연히 가족을 떠올리지만 어떤 사람은 친구를 떠올린다. 이렇듯 같은 주제라도 서로 다르게 생각한다는 것을 알면 그 자체를 비교하는 재미도 있거니와 아이들이 자기와 다른 타인에 대해 더 이해하고 수용하게 될 것이라고 봤다.

이처럼 가난한 나라의 아이들이 직접 사진을 찍는다는 점을 제외하면 카메라를 여행시킨다는 이 발상은 '꿈꾸는 카메라'나 여느 사진 수업 프로그램과는 비슷한 점보다 다른 점이 더 많다. 사진을 찍고 그 느낌에 대해 쓰는 사진 일기 프로그램, 아이들을 대신해 카메라가 여행하면서 외국인 친구를 맺어준다는 개념, 한 대의 카메라를 각각 다른 나라의 아이들이 공유하면서 펜팔하듯 메시지를 나누는 시스템 등은 전례가 없는 프로그램이다.

전례가 없으니 나조차도 실은 그 결과가 생각했던 대로 나올까 확신할 수 없었다. 말 그대로 '듣보잡!' 당연히 주변에서는 우려의 목소리가 높았다.

"카메라를 나눠 쓴다고? 중고 카메라면 얼마 안 하는데 일인당 하나씩 줘도 되잖아?"

"한 번에 몇 나라를 돈다고? 그냥 한 나라에서 하면 더 편하고 돈도 덜 드는 거 아냐?"

"사진 잘 찍는 법을 가르쳐주는 게 아니야? 그랬다가 사진 몇 장이나 건지겠어?"

처음 이 프로젝트를 구상했을 때 지인들이 내게 해준 주요 피드백이었다. 아이디어는 좋고 의미도 있을 것 같은데 말이야, 그렇게 운을 떼면서 의구심을 보였다. 고백건대 나란 인간은 습자지처럼 얇은 귀의 소유자다. 그래서 누가 긍정적인 피드백을 주면 주먹을 불끈 쥐고 "그래, 가는 거야~" 하고 외치다가도, 누가 부정적인 피드백을 주면 움츠러들어 "역시 안 되겠지?" 하며 슬그머니 찌그러지곤 했다. 심지어 이런 피드백도 있었다.

"사람은 말이야, 아무리 생각이 좋아도 그게 자기가 생각하는 수준에서 너무 앞서나간 생각이면 공감은커녕 아예 듣지를 못해. 구호 활동, 그러면 아프리카의 굶어죽는 아이를 떠올리고 한비야나 김혜자가 구호 식량 나눠주는 장면을 떠올리는 게 대다수 사람들이란 말야. 네 얘기를 들으면 그 돈으로 밥이나 한 끼 사주지 무슨 얼어 죽을 자존감이냐고 할 걸!"

인정한다. 모르지 않는다. 어떤 사람에게는 그저 '배부른 소리'로밖에 들리지 않을 것이다. 실제로 어느 구호 활동가로부터는 힐난에 가까운 질문도 받았다. 아프리카의 아이들이 더 가난하고 힘들게 사는데 나는 왜 아프리카가 아니고 (편하고 만만한) 아시아를 선택했느냐고.

하지만 그 질문에 답이 있다. 아프리카 같은 최빈국들에는 정서적인 차원의 지원이 아니라 물질적인 차원의 지원이 더 시급하고 중요하다. 당장의 먹고사는 원초적인 문제를 해결하고 보건 위생과 관련된 긴급 구호 성격의 도움이 필요한 것이다. 이런 지원은 조직적이고 전문적인 구호 단체가 더 잘한다. 빌 게이츠 같은 갑부가 아닌 이상에야 개인 신분으로는 한계가 있는 것이다.

반면에 먹고사는 원초적인 문제는 해결했으나 급속한 경제 개발로 도시 빈민이 많은 아시아의 많은 개발도상국들에는 다른 차원의 도움이 필요하다. 그런 나라들에는 알코올 중독이거나 폭력적인 아버지, 자녀를 버리고 집을 나간 엄마들이 많고, 그래서 마음에 상처를 입었지만 제때 치유받지 못한 채 성장해서 불우한 삶을 사는 아이들이 많다. 따뜻한 밥 한 공기가 절대적인 아이가 있는가 하면, 따뜻한 관심이 절대적인 아이가 있는 것이다. 그런 아이들의 내면에 있는 우울과 불안을 보듬어주고 자존감을 북돋워주는 정서적인 차원의 구호도 물질적인 차원의 구호 만큼이나 필요하다. 하지만 최빈국을 겨우 벗어난 나라에 이런 아이들을 돌보는 사회 복지 시스템을 기대하기란 무리다.

그래서 의료 봉사나 미용 봉사처럼 심리 치료 같은 것이 그들에게 진짜 필요한 해외 봉사 프로그램일 수 있다. 하지만 한국에서 이런 해외 봉사 프로그램을 운영하는 단체는 어디에도 없다. 여름 한 철이면 경쟁적으로 가난한 나라들에 우르르 몰려가서 벽화를 그려준다, 학용품을 나눠준다, 화장실을 지어준다 하며 그 나물에 그 밥인 프로그램들뿐.

그 이유는 한 아름 싸들고 가서 나눠주는 자선 행위나 삽질을 하고 노가다를 하는 노력 봉사가 후원자들이 기대하는 해외 봉사의 이미지이기 때문이다. 또 기부금이나 펀딩에 좌우될 수밖에 없는 NGO들의 특성상 객관적인 평가가 가능하거나 결과가 확실하게 눈에 보이고 실적으로 남는 물질적인 지원을 선호하게 되기 때문이다. 그러다 보니 최선이나 대안에 대한 논의는 공허하게 공중으로 흩어지고, 덜 중요하고 뻔해도 안전하고 확실한 선택을 한다.

그래서 개인 활동가인 1인 NGO들을 육성할 필요가 있다. 나는 1인 NGO들이 지금보다 많아져 구호 단체들과 공존하면서 협력하는 것이 바람직하다고 생각한다. 독자적으로 활동하는 1인 NGO들은 단체의 한계나 이해 관계에서 자유롭기 때문에 창의적이고 열정적으로 소규모 프로젝트를 진행할 수 있다. 물론 장기적인 목표를 갖고 규모 있게 사업하는 구호 단체들에 비하면 수혜자의 수가 형편없이 적고 성과도 미미하다. 하지만 1인 NGO는 좀 더 침투적이고 융통성이 있기 때문에 넓고 얕게 접근하기보다 좁고 깊게 접근하는 방식에 경쟁력이 있다. 이를테면 물질적인 차원보다는 정서적인 차원의 지원 같은 것이 그렇다. 그리고 정서적인 접근은 내가 하고 싶은 일이고 필요하다고 판단하는 일이었다. 1인 NGO는 1인 NGO대로 단체들은 단체들대로 장점이 발휘되는 영역이 따로 있는 것이다.

하지만 이런 내 생각이 현실적으로 가능한 것인지, 대안이 정말 맞는지 확신이 필요했다. 그러자면 한 가지밖에 없었다. 내가 직접 해보는 것!

'거창한 것은 남에게 맡기고 나는 소박하게 잘하기로 하자.'

'의미 있는 일도 좋지만 내가 해서 재미있을 그런 일을 하자.'

'나는 판만 깔아주고 그 판에서 아이들이 직접 뭔가를 하여 자존감을 얻게 만들자.'

'사진이라면 아이들이 놀이처럼 즐길 수 있으면서 치유적 기능도 발휘하지 않을까?'

그리하여 2011년 7월, 나의 이러한 '공상'은 '사업'으로 전환되었다. 'My Traveling Camera'라는 글로벌한 타이틀도 지었다. '카메라야 부탁해!' 프로젝트의 탄생이었다.

자신과 불신 사이

아이들이 즐거움과 자존감과 꿈과 위안을 얻게 되기를…… 사람들이 '나도 한번 해봐야겠다' 생각하는 그런 대안적인 여행이 되기를…… 카메라 우체부 역할을 해보고 싶다며 자원하는 청년들이 많아지기를…… NGO들이 '카메라야 부탁해!' 프로젝트라면 두말없이 환영하고 협조하게 되기를…… 자발적 후원자들과 활동가들이 많아서 스스로 생존하는 운동이 되기를……

'카메라야 부탁해!' 프로젝트를 시작하면서 출사표를 겸해 '나의 바람'이라는 제목으로 한번 적어보았다. 이 프로젝트는 일종의 '운동'이다. 대안적인 여행, 대안적인 해외 봉사를 모색하면서 비롯되었다. 내 개인적인 명예나 영리를 목적으로 시작한 게 아니었다. 내가 지향하는 모델은

컴퓨터 운영 체제로 비유하자면 '윈도우즈'가 아니라 '리눅스'다. 개발자로서 내가 먼저 실험해 보고 괜찮겠다고 판단되면 소스를 공개할 생각이었다. 그래서 누구나 이 프로그램을 수정해서 쓸 수 있게 하고 뜻 맞는 사람들과 이 프로그램을 발전시키고 싶었다. 원하는 사람은 누구나 카메라 우체부가 되어 자기에게 맞게 프로그램을 조절하면 된다. 나는 4개국을 두 차례 돌았지만 꼭 그래야 한다는 원칙은 없다. 최소한의 가이드라인과 윤리 사항을 지킨다는 전제하에 카메라 우체부는 자신의 사정에 맞춰 여행 국가나 기간, 대상 등 모든 것을 자유롭고 유연하게 선택할 수 있다.

이렇게 공상은 공상을 낳으면서 점점 프로젝트의 윤곽이 잡혔다. 그러면서 점점 용감해졌다! 어차피 전인미답의 길이다. 아무도 모르니 한번 가봤다가 아닌 것 같다 싶으면 잽싸게 되돌아 나오면 된다고 생각했다. 그리고 프로젝트 기획안 만들고 후원금 모으는 프로세스는 앞으로 내가 무슨 일을 하든 '경험삼아' 한번 해볼 만하다고 판단했다.

그래서 소셜 펀딩이라는 방식으로 사업비도 모으고 이 프로젝트의 가능성을 타진해 보기로 했다. 펀딩이 되면 해볼 만하다는 뜻으로 받아들이고, 펀딩이 안 되면 하늘의 뜻으로 알고 그때 접으면 되는 거다! 처음 시작은 그렇게 한 발은 금 밖으로 내놓고 언제든 '아님 말고~' 하면서 쿨하고 상큼하게 빠질 태세였다.

소셜 펀딩이란, 아이디어는 있으나 돈이 없는 기획자들이 온라인 플랫폼 사이트를 통해 자기 프로젝트를 홍보해서 후원자를 모집, 십시일반으로 사업비를 모금하는 방식이다. 누구든지 프로젝트 기획자가 될 수 있고, 누구든지 후원자가 될 수 있다. 사이트에 올라온 기획안들 중에서 격려하고 싶거나 후원 가치가 있다고 판단되는 프로젝트가 있으면 자기가 할 수 있는 만큼의 액수로 기부하면 된다. 그렇게 해서 목표액이 달성되면 기획자는 그 돈으로 진짜 프로젝트를 시작할 수 있고, 후원자는 그 보답으로 정성이 깃든 핸드메이드 물건 등을 리워드라는 명목으로 기획자로부터 받게 된다. 나는 프로젝트의 후원자가 되어주는 사람에게 아이들이 직접 찍은 사진을 엽서로 제작해서 주고 감사의 손편지를 보내준다는 등의 다양한 리워드를 제안했다. 그리고 디자인에 문외한인 내가 스스로 로고를 디자인해서 만들고, 로고가 찍힌 티셔츠를 아이들에게 줄 선물로 준비했다. 목표액은 10퍼센트 수수료를 포함해서 330만 원, 펀딩 기간은 두 달. 며칠 밤새 고민해 만든 기획안이 올라간 후 떨리는 가슴으로 하루에도 몇 번씩 사이트에 들어가 방문자 수를 체크했다.

그러나 지금도 소셜 펀딩을 아는 사람은 그리 많지 않은 실정이다. 그러니 당시로서는 소셜 펀딩이라는 말조차 금시초문인 사람이 대부분이었다. 자발적으로 찾아와 주는 사람을 기다린다는 건 감나무 밑에 입 벌리고 누워 있는 거나 똑같은 형국이었다.

그래서 처음에는 가까운 지인이나 나와 뜻이 맞는다고 생각하는 사람들에게 프로그램을 홍보했다. 내 오지랖이 어떤 오지랖인데 설마 '그깟 330만 원'을 모으지 못하랴 싶었다. 내가 한번 전화 좌~악 돌리면 하루에 300만 원쯤은 껌 값이라고 생각했다. 그런데 전화를 한 번이 아니라 두 번이나 좌~~악 돌렸는데도 여전히 목표액의 7부 능선을 넘지 못하고 있었다. 펀딩 기한이 사흘 남았을 때까지 답보 상황은 이어졌다.

"말도 안 돼! 내 신용이 '그깟 330만 원'도 안 된단 말이야?"

안 되면 내가 쿨하고 상큼하게 '아님 말고~' 하리라 생각한 것은 심각한 착각이었다. '우아를 떨고' 있을 때가 아니란 생각이 번쩍 들었다. 염치고 뭐고 없어졌다. 나는 몇 번 만나본 적 없는 사람들한테까지 스팸이나 다름없는 문자와 메일을 마구 쏘아댔다. "우리가 남이가~" 하면서 서로 끌어주고 밀어주는 사회 분위기며 공과 사를 구별 못하는 사람들에 대해 누구보다 비판적으로 굴던 사람이 나였다. 그런데 막상 똥줄 타는 지경이 되니 나도 별반 다를 바 없이 혈연, 지연, 학연을 끌어들였다.

내가 이렇게 이율배반적이고 허영심 큰 인간인 줄은 나도 미처 몰랐다. 콧소리를 내며 후원을 부탁하는 건 차라리 낫다. 아쉬운 쪽은 나지만 도리어 턱 치켜들고 거만하게 나간 적이 더 많았다. 내가 이렇게 좋은 일 할 수 있도록 기회를 제공해 주니 당신이야말로 고맙게 여겨야 한다는 식으로 말이다.

물론 나는 내가 하고자 하는 일이 의미 있고 후원받을 가치가 있는 일이라고 믿는다. 하지만 앵벌이처럼 혹은 폭력배처럼 후원을 강요하지 않으면 내가 도모하는 일을 이룰 수 없다는 사실, 이제는 내가 지인들에게 한숨 유발자를 넘어 민폐 유발자로 등극했다는 사실은 참담하지만 인정해야 하는 나의 현실이었다.

나는 지인들을 재정렬하게 되었다. 내게 필요한 사람이 꼭 나를 도와주는 사람인 것은 아니었다. 나를 좋아한다는 것과 나를 지지해 준다는 것 사이에 등식은 성립되지 않았다. 이 사람만큼은 내가 하는 일이면 무조건 지지해 줄 것이라고 믿었는데 그 사람이 마지못해 후원을 하는 모습에서 나는 충격을 받았다. 머리로는 그럼 안 된다는 것을 알고 있지만 가슴으로는 이미 그 사람을 원망하고 있었다. 그런가 하면 한때 직장 동료였지만 이제는 제삼자를 통해 간간이 소식을 전해 듣는 사이가 되어 전혀 기대하지 않았던 한 친구는 몇 년 만에 불쑥 날아든 나의 스팸이나 다름없는 메일 한 통에 거금을 보내고 무조건적인 지지와 격려를 해주었다. 그 친구에게 받은 감동을 나는 평생 잊지 못할 것이다.

마침내 '카메라야 부탁해!' 프로젝트는 목표액 300만 원을 초과 달성하면서 펀딩에 성공했다. 총 43명의 후원자가 1만 원부터 35만 원까지 십시일반으로 기부했다. 43명의 후원자 중 대부분은 다시 말할 것도 없이 나의 지인들이다. 그들은 바다 건너 먼 나라에서, 인터넷 환경도 좋지 않은 상황인데도, 돈도 벌지 못하는 백수인 처지이지만, 소리 없이 기부해 주고 아낌없이 지지해 주었다. 그런데 이 중 네 명은 나와 일면식도 없으면서 순전히 사이트에 올라온 프로젝트 내용만 보고 기부를 결정한 사람들이다. 누군가는 고작 네 명이냐고 할 수 있을 것이다. 하지만 그 네 명은 내게 태산과 같은 존재감이다. 그들의 존재감과 나에 대한 믿음이 내게 어마어마한 책임감을 낳았다.

사실 나는 승부 근성, 야심, 성공, 뭐 그런 단어들과 너무 안 친해 그게 문제인 사람이다. 지나온 내 삶의 궤적을 보라. 그게 어디 성공을 염두에 두고 살아온 사람이 할 짓인가 말이다. 지금이라도 늦지 않았으니 접을까 하는 유혹이 반짝 고개를 들었지만, 그때마다 후원자들에게 지켜야 할 약속과 책임감을 되새기면서 정신 무장을 했다.

"그래, 본때를 보여주자! 그래서 훗날 후원자들이 '이게 다 나의 탁월한 안목과 투자 덕분'이라고 자랑할 수 있도록 만들어보자!!"

이제 내 사전에 '아님 말고'는 없었다. 오로지 직진뿐!

그렇게 외치며 주먹 불끈 쥐었을 때만 해도 나는 내가 나이와 체력을 간과하고 벌인 이 일의 대가가 얼마나 혹독한지를 알지 못했다.

2011년 10월 25일, 후원해 준 43명에게 '카메라야 부탁해!' 프로젝트의 본격적인 출발을 알리고 집을 나섰다. 그러나 하노이 국제공항은커녕 인천 국제공항에도 가기 전에 나는 이미 탈진 직전이었다. 엄청난 짐 때문이었다. 오랜 배낭 여행자 경험으로 체득한 바에 따르면 허리 디스크를 지병으로 갖고 있는 내가 질 수 있는 짐의 최대 무게는 25킬로그램이었다. 그런데 베트남과 미얀마 두 나라를 겨우 40일 정도 다녀오는 일정에 짐이 무려 40킬로그램! 그나마 전날까지 넣었다 뺐다 하며 최대한 빈틈없이 채우고 효율적으로 짐을 싸서 나온 결과가 이 정도였다.

이 중에 내 개인 물품은 반의반도 안 된다. 나머지는 카메라 아홉 대와 각각의 부속 장비들, 캠코더 한 대, 넷북 한 대, 사진 일기장 다섯 권, 프로젝트 로고를 새긴 주문 제작 티셔츠 열다섯 벌, 참가자들 지급용 필기구와 선물, 현지 협력 단체에 줄 선물, 통역자를 위한 선물 들이다.

짐이 대부분 카메라를 비롯한 전자 제품이다 보니 무게도 무게지만 마구 다룰 수가 없었다. 수화물로 부치지도 못하고 트렁크를 함부로 끌지도 못한다. 기내용 캐리어 하나를 카메라로 가득 채우고도 부족해, 걸칠 수 있는 신체 부위에는 모두 카메라 가방들을 치렁치렁 이고 지고 메고~ 게다가 가장 싼 항공권이 방콕을 경유하는 것이어서 이 상태로 열 시간을 방콕 공항에서 노숙까지 하고 아이고~

그 결과 베트남에 도착해서 보니 다크서클은 턱 밑까지 드리워지고 그 사이 10년은 늙어버린 내가 거울 앞에 서 있었다. 그런데 이걸로 끝이 아니라 이제부터 시작이라고 생각하니 눈앞이 아득해졌다. 베트남에서 미얀마로, 몽골로, 한국으로, 그렇게 네 나라를 2년에 걸쳐 두 차례 순회하는 일정을 감안하면 앞으로 일곱 번은 더 이러고 돌아다녀야 한

다는 거다. 어흑~

"그러게 왜 이딴 프로젝트를 만들어서……"

"그러게 왜 누가 시키지도 않은 짓을 자청하고 나서서……"

"그러게 왜 한 나라에서만 하지 몇 나라를 돈다고 해서……"

그러면서 이 프로젝트를 하는 내내 누구 탓도 못하고 혼자 칭얼거렸다. 외로워도 힘들어도 다 내 업보인 것을…… 나 좋아서 벌인 일인 것을. 그러니 그저 닥치고 고고씽인 거다!

* 이 프로젝트의 스타트는 한국으로 끊었다. 저소득층 한 부모 가정의 아이들 다섯 명을 선정해 한국에서 먼저 시작했고, 다른 나라에서와 똑같이 프로젝트가 진행되었다. 하지만 프로젝트에 참여하는 것은 찬성했지만 책에 소개되는 것과 사진이 실리는 것에 대해서는 일부 학부모와 아이들이 민감하게 여기고 우려를 표했다. 이런 사정으로 한국 편 이야기는 부득이하게 건너뛰게 되었다.

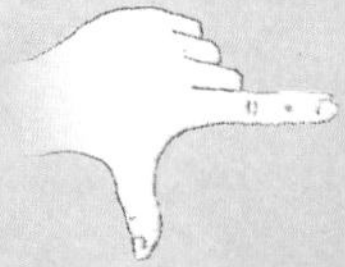

편지: OOO 후원자님께

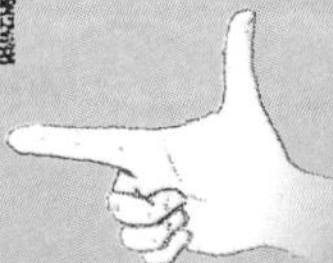

선생님! 안녕하세요? 잘 지내시죠? '카메라야 부탁해!' 프로젝트의 김정화입니다. 저는 덕분에 무사히 1차 순회를 마치고 돌아왔습니다. 다시 한 번 감사 인사 드립니다.

제가 보내드린 리워드와 초대장은 잘 받아보셨는지요? 선생님을 포함한 마흔세 분의 후원자님께 얼마 전 제가 '카메라야 부탁해!'의 사진 전시회 초대장을 보내드렸습니다. 감사하게도 몇 분은 직접 찾아와서 전시회를 빛내주셨습니다. 그 외 많은 분들이 지나가다가 발걸음을 멈추고 사진을 보면서 흐뭇한 미소를 지으셨습니다.

그런데 이 프로젝트에 대해 잘 모르는 일반 관람객들은 제가 찍은 사진들을 전시하는 줄 알고 계셨습니다. 그게 아니라 사진 속 아이들이 직접 찍은 사진들이라고 설명을 해주자 다들 깜짝 놀라며 한 번 더 유심히 보고 감탄하셨습니다. 게다가 대부분의 아이들이 사진을 처음 찍어봤으며 제가 사진 찍는 기술을 따로 가르친 것도 아니라고 설명해 드리면 그게 사실이냐며 믿을 수 없다고 하셨습니다. 그런데도 정말 이런 훌륭한 사진이 나올 수 있는 거냐고 말이지요. 그러면서 전시회 방명록에 이런 메시지들을 남겨주셨습니다.

"와~ 사진 감각 있다잉~"

"아이들의 사진이 《내셔널지오그래픽》 같아요!"

"미얀마를 가고 싶다는 생각을 선물해 준 친구, 떼데퉤이! 내 마음과 사랑을 선물하고 싶구나."

"프로젝트 아이디어가 너무 좋네요^^ 계속해서 우체부들도 더 많아져서 더 많은 나라 아이들의 사진이 담기길 바라요~"

"교육 환경이 척박한 곳의 아이들에게 꿈을 꾸게 하고, 넓은 세상 사람들과 유대감을 형성할 수 있게 하는 프로젝트의 취지가 훌륭하군요."

"얘들아, 사진을 잘 찍는구나. 살기 고독할지 몰라도 의미는 있단다."

("나? 열한 살!")

'카메라야 부탁해!' 사진전은 2012년 3월에 소박하게 열렸습니다. 근사한 액자로 사진을 장식하지도 않았고 갤러리에서 은은한 조명으로 받쳐주지도 않았습니다. 요란하지 않고 화려하지 않게 그저 일상의 하나, 풍경의 하나로 녹아 있고 싶었습니다. 제가 그렇고, 아이들이 그렇고, 아이들이 찍은 사진이 그러니까요.

사실 올해 전시회는 예정에 없던 것이라 예상하지 못하셨을 겁니다. 원래는 제가 2차 순회까지 모두 마친 다음에 사진전을 열겠다고 말씀드렸으니까요. 그런데 저 혼자 누리고 있을 수가 없는 겁니다. 이토록 반짝거리는 아이들과 이토록 흐뭇해지는 사진들이 이미 넘쳐나는데 저 혼자 만끽하며 내년까지 묵힐 수가 있어야 말이지요!

2011년 여름, 선생님은 제가 올린 기획안 하나만 보시고 '카메라야 부탁해!' 프로젝트의 후원자가 되셨습니다. 사실 도박이라고 해도 과언이 아니지요. 이름 있는 단체가 하는 것도 아니고, 내용도 어디서 듣도 보도 못한 것이었으니까요. 그런데도 번거롭고 수고로운 과정을 감수하면서 기꺼이 선생님의 소중한 돈을 기부해 주셨습니다. 물론 프로젝트의 취지에 동의하신 것은 기본이겠지만 저의 꿈과 열정을 높이 사고 격려해 주시는 의미가 크지 않았을까 생각합니다.

그렇게 마흔세 분의 후원자 선생님들이 뭐 하나 확신할 수 없는 이 프로젝트를, 그리고 전문가도 아닌 저를 믿어주셨습니다. 그 믿음이 제게 얼마나 큰 힘이 되고 채찍질이 되었는지는 선생님이 상상하시는 것 이상일 겁니다. 고백건대 이 프로젝트를 하면서 저는 여러 차례 주저앉고 싶었습니다. 가보지 않은 길에 대한 불안함, 부족한 제 능력에 대한 좌절, 금방 다운되는 저질 체력, 돌아오지 않는 메아리, 의심에 찬 시선들…… 백만 번쯤 멈춰서고 싶었고 다시 백만 한 번 직진했습니다. 그때 저를 일으켜 세운 것은 바로 믿음이었습니다. 나를 믿어주고 내 프로젝트를 믿어준 마흔세 사람이 내 뒤에 있다, 그런 생각을 하면 정신이 번쩍 들어서 주저앉았다가도 다시 일어나게 되었고 터닝하고 싶다가도 다시 직진하게 되었지요.

2012년 3월과 4월, 세 차례에 걸쳐 홍대 앞 놀이터와 고강종합사회복지관에서 '카메라야 부탁해!' 사진 전시회가 열렸다.

말이 나온 김에 한 가지 더 고백할 게 있습니다. 막상 뚜껑을 열어보니 아닌 것 같다 판단되면 후원해 주신 여러분께는 정말 죄송한 일이지만 중간에 엎어버리고 실패를 인정하려고 했습니다. 아닌 것을 알면서도 무리하게 끌고 나간다면 그것은 나 자신을 속이는 일이기도 하지만 무엇보다도 가난한 아이들을 이용하고 상처 주는 일이니까요. 그래서 이 프로젝트를 시작하기에 앞서 제 자신과 한 가지 약속을 했습니다. "진행은 뜨겁게, 판단은 냉정하게!" 실제로 해보니 장점보다 단점이 더 많은 것 같고 기대했던 효과도 미미한 것 같으면 신속하고 솔직하게 실패를 인정하자고 다짐한 것입니다.

그리고 지금은 '카메라야 부탁해!' 프로젝트라는 레이스가 막 반환점을 돌았습니다. 중간 점검이 필요한 시점이지요. 선생님 예상은 어떠신가요? 여기, 프로젝트에 참여한 스물두 명의 아이들이 답을 주었습니다.

"학교에서 선생님과 친구들을 찍어줬어요. 카메라가 있어 친구들과 재미있게 놀 수 있었어요." (함에르덴, 몽골)

"다른 나라 친구들에게 내 고향과 내 얘기를 할 수 있어 반가웠어요." (아가수, 미얀마)

"내 사진을 보면서 나를 기억하고 보고 싶어 해주면 좋겠어요." (응옥아잉, 베트남)

"베트남의 농촌 풍경을 외국 친구에게 알려주고 싶었어요. 외국 친구에게 내 사진을 보여줄 수 있다니 기분이 아주 좋아요." (헙, 베트남)

"외국 친구들이 찍은 사진을 보면서 다른 나라의 풍습과 미얀마의 풍습이 많이 다른 걸 알았어요." (끌레아니, 미얀마)

"가난한 아기들이나 집을 사진 찍어서 그 애들을 도와주고 싶어요. 사진으로 도움을 줄 수 있을 것 같아요." (류바땡기, 미얀마)

"이 프로젝트에 참여하고 달라진 것이요? 있어요! 앞으로 열심히 공부해야겠다는 생각을 하게 됐어요." (함에르덴, 몽골)

"사진으로만 봤는데 카메라 속 다른 나라 친구들을 직접 만나보고 싶어요. 사진을 많이 찍었는데 내가 찍은 사진들을 그 친구들에게 직접 보여주면 좋겠어요." (휴윗느웨, 미얀마)

너무 모범 답안인가요? 아닌 게 아니라 모르는 사람이 보면 '짜고 치는 고스톱'이라고 생각할 수 있겠습니다. 제가 불러준 것을 아이들이 받아서 쓴 거 아니냐고요. 물론 그런 말도 안 되는 일은 없었습니다. 그런데 사실 저도 놀랐답니다. 막연히 그러지 않을까 추측하고 기대했지 실제로 그런 효과를 얻을 수 있다고 제가 장담하고 시작한 것이 아니었거든요.

'자기 카메라'가 있어 마음껏 원하는 대로 사진을 찍을 수 있다는 것이 아이들에게는 아주 신나고 행복한 경험이었던 것 같습니다. 대부분의 아이들은 이번 기회에 사진을 처음 찍어봤습니다. 그래서 재미도 재미지만 놀라운 체험을 했습니다. 처음에는 카메라라는 기계를 다뤄본 경험이 없어 좀 위축되고 겁도 났는데, 금방 자유자재로 카메라를 다룰 수 있게 되면서 세상에 이런 천재가 또 없는 것 같아 의기양양해지는 겁니다. 그리고 그저 신나게 찍기만 했을 뿐인데 제가 사진 좋다, 잘 찍었다 치켜세워 주니 세상에 또 이런 능력자가 없는 것 같아 우쭐해했지요.

아이들은 이번 기회에 사진을 찍고 자기 사진에 대한 관심과 지지를 받으면서 자신을 보잘것없는 존재에서 꽤 능력 있고 특별한 존재로 다시 보게 되었습니다. 이런 건 관광객이 찍어주는 사진 속에서 아이가 피사체로 존재할 때에는 얻을 수 없는 체험이지요. 바로 이 대목이 제가 가난한 나라의 아이들을 찍어주는 것이 아니라 그 아이들이 스스로 찍게 한 중요한 이유였습니다.

그리고 대부분의 아이들이 해외 여행은 언감생심 꿈도 꿀 수 없는 가정 형편입니다. 자기가 태어나서 여태까지 자란 곳이 세상의 전부인 줄 알면서 살고 있죠. 그런데 카메라를 전달받고 외국 친구가 찍은 사진들을 보게 되면서 아이들은 우물 밖 세상의 존재에 대해 관심이 생기기 시작한 겁니다.

"미얀마 글씨체가 재미있어요. 그런데 우리나라에서는 글 쓰는 방식이 두 가지예요. 가로로 쓰기도 하고 세로로 쓰기도 하거든요." (함에르덴, 몽골)

"미얀마 아이들은 다들 얼굴에 노란 걸 바르고 있어요. 나무에서 나오는 천연 선크림이라고 하는데 얼굴이 타지 않으려고 바른대요. 그런데 왜 사람들 얼굴이 하얘지지 않았어요?" (함에르덴, 몽골)

"베트남 아이들은 길에서도 슬리퍼를 신고 돌아다녀요. 운동화를 안 신고. 신

미얀마의 류바땡기가 찍은 사진을 보고 몽골의 함에르덴은 세로 쓰기를 하는 고대 몽골 어를 소개하며 자긍심을 내비쳤다.

기해요." (이칭허를러, 몽골)

"물건을 길거리에 내놓고 파는 가게들이 많아요. 우리나라에서는 이런 가게들 없어요." (툽신치멕, 몽골)

"눈 덮인 산을 미얀마에서는 볼 수 없어요. 눈 쌓인 나무를 보니까 텔레비전에서 본 크리스마스 트리 같았어요." (휴윗느웨, 미얀마)

"다른 나라에도 우리나라처럼 오리가 있다는 걸 이번에 알게 되었어요." (헙, 베트남)

추운 몽골의 아이들은 더운 나라의 아이들이 얇은 슬리퍼만 신고 다니고 바람 불면 날아갈 것 같은 초가집에서 산다는 것을 신기하게 여겼습니다. 반대로 눈이라는 것을 한 번도 본 적이 없는 베트남과 미얀마 아이들은 온통 눈으로 덮인 몽골의 풍경이 신기한가 봅니다. 그런가 하면 외국 친구의 사진에서 오리나 소처럼 자기 나라에도 존재하는 친숙한 것들을 발견하면 반가운 마음을 표현했고, 주름이 쪼글쪼글한 할머니나 천진난만한 표정의 아가를 보면 통역이 필요 없는 만국 공통의 감정을 드러냈습니다. 아이들은 다른 나라 아이가 찍은 사진을 보면서 호기심과 공감으로 반응하고 열심히 공부해서 장래 희망을 이루겠다고 다짐했습니다. 서로 자기네 나라가 최고라고 열 올리면서 아이들답게 경쟁을 하기도 했지요.

몽골의 툽신체첵이 찍은 사진을 보고 베트남의 헙이는 다른 나라에도 오리가 있는지 몰랐다며 신기해하고 반가워했다.

"소는 베트남에서 농민들에게 아주 유용한 동물이에요. 논을 갈고 많은 일을 하기 때문이죠. 베트남에서 소가 이렇게 유용하다는 것을 외국 친구들이 알았으면 좋겠어요." (협, 베트남)

"미얀마에도 소가 있다는 것을 알려주고 싶어서 찍었어요. 너희 나라에만 있는 게 아니라 우리나라에도 있다!" (아가수, 미얀마)

"몽골 소는 뿔이 길어요. 뿔이 없는 소들도 물론 있고요. 사진 찍으면서 알았는데 다른 나라 소에 비해 우리나라 소가 몸집이 커요!" (뭉흐바트, 몽골)

모든 아이들에게 다음에 또 이런 프로젝트가 있다면 참여하겠느냐고 물어봤습니다. 아이들의 재참여 희망률은 백 퍼센트였습니다. 그중에서도 가장 좋았던 것이 무엇이냐고 다시 물어봤습니다. 아이들은 이구동성으로 소풍이라고 대답했습니다. 아이들은 평소 로망이었던 놀이 공원과 눈썰매장에 놀러 가고 평소에는 엄두도 못 낸 식당에 가서 외식하는 경험을 하면서 말도 못하게 행복해했습니다. 난생처음으로 놀이 기구를 타 보고 맛있는 음식을 배불리 먹은 소풍날의 추억이 어떤 아이에게는 지금까지 살면서 가장 행복한 순간이었다고 하네요.

애초 이 프로젝트는 2차 순회까지가 기본 한 세트였습니다. 1차만 순회하면 자기 다음에 카메라를 받은 아이는 어떤 사진을 찍었는지 볼 기회가 없고, 자신이 찍은 사진을 외국 친구가 어떻게 보고 느꼈는지를 모르기 때문입니다.

하여 올해 가을에 저는 다시 2차 순회를 할 것입니다. 그런데 영화로 비유하자면 이 프로젝트의 1차 순회는 상업 영화이고, 2차 순회는 독립 영화가 아닐까 합니다. 1차 때에는 소셜 펀딩을 통해 마흔세 분의 후원자 여러분이 도와주셨습니다. 그러나 2차 때에는 몇몇 지인들의 후원을 제외하고는 제가 사비를 털어 사업비를 대려고 합니다.

사실 저는 이번 1차 순회만으로도 답은 충분히 나왔다고 봅니다. 물론 시행착오가 있었고 이를 통해 보완하고 수정해야 할 과제도 떠안았습니다. 하지만 '카메라야 부탁해!' 프로젝트에서 애초에 제가 기대했던 효과와 의의는 충분히 확인할 수 있었습니다. 다만 예상하지 못했던 것은 이 프로젝트가 카메라 우체부에게 미치는 엄청난 영향이었습니다. 이 프로젝트를 하면 할수록 물론 그 아이들한테도 좋지만 카메라 우체부한테는 더욱더 좋다는 것이 피부로 느껴지거든요.

사실 처음 프로젝트를 구상했을 때에는 사진에 치유적 기능이 있다는 것을 어렴풋이 느끼고 있는 정도였습니다. 사진을 찍는 것을 포함해서 모든 창조적 행위에는 본질적으로 치유의 기능이 있으니까요. 그런데 프로젝트를 진행하면 할수록 사진이 지닌 치유의 기능이 놀랄 만큼 강렬하고 매력적이라는 것을 느낍니다. 사진에는 자신의 무의식이 드러나기 때문에 자기도 모르게 내면과 접촉하고 통찰하게 이끕니다. 그래서 찍은 사진을 함께 보면서 단순히 이야기를 나누는 것만으로도 강렬한 경험을 할 수가 있습니다.

그래서 2차 때에는 사진을 매개로 몇 가지 사적인 성격의 실험을 해 보려고 합니다. 처음에 아이들을 몰랐을 때에는 이 프로젝트의 프로세스와 성공 여부가 중요했습니다. 하지만 이제는 프로젝트보다 사람이 중요해졌습니다. 그래서 이번에는 저와 아이들의 욕구에 포커스를 맞추려고 몽골의 뭉흐바트가 찍은 소 사진을 보고 미얀마의 아가수와 베트남의 헙이가 각각 소 사진을 찍어 화답하며 서로 자기 나라의 소가 최고라고 자랑했다.

합니다. 그것이 남들이 보기에는 아마추어 같고 느슨하고 느리게 보일 수 있을 것 같습니다. 하지만 지금은 그렇게 하려고 합니다. 머리가 아니라 가슴이 시키는 대로, 그렇게.

선생님!

이 자리를 빌려 다시 한 번 감사드립니다. 이 프로젝트가 탄생될 수 있도록 후원해 주신 것을 잊지 않겠습니다. 그리고 감히 장담하겠습니다. 선생님께서 '카메라야 부탁해!' 프로젝트에 후원하신 것이 탁월한 선견지명이었다고 확신하실 날이 반드시 올 것임을.

선생님!

이제 이 프로젝트가 어떤 모습으로 어떻게 확장되는지 지켜봐 주십시오.

그리고 저와 아이들의 성장을 지켜봐 주십시오.

2012년 여름, 김정화 올림

*'카메라야 부탁해!프로젝트에 후원해 주신 분들입니다.

특별 후원: 고강종합사회복지관, 김금성, 김상규, 나은희, 박동현, 박영록, 윤길자, 이수한, 임종진, 지구촌나눔운동(GCS), 지구촌공생회.

후원: 강우석, 고영혜, 고지은, 기훈석, 김남이, 김도경, 김명숙, 김명일, 김상의, 김수진, 김용일, 김은경, 김이준수, 김지훈, 김현철, 명경화, 박지웅, 송석나, 서원선, 서영선, 서현미, 슬지쿠, 신진주, 안영태, 안주용, 양현철, 유태환, 윤성권, 윤양균, 이숙형, 이성희, 이세은, 이은희, 이지섭, 전준규, 정대성, 최윤희, 최현옥, t1jan.

제3부

진심이 길을 비추다

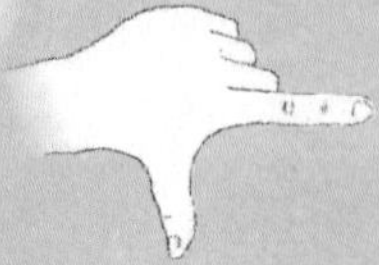

스스로 발전한다

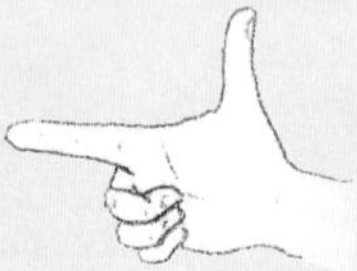

'설마 아이들이 나를 기억 못하는 건 아니겠지……'

'혹시 귀찮고 바쁜데 왜 또 왔냐고 하면 어떡하지……'

'아이들이 내가 궁금한 적 한 번도 없었다고 그러면 무안해서 어떡하지……'

이것도 트라우마라면 트라우마겠다. 1차 순회 때 나와 처음 만난 베트남 아이들은 경계심과 시니컬한 표정으로 나를 맞아주었다. 그래서 극도로 소심해졌던 아픈 추억이 내 안의 소심함을 다시 끌어냈다. 그래서 별의별 시뮬레이션을 다 돌려봤다. 그러면서도 아이들과 다시 만날 시간이 가까워질수록 나는 옛 연인과의 재회를 앞둔 사람처럼 가슴이 설레고 있었다.

그런데, 그때 그 아이들이 맞나 싶을 정도로 이번에는 나를 보자마자 후하게 웃어주신다! 살짝 한번 웃어주고 수줍게 몸을 돌리는 아이도 있었지만, 애써 숨기지 않는 반가운 표정들이 백 마디 말을 대신했다. 완전 감동의 물결이 넘실넘실~ 황송하고 고마워서 내 어깨가 으쓱으쓱~ 그래서 수다스럽고 주책없는 옆집 아줌마처럼 괜히 아이들을 안아주고 손을 주물럭대고 아이고~

그런데 그 사이 변한 건 반응만이 아니다. 아이들을 다시 만나자마자 내 입에서 튀어나온 소리는 이랬다.

"뜨아~ 다들 뭘 먹고들 살아서 이렇게 예뻐진 거야!!"

불과 10개월 만에 다시 만났는데 베트남 아이들, 완전 '미모 돋는다!' 조그맣고 나무젓가락 같던 막내 흐엉이는 그새 키가 한 뼘은 자란 것 같고 얼굴도 몰라볼 만큼 예뻐졌다. 원래 이목구비가 큼직하니 예뻤던 응옥아잉은 앞머리를 자르면서 미모가 한결 돋보이는 게 인형이 따로 없다. 그리고 이제 고등학교에 입학한 협이와 남, 레는 성장했다기보다 성숙했다는 표현이 어울릴 만큼 제법 여성미가 느껴졌다. 한창 성장하는 시기의 아이들답게 폭풍 성장을 한 아이들을 보니 참으로 대견스럽고, 먹은 것도 없는데 배가 부른 것 같다. 자식을 키워보지 않아 공감 안 되는 말이었는데 이래서 "내 새끼 먹는 것만 봐도 배부르다"고 하나 보다!

아이들이 찍은 사진에서도 변화가 엿보였다. 아빠가 갓난아기인 동생을 안고 있는 모습을 찍은 흐엉이의 사진은 한국에서 사진 전시회를 할 때도 최고 인기를 구가했고 잡지에 기사화되었을 때에도 타이틀 사진으로 뽑혔던 사진이다. 흐엉이에게 그 이야기를 해줬더니 여간해서 웃는 얼굴을 안 보여주던 그 새침때기가 입이 귀에 걸릴 정도로 웃으며 거만

10개월 만에 폭풍 성장을 한 으엉이의 동생. 작년에 방바닥을 기지도 못하던 그 아기가 맞나 싶을 정도로 늠름하고 어엿하게 성장했다. 그런 아들을 보고 있는 아빠, 어떤 표정을 짓고 있을지 직접 보지 않아도 알겠다.

하게 고개를 쳐든다. 그러고는 집에 돌아가서 동생 사진을 무지막지하게 찍어댔다. 그런데 처음에는 동생인 줄 몰라봤다는 거! 그 사이 동생은 더욱 폭풍 성장을 한 것이다. 내가 기억하는 사진 속 그 아기는 온데간데없고 그 대신 앞니 두 개를 드러내고 남의 도움 없이 위풍당당하게 앉아 있는 아이만이 있었다.

첫날 나를 보자마자 가장 환하게 웃어준 아이는 바로 남이었다. 둘만 있게 되었을 때 나는 남이와 공범자 특유의 은밀한 눈빛을 교신했다. 남이는 내게 가방 선물을 받았다는 사실을 다른 아이들에게 이야기하지 않았다면서 가방을 잘 쓰고 있다고 했다. 사실 아이들을 다시 만났을 때 가장 궁금한 것이 남이의 반응이었다. 남이의 소심하고 수줍은 성격을 감안하면 표 나게 반가워할 것 같지는 않은데, 그렇다고 뜨뜻미지근하게 나오면 왠지 내가 섭섭해질 것 같았다. 그런데 남이는 약속 시간보다 일찍 와서 기다렸고 나를 보자 더없이 화사하게 웃었다. 그날 내내 남이의 얼굴에서는 웃음과 반가운 기색이 떠나지 않았다. 내가 기억하는 남이는 웃음이 인색하다고 할 정도는 아니지만 웃지 않고 있을 때의 표정에는 그늘이 드리워져 있는 아이였다. 그런데 다시 만난 남이는 무거워 보이지도 않았고 침울함도 느껴지지 않았다. 성숙해지고 예뻐졌을 뿐만 아니라 몰라보게 밝고 가벼워졌다. 다행이다, 다행이다……

그런가 하면 레는 지난해보다 더 다양하고 향상된 셀카 기술력을 뽐냈다. 요즘에는 이지적인 이미지 연출에 꽂혔나 보다. 어디서 도수도 없는 커다란 뿔테 안경을 구해 쓰고 다니면서 온갖 귀여운 척을 다 하신다! 정말 장인이 따로 없다. 머리를 묶었다 풀었다 땋았다, 이 옷을 입었다 저 옷을 입었다 하는 수고와 시간을 쏟아 부으며 자기 마음에 드는 이번에는 이지적인 이미지에 꽂혔는지 어디서 도수도 없는 커다란 뿔테안경을 구해 쓰고 다녔다. 그동안 거울 보며 갈고 닦은 귀여운 포즈를 대방출하며 신난 레.

사진 한 장 건질 때까지 그렇게 찍고 또 찍었다. 이번에 베트남 아이들 중 사진을 가장 많이 찍은 아이가 레였는데, 이 중 절반 가까운 사진이 셀카 사진이었고 모두 똑같은 포즈, 똑같은 모델인 자기 사진이었다.

레는 헙, 남이와 같은 학년이지만 학교를 일찍 들어갔는지 나이는 한 살 어리다. 그러나 성장 속도가 빨라서 덩치가 가장 크고, 그래서 되레 언니처럼 보이는 아이가 레다. 그러더니 연애도 남보다 빠르다! 수첩에 잔뜩 장식을 꾸며서 쓴 베트남 어가 있어 뭐냐고 물어보니 남자친구 이름이란다. 그러면서 자기 휴대폰에 저장된 사진 하나를 슬며시 보여줬다. 자기 남자친구란다. 남자친구에게 예쁘게 나온 자기 사진을 주겠다는 일념으로 그렇게 공들여 사진을 찍어댔나 보다. 어쩌랴, 사람마다 관심사가 다른 걸!

이 프로젝트는 아이들의 나라도 다르고 나이도 다르고 교육 제도도 다르다. 그래서 같은 시기인데도 어떤 나라에서는 방학중이라 아이들을 만날 수 있는 여유가 많지만, 어떤 나라는 토요일에도 수업을 한다든지 학년마다 등교하는 시간이 오전 오후 다르다든지 해서 아이들을 만날 짬이 안 나 고생하기도 한다. 베트남의 경우가 그러하다.

지난해에도 아이들이 낼 수 있는 시간이 제각각 달라서 한 자리에 모아놓고 프로그램을 진행하기가 불가능했다. 그런데 올해에는 또 다른 변수가 등장했다. 헙, 남, 레가 이제 고등학생이 되는 바람에 만나기가 더 어려웠다. 조금 더 일찍 만날 수 있으면 좋겠는데 고학년 아이들이 학교를 마치고 오면 4시 반이다. 그런데 5시가 되면 날이 슬슬 어두워지기 시작한다. 그리고 날이 어두워지기 시작하면 베트남 아이들은 12시 즈음의 신데렐라처럼 황망히 뛰쳐나간다! 기다리라고 붙잡아봤자 소용없고, 무슨 말을 해도 아이들 귀에 들어가지 않는다. 오직 더 어두워지기 전에 자전거를 타고 귀가해야 한다는 생각뿐이다.

왜 그러는지 이유를 몰랐던 처음에는 그런 아이들이 섭섭하기만 했다. 그런데 아이들이 사는 땀흥 마을은 행정 구역상으로는 하노이 시에 속하지만 시내에서 한 시간 넘게 시내버스를 타고 다시 시외버스를 갈아탔다가 또다시 오토바이 뒤에 매달려 흙먼지를 뒤집어쓰고 달려야 당도하는 시골이다. 좁은 2차선 도로 위로는 근처 공장을 출입하는 커다란 트럭이 밤낮으로 쌩쌩 지나다니고, 베트남의 그 수많은 오토바이들이 추월하기 위해 무시로 중앙선을 넘나든다. 말이 중앙선이지 사실은 선이 다 지워져 보이지도 않을 뿐더러 가로등은 잊을 만하면 존재감을 드러낼 만큼 간격이 너무 멀어 도움이 안 된다. 그러니 낮에도 위험한 이 길을 밤에 자전거로 다니는 것은 너무 위험천만한 일이었다. 그 사실을 알고 나서는 나도 무조건 해가 지기 전에 아이들을 귀가시켜야 한다는 강박이 생겼다.

사람은 누구나 어떤 것에 조금씩은 강박적인 면을 보인다. 내게는 그것이 시간이다. 시간을 지켜서 해야 하는 일들에 대해 나는 엄청난 스트레스를 받는다. 오죽하면 내가 반복해서 꾸는 꿈들이 시간을 못 지킬까 봐 발을 동동 구르는 것일까! 늦잠을 자고 일어나니 비행기 출발 시각이 한 시간밖에 남지 않았다든지, 시험 종료 시간이 10분밖에 남지 않았는데 시험 문제를 절반도 못 풀었다든지, 아무 준비 없이 있다가 몇 시간 후 내가 발표할 일정이라는 것을 뒤늦게 깨닫고 망연자실한다든지……

그렇다고 내가 시간 약속에 아주 철저하다거나 부지런한 기질이냐면 그런 것은 또 아니다. 아마도 구성 작가 생활을 하면서 생긴 강박이 아

아이들이 사는 땁흥 마을은 베트남의 전형적인 농촌으로 사람들은 오전 7시만 돼도 이미 아침 먹고 일과를 시작한다. 베트남에서는 어디를 가도 크고 작은 공사 풍경과 활력 넘치는 사람들과 맞닥뜨린다.

닐까 싶다. 내가 생방송을 많이 하기도 했지만, 구성 작가들은 기본적으로 매주 혹은 매달 원고를 넘겨야 하는 데드라인이 있고 거기에 라이프사이클을 맞춰서 산다. 데드라인을 지키지 못하는 사람은 아마추어이지 프로가 아니다. 그래서 몰아치기, 벼락치기, 초치기를 하면서 마감 직전에 초인적인 집중력과 에너지를 발휘하며 살았다. 물론 성실하고 건전한 작가들은 미리미리 준비하지만! 아무튼 그래서 몇시까지 어디를 가야 한다거나 몇시에는 끝내줘야 한다는 게 정해져 있으면 나는 그 생각에 사로잡혀 일이 손에 안 잡히고 산만하게 군다.

그런데 1차 때에도 그러더니 이번에도 유독 베트남에서는 시간이 없었다. 고학년 아이들은 만날 수 있는 시간이 워낙 짧다 보니 그동안 찍은 사진을 보고 이야기하는 것만으로도 벅찼다. 사진을 빌미로 아이와 개인적인 이야기를 좀 나눠야 친밀감이 들고 특별한 의미로 기억되는데 말이다. 그래서 베트남에서는 아이들을 만나고 난 뒤면 늘 속상하고 아쉬웠다. 오늘도 시간에 쫓겨 나 혼자 정신없이 허둥지둥하다 끝났구나 싶으면서 그게 또 스트레스로 작용했다.

올해에도 아이들과 함께 가까운 곳으로 소풍을 가서 함께 사진을 찍고 놀았다. 하지만 전반적으로 사진의 양이 턱없이 부족했다. 1차 때 찍은 사진의 양과 비교해 보면 두드러지게 차이가 났다. 특별하다거나 신선하다는 느낌의 사진도 그리 많지 않았다. 사진을 찍을 만한 시간이 없다는 이유도 있지만, 아이들 얘기로는 1차 때에 찍을 만한 건 다 찍어서 새롭게 찍을 게 없다고 했다.

'이렇게 되면 2차 순회를 하지 말고 그냥 1차에서 끝내는 편이 나은 거 아닌가?'

하지만 이런 고민은 아이들의 답이 깨끗이 해소시켜 주었다. 프로젝트를 마치면서 아이들과 일대일로 인터뷰하는 시간을 갖고 일일이 물어보았는데, 1차 때보다 2차 때가 더 좋았다는 대답이 압도적으로 많았다. 사실 내가 봤을 때에는 1차 때에는 더 좋은 데로 놀러도 갔고, 함께 보낸 시간도 더 많았다. 그래서 나는 당연히 아이들이 1차 때가 좋다고 입을 모을 줄 알았는데 그 반대인 것이다.

"물론 소풍도 좋고 사진 찍는 것도 좋았어요. 그런데 저는 마지막 수업이 가장 인상적이었어요. 이번에 언니가 우리에게 사진 찍는 법에 대해 가르쳐줬잖아요."

이번이 더 좋았다고 하는 아이들은 그 이유를 그렇게들 말했다. 이번에 나는 아이들이 찍은 사진을 함께 프리뷰하면서 사진에 대한 총평을 해주고 사진을 찍는 기본 자세나 기초적인 촬영 기술 따위를 가르쳐주는 시간을 가졌다. 이 사진은 어떤 면에서 좋은지, 이 사진은 어떤 면에서 아쉬운지 등등을 이야기해 주면서, 그동안 아이들이 사진을 찍으면서 어려웠거나 궁금해 했던 것에 대해 질의응답도 했다. 그런데 그런 '수업'이 특히 고학년 아이들에게는 유익하게 다가왔던 것이다.

저학년 아이들은 그저 카메라를 놀잇감삼아 신나게 찍으며 노는 시간을 갖는 것만으로도 의미가 충분하다. 이 프로젝트나 사진 찍기에 너무 큰 의미를 주면 정작 중요한 것을 놓치고 아이도 흥미를 잃을 수 있다. 그런데 중학생 이상의 아이들은 좀 다르다. 유희적인 것에서 끝나면 아쉽고 뭔가 건설적인 것이 있어야 할 것만 같은 것이다. 그래서 흐엉이 같은 아이는 그저 찍고 쓰는 것에만 열중하는 데 비해, 나머지 언니들은 자기 사진을 함께 보면서 남들은 어떻게 생각하는지에 민감하고 그 시작년에 놀이 공원 갔을 때보다도 아이들의 표정이 더 좋다. 올해 아이들이 추천한 소풍 장소는 평범한 강가였다. 하지만 그 소박하고 목가적인 풍경이 아이들을 편안하게 만들고 소녀 감성을 자극한 듯 보였다.

간을 흥미롭게 여긴다.

그래서 이 프로젝트가 원래 일반적인 사진 수업과는 성격이 달랐음에도 2차 때에는 마지막 날 '사진 잘 찍는 법에 대한 수업'을 했다. 일종의 심화 수업인 셈이다. 사진에 재능이 좀 보이고 사진 찍는 것을 특별히 좋아하는 몇몇 아이들에게는 그런 욕구가 있지 않을까 생각했다. 그래서 한번 시도해 본 것인데 다행히 아이들에게 새로운 재미와 발전을 촉진하는 계기가 된 것 같다.

그러고 보니 아이들이 찍은 사진은 양은 지난번보다 적지만 질적인 면에서는 차이가 분명했다. 예를 들어 레가 1차 때 찍은 사진들은 카메라 작동법을 잘 몰라서 빛이 너무 많이 노출되는 바람에 건지기 힘든 사진들이 많았다. 그런데 이번에 레가 찍은 사진에서는 같은 피사체를 앵글을 다르게 하고 찍는다거나 구도를 다르게 해서 찍는 등 실험적인 면이 보였다. 레의 사진들을 1차 때부터 시간 순으로 훑어보면 자가 발전한 것이 선명하게 드러난다. 레의 사진만 그런 것이 아니라 응옥아잉과 남이의 사진도 그렇다. 그래서 스스로 이렇게 저렇게 실험해 본 거냐고, 이제 어떻게 사진을 찍으면 결과가 어떻게 나오는지 알 것 같냐고 아이들에게 물으니 다들 그렇다고 고개를 끄덕였다. 내가 특별히 가르쳐주지 않으니 스스로 해본 것이다. 그러면서 카메라의 기능을 터득하고 나아가 사진 찍기의 새로운 재미를 스스로 찾아냈다. 아이고, 똑똑하고 예쁜 것들!

정말 대견스럽다. 2차 때에는 사진 수업을 하겠다고 애초에 치밀하게 계획을 세웠던 것은 아니다. 의도한 것은 아니었지만 결과적으로 타이밍이 적절했고 아이들의 욕구도 제대로 읽은 셈이어서 나 또한 흡족하고 대견스럽다.

나는 모든 사람에게는 스스로 성장에 대한 욕구와 능력이 존재한다고 믿는다. 부자 나라 아이건 가난한 나라 아이건, 어른이건 아이이건 똑같이 그러하다. 아이들에게는 스스로 발전할 수 있는 능력이 있다. 어른들은 안전한 환경을 만들어주고 아이 옆에 있으면서 조금씩 촉진해 주고, 조급하게 굴지 말고 그저 지지해 주기만 하면 된다. 그러면 아이들은 스스로 알아서 '자가 발전'한다. 그렇게 성장한다. 누가 잡아끌어 따라가다 보니 '발전되는' 그런 성장이 아니라 스스로 발전을 이끄는 성장, 그것이 내가 궁극적으로 원하는 것이었다. 그러므로 촉진과 지지, 이 프로젝트에서의 내 역할은 바로 그것이었다.

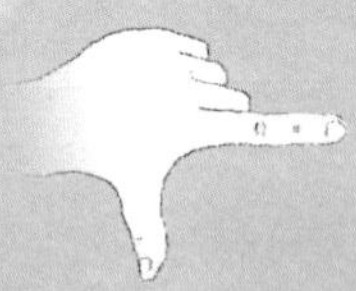

다시, 변화가 아닌 확장으로

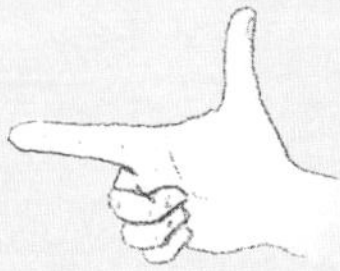

이번 2차 순회에서도 기본적인 활동은 1차 때와 같았다. 아이들은 2주 정도 사진을 찍고, 사진 일기장에 감상을 기록하며, 나와 함께 소풍 겸 출사를 다녀왔다. 그런데 이번에는 각 나라에서 새로운 시도를 하나씩 더 해보았다.

베트남에서 시도한 특별 프로그램은 일명 '특별한 버디'다. 한 아이를 추가해 자원 활동가들과 버디(친구)를 맺어주는 것이었다. 처음 이 프로젝트를 구상했을 때부터 회차를 거듭하면서 대상이 조금씩 확장되는 시스템을 생각해 봤다. 그러니까 1차에 참여한 아이들이 2차에도 이어지되 한두 명이 더 추가되어 확장되는 식이다. 그렇게 3차, 4차, 5차 순회로 이어지면 어떤 아이는 새로 입장하기도 하고 어떤 아이는 퇴장하기도 하면서 프로젝트에 참여하는 구성원에 조금씩 변화가 생길 것이다. 그러면서 가능한 한 더 많은 아이들에게 참여 기회를 주는 것이 목적이었다. 그리고 아이들이 한 살 두 살 나이를 먹으면서 고학년이 되면 시간을 내기 힘들다는 현실적인 면도 감안해야 했다.

하지만 문제는 카메라 우체부 한 명이 맡아서 책임질 수 있는 아이의 수에 한계가 있다는 사실이다. 인원이 너무 많아지면 아이들에게 소홀할 수밖에 없다. 수박 겉핥기로 훑고 지나가게 되고 일정 잡기도 힘들어진다. 내 경험으론 아이들이 일곱 명만 돼도 카메라 우체부 한 명이 커버하기 버겁다. 그래서 아이들 수를 늘리기가 쉽지 않겠구나 판단하고 사실상 생각을 접었다.

그런데 이번에 베트남에서는 한번 시도해 볼 만한 여건이 되었다. 서울에서 대학을 다니는 두 여학생이 베트남 배낭 여행을 계획하고 있다가 이 프로젝트를 알게 되면서 자원 봉사를 신청했던 것이다. 그래서 이 기회에 한번 실험을 해보기로 했다. 두 명의 서울 언니들에게 한 명의 하노이 아이를 버디로 맺어주고 이 프로젝트의 기본 틀 안에서 놀도록 한 것이다.

발상은 나쁘지 않았던 것 같다. 그러나 여건이 받쳐주지 않는 현실을 내가 너무 간과했다. 통역은 한 명이고 시간은 한정되어 있기 때문이다. 그래서 서울 언니들이 의욕적으로 준비해 온 이런저런 활동들은 대부분 무용지물이 되었다. 내가 그 팀에 별도의 통역을 붙여줬더라면 해결됐을 문제다. 하지만 통역비를 두 배로 들일 정도로 예산에 여유가 있는 것도 아닌데다 한 아이에게만 특별 대우하는 상황이 다른 다섯 명의 아이들에게 어떤 영향을 미칠지 고려하지 않을 수 없었다. 결국 이 실험은 가

새로 '영입된' 아이, 특이는 눈동자가 아주 똘망똘망한 것이 야무지게 보였다. 특이라는 특이한 이름도 이름이지만, 특이가 찍은 사진을 보면 그야말로 이름값 한다!

난하고 엉성한 활동가의 비애와 반성을 낳고 사산되었다.

하지만 성과도 있었다. 사람 하나만큼은 성공적으로 남겼으니 말이다. 바로 이 실험을 위해 새로 '영입'된 아이, 특이다. 특이의 첫인상은 눈동자가 아주 똘망똘망한 것이 야무지게 보였다. 특이라는 특이한 이름도 이름이지만, 특이가 찍은 사진을 보면 그야말로 이름값 한다!

전체 스물두 명 아이를 통틀어 사진에 가장 재능이 있는 아이를 꼽으라면 특이가 아닐까 싶다. 처음 특이의 사진을 봤을 때 심장이 두근거렸다. 대박이다. 모래사장에서 진주를 발견한 기분이었다. 특이는 카메라로 사진을 찍어본 것이 처음이라고 했다. 그런데 피사체에 가까이 들이댈 때와 뒤로 빠져서 찍어야 할 때를 본능적으로 아는 아이가 아닌가 싶다. 특이의 사진 속 피사체들은 너무나 자연스럽고 생동감이 넘친다. 물고기를 잡고 좋아하는 아이의 사진은 바로 내 앞에서 펼쳐지는 장면처럼 생생하다. 벽의 기둥을 각진 모서리가 중앙에 오도록 해서 찍은 사진도 독특하다. 그동안 수천 장의 아이들 사진을 봤지만 기둥을 이런 구도, 이런 느낌으로 찍은 아이는 없었다. 어쩌다 보니 특이에게 배정된 카메라는 다른 아이들 것보다 기능도 단순하고 화소도 그리 높은 편이 아니었다. 그런데 이런 사진들이 나왔으니 더욱 감탄스러울 따름이다.

특이는 이제 막 중학교 1학년이 된 열두 살의 여자아이다. 다른 다섯 명의 아이들과 같이 땀훙 마을에 살고 있다. 그런데 수줍음이 많고 내성적인 다른 아이들에 비해 특이는 적극적이고 외향적이다. 호기심도 많아서 내가 다른 아이들과 이야기를 하고 있으면 옆에 앉아서 시시콜콜 참견한다. 자기가 먼저 말귀를 알아듣고는 앞의 아이에게 설명을 해주거나, 자기한테 질문한 것도 아닌데 자기 의견을 얘기하는 식이다. 한번

'살아있네~' 특이의 사진 속 피사체들은 이처럼 표정이 생생하고 전체적으로 리드미컬하고 생동감이 느껴진다. 마치 눈앞에서 벌어지는 장면 같다.

이 사진을 찍기 전 특이는 길을 가운데에 놓고 사진을 찍었다. 그것은 길도, 인물도 주연이 되지 못하고 밋밋했다. 특이는 그것을 감으로 알고 바로 이 사진을 찍었다. 특이가 사진에 천부적인 감각이 있다고 여기는 이유다.

은 다른 아이를 인터뷰하면서 동영상을 찍고 있는데 특이가 옆에서 하도 쫑알거리는 통에 좀 나가 놀아달라고 부탁했다. 짜증나고 미워서 그런 게 아니다. 오히려 그 반대다. 나는 특이가 아주 사랑스럽다. 알아듣지 못하는 베트남 어지만 특이가 쫑알거리는 베트남 어를 들으면 유쾌해진다. 그럴 수만 있다면 특이를 주머니에 넣고 다니면서 웃고 싶을 때마다 한 번씩 꺼내보면 좋겠다. '쫑알대봐!' 그러면서.

특이와 함께한 시간은 2년째인 다른 아이들에 비해 부족하기 때문에 아무래도 좀 더 시간을 들이고 신경을 쓰지 않을 수 없었다. 이대로 헤어지기 아쉬워하는 서울 언니들과 함께 식용유와 세제 등을 사들고 특이의 집을 찾아갔다. 그런데 특이네 방 안에 있는 가구는 다 세어도 열 손가락을 채우지 못할 것 같았다. 특이의 앉은뱅이책상이 놓여 있는 공부방은 원래 용도가 방이 아니라 식량 등을 쌓아놓는 창고인 듯했다. 이런 환경이지만 특이는 공부를 곧잘 하고 얼마 전에는 독서 퀴즈 대회에 나가 상을 받았다고 한다.

특이네는 엄마가 혼자 농사를 지으면서 공사장에서 인부로 일하기도 하고 페인트 칠 등 날품팔이도 하면서 생계를 유지하고 있었다. 아버지는 특이가 갓난아기였을 때 돌아가셨단다. 특이에게는 오빠가 한 명 있는데 곧 중학교를 졸업하면 고등학교에 입학하는 대신 돈벌이에 나설 거라고 했다. 특이 역시 이변이 일어나지 않는다면 중학교 졸업이 마지막 학력이 될 것이다. 특이의 재능을 생각하면 안타까울 따름이다.

마지막으로 아이들에게 깜짝 선물을 하는 것으로 베트남에서의 일정이 모두 끝났다. 아이들 모두에게 카메라를 한 대씩 선물한 것이다. 그 안에는 1차 때부터 그 아이가 찍은 사진들이 고스란히 저장되어 있었다.

아이들이 사진 찍는 즐거움을 계속 누릴 수 있도록……

우리가 보낸 시간들을 가끔 꺼내어 보면서 추억할 수 있도록……

"꼬 화! 감사해요. 제가 잘 몰랐던 사진 찍는 방법을 알 수 있게 도와주셔서 감사해요. 그리고 언니는 착하고 활발해요. 이 프로젝트를 주최해 주셔서 감사해요. 언니를 내년에 또 만나고 싶어요." (응옥아잉)

"안녕하세요. 헙이에요. 그동안 즐거웠어요. 언니는 정말 예쁘고 착하고 저희들에게 친절하게 대해주세요. 다시 한 번 감사드려요." (헙)

"저는 특이예요. 저에게 사진 찍는 법을 가르쳐주고 카메라도 주셔서 정말 감사해요. 언니는 예쁘고 상냥해요. 우리 엄마 같아요. 내년에 다시 와서 지금 이 프로젝트로 우리가 또 만났으면 좋겠어요. 감사해요." (특)

"안녕하세요. 흐엉입니다. 저는 언니와 내년에 또 만나고 싶어요. 왜냐하면 언니는 예쁘고 착하니까요. 그리고 언니는 저에게 사진 찍는 법을 가르쳐줬어요. 감사합니다." (흐엉)

"이 프로젝트 덕분에 꼬 화를 만날 수 있었고 같이 사진을 찍으러 다닐 수 있었습니다. 책가방을 선물해 주고 사진 찍을 수 있는 기회를 만들어주셔서 감사합니다. 그리고 카메라도 선물로 주셨어요. 이 프로젝트와 꼬 화에게 너무 너무 감사합니다. 저는 꼬 화와 이 프로젝트를 할 수 있도록 도와주신 모든 사람들이 앞으로 건강하고 가정에 평안이 깃들고 성공하기를 바랍니다." (남)

"저는 레입니다. 이 프로그램을 만들어주셔서 정말 감사해요. 카메라를 어떻게 쓰는지 방법을 알게 되었으니까요. 그리고 외국 친구들에게 내 고향을 소개시켜 줄 수 있었어요. 그동안 사진을 많이 찍을 수 있었고, 사진이라는 단순한 것이 아름다운 것들을 감상할 수 있게 해준다는 것을 알게 되었어요. 사진을 찍을 때 무척 즐거웠어요. 그리고 카메라를 주신 것에 대해 감사해요. 제 바람은 언니가 항상 건강하고 예쁜 것이에요. 그리고 이 프로그램이 널리 발전하고 그래서 언젠가 언니가 다시 베트남에 돌아와서 다른 친구들한테도 사진 찍는 법을 알 수 있게 해주면 참 좋겠어요." (레)

유치한 것이 아프게 한다

와아아~~

싼마디따 사원을 다시 찾은 첫날이었다. 작년에 아이들이 찍었던 사진들을 내가 싼마디따 사원의 마당에 걸고 있었는데 그 소문이 삽시간에 퍼진 모양이다. 사진을 미처 다 걸지도 못했는데 아이들로 북새통을 이뤘다. 큰 아이건 작은 아이건, 스님이건 교사건 할 것 없이 전시된 사진 앞으로 몰려들었다. 그리고 믿기 힘들 만큼 뜨겁고 생생한 리액션을 보여주었다. 뜻밖이었다. 베트남에서도 똑같이 사진 전시회를 했지만 이렇게 열렬한 반응은 나오지 않았기 때문이다.

덕분에 모처럼 정신없이 셔터를 눌러댔다. 사진을 찍으면서 소름이 돋을 만큼 짜릿한 감동을 느꼈다. 별것도 아닌 이런 이벤트에 이 많은 아이들이 이렇게 환해지다니…… 그동안 이 프로젝트를 하면서 느꼈던 모든 애환이 이 장면 하나로 보상되는 기분이었다. 그러니 더 고마운 쪽은 아이들보다 나일 터이다.

미얀마에 오면서 마음의 준비를 단단히 했다. 불과 10개월 만에 만났는데 베트남 아이들이 몰라보게 성장했다. 그러니 미얀마 아이들은 또 얼마나 성장했을까 싶어 이번에는 미리 상상도 해보면서 놀라지 않을 마음의 준비를 한 것이었다. 그런데 사원에 도착해 소녀 스님들을 다시 본 순간 허거걱~

놀라지 않을 수 없었다. 내 예상처럼 미얀마 아이들이 폭풍 성장했기 때문이 아니다. 성장은커녕 오히려 전체적으로 사이즈가 작아진, 이해하기 힘든 변화 때문이었다. 휴윗느웨, 떼데퉤이, 아가수의 경우는 키가 제법 자랐고 폭풍 성장중이었다. 그런데 스님인 아이들은 정신적인 발달은 모르겠지만 신체적인 발달이 확실히 정상적이지는 않았다. 원래 뚜난디는 우락부락하다는 표현이 어울릴 정도로 덩치가 좋은 아이였다. 그런데 내 앞에 서 있는데도 내가 못 알아봤을 만큼 몸이 슬림해졌다. 끌레아니와 류바땡기도 원래 이렇게 왜소한 아이였나 싶을 정도로 말랐다. 키가 자라고 안 자랐고는 둘째 문제다. 몸에 지방이 거의 없고 골격 자체가 작은 것이다. 똑같은 시간이 흘렀건만 같은 조건의 베트남 아이들과 비교될 정도로 미얀마 아이들은 왜 이리 성장이 더딘 것일까?

그 이유는 말할 것도 없이 잘 못 먹고 살기 때문이다. 미얀마 사람들도 너무 후진 쌀이어서 도저히 못 먹겠다고 하는 쌀로 배를 채우고, 고기 구경은 한 달에 한두 번밖에 할 수 없으니 성장기 아이들에게 필요한 단백질과 지방 공급이 터무니없이 부족한 것이다. 그나마도 하루에 두 작년에 찍은 사진들을 사원에 전시하자 아이들이 벌떼처럼 몰려 들었다. 까치발을 하고 자기 나온 사진을 찾는 아이, 사진 속에 자기 얼굴도 나왔다며 깡충대는 아이, 친구 사진을 가리키며 박장대소하는 아이……

끼밖에 먹지 못하기 때문에 아무리 밥으로 배를 채운다 해도 충분한 양이 되지 못한다. 정상적인 가정에서 자라는 아이들과 비교해 똑같은 수준으로 신체 발달이 이뤄질 수 없는 것이 당연하다.

게다가 많은 아이들이 눈병과 피부병을 앓고 있었다. 평소에 그렇게 먹고사니 면역력이 좋을 리 없는 것이다. 푸석푸석한 얼굴로 모처럼 밥상에 나온 닭고기를 손으로 뜯으며 행복해하는 아이들을 보는데 마음이 아팠다. 올해도 나는 사원 전체 아이들을 위해 고기 반찬값을 기부했다. 20만 원으로 닭고기를 사봤자 사원 식구들이 200여 명이니 잘해야 두 끼 나온다. 행복의 양으로 따지면 좀 허무하긴 하지만, 행복의 질로 따지면 이보다 좋은 게 없다. 고기 반찬을 해주면 일부가 아닌 전체가 골고루 공평하게 행복해하기 때문이다.

그런데 미얀마 아이들을 다시 만났을 때 내가 더욱 놀랄 수밖에 없는 이유가 있었다. 상상도 못한 획기적인 변신 때문이다. 작년에는 승복을 입은 소녀 스님이 세 명이었다. 그러나 올해에는 류바땡기 한 명만 승복 차림이었다. 나머지 두 소녀 스님, 끌레아니와 뚜난디는 승복이 아닌 평상복 차림이었다. 민간인으로 환속한 것이다.

뚜난디는 아직은 숏컷의 헤어스타일이지만 머리를 기르고 평범한 티셔츠를 입고 거기다 노랗게 타나까까지 바르고 내 앞에 나타났다. 눈앞에 있는데도 뚜난디를 전혀 알아보지 못한 것도 무리가 아니었다. 그 사이 승복을 벗는 아이가 생겼을 줄은 진짜 상상도 못한 일이라 너무나 놀랐지만, 놀란 가슴을 진정하고 보니 뚜난디의 변신은 예상 가능한 수순이라는 생각이 들었다. 사람 좋아하고, 감수성 예민하고, 무엇보다도 자기도 모르게 이성에 눈이 돌아가는 '여자' 사람 아니던가! 그런데 어울리지도 않는 승복을 입고 죄의식을 느끼며 힘들어했을 것이다. 그런 생각을 해서일까, 뚜난디의 얼굴이 화사하게 피어난 백합 같았다. 그래서 뚜난디의 밤송이 같은 머리카락을 쓰다듬으며 이렇게 얘기해 줬다. 뚜난디와 같이 낄낄거리면서.

"뚜난디, 넌 다분히 그럴 만했어! 그거 인정하지? 파이팅~"

그리고 뒤이어 모습을 드러낸 끌레아니는 꽃 중의 꽃, 장미였다. 그렇잖아도 얼굴이 조그맣고 이목구비가 뚜렷해 군계일학의 미모였는데 이제 머리를 기르고 레이스 달린 블라우스를 입고 있으니 그 미모가 빛을 발했다. 이렇게 예쁜 아이가 금남의 구역인 비구니 사원에 콕 틀어박혀 산다는 게 좋은 건지 나쁜 건지 모르겠지만, 아무튼 내년에 졸업 시험을 통과해 대학생이 되면 끌레아니에게 반해 쫓아오는 남자들로 사원 문지방이 닳겠구나 싶다.

미얀마 학제로 10학년이 되면 학교 졸업을 1년 앞둔 시점으로 선택의 기로에 놓이게 된다고 한다. 계속 스님으로 살 것인지, 환속해서 일반인 신분으로 살 것인지 결정해야 하는 때인 것이다. 그 결과 류바땡기는 계속 스님으로 사는 삶을 선택했고, 뚜난디와 끌레아니는 환속을 선택해 대학교 진학을 목표로 공부하게 되었다. 일반인이 되어도 학교를 졸업할 때까지는 싼마디따 사원에서 살 수가 있고, 졸업 후 대학 시험에 합격하면 사원에서 선생님을 하면서 그 월급을 모아 대학에 다닐 수도 있다고 한다. 그러나 대학 시험에 떨어지면 일반인이 되었으니 그때에는 사원을 떠나야 한다.

그런데 뚜난디야 그럴 조짐이 다분했지만 끌레아니가 환속을 선택했다는 건 좀 의외였다. 끌레아니의 글과 사진을 보면 누구보다 불심이 지

처음에는 뚜난디를 앞에 두고도 진짜 알아보지 못했다. 덩치 큰 선머슴 이미지로 기억하고 있었는데 민간인으로 환속한 뚜난디를 보니 '천상 여자'. 맞다!

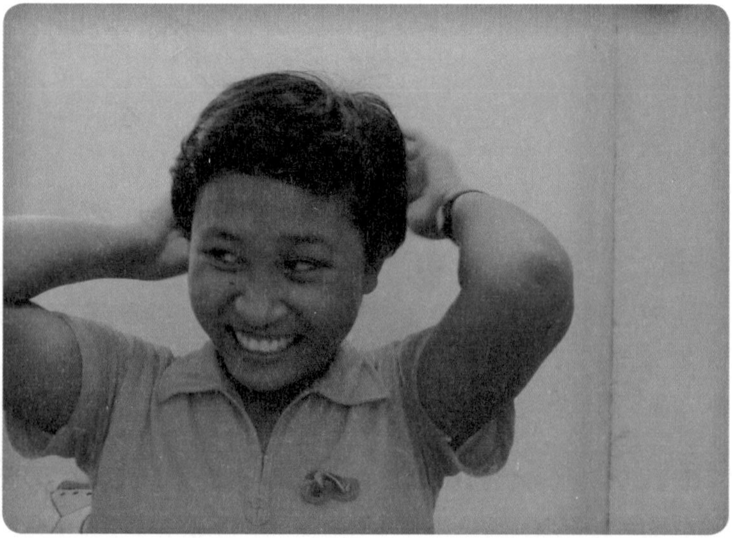

극하고 스님의 삶을 긍정적으로 여기고 있었기 때문이다. 그래서 나중에 일대일로 만나 인터뷰를 하면서 환속한 이유가 따로 있는지 물었다. 그런데 끌레아니의 말이 왔다 갔다 했다. 처음에는 머리카락이 없이 사니까 두피에 자꾸 뭐가 생기고 머리도 아파서 그랬다고 했다. 그러다 하는 말이 사실은 이상하게 자기 승복이 자꾸 없어진다는 것이었다. 누군가가 끌레아니의 승복을 숨기거나 가져간 적이 몇 번 있었다는 것이다. 그게 무슨 말인지 이해가 되지 않았다. 아니, 자기 승복도 있는데 왜 남의 승복을 가져가? 누가 자기 옷인 줄 알고 모르고 가져갔던 거 아냐? 그러면서 나는 눈치 없이 계속 캐물었다. 결국 나는 1차에 이어 2차에도 끌레아니를 아프게 만들고 말았다. 끌레아니는 누군가 자기를 미워해서 골탕 먹이는 것 같다면서 결국 눈물을 글썽였다.

집단으로 생활하다 보면 어디든 강자와 약자의 구분이 생기고 소외되는 사람도 나오게 마련이다. 게다가 사춘기 소녀들이고 365일 함께 지내고 있으니 시기심이나 따돌림 같은 게 없을 리 없다. 자세한 내막은 모를 일이다. 사실 그런 것은 잠시 머물렀다 가는 내가 알아봤자 실질적 도움이 되는 것도 아니다. 나한테 중요한 건 끌레아니가 마음에 상처가 많은 아이라는 것이다. 사원의 최고 권력자인 주지스님에게도 인정받지 못하고, 또래 집단에서도 환영받지 못하는 존재…… 그러면서 얼마나 많은 눈물을 흘렸을까!

"유치한 것이 우리를 가장 아프게 한다. 밥이 그렇고 잔돈이 그렇고 아주 작은 따돌림이 그렇다."(공지영, 《사랑은 상처를 허락하는 것이다》)

끌레아니가 이번에 찍은 사진을 1차 때 찍은 사진들과 비교해 보면 큰 차이가 느껴진다. 1차 때에는 온통 부처님 사진, 합장하는 사진, 탁발을 하고 식사를 하는 등 스님으로서의 일상 사진이 압도적으로 많았다. 그리고 두 소녀 스님이 늘 끌레아니 곁에 있으면서 의자매처럼 돈독한 우정을 과시했다. 1차 때 끌레아니가 내 앞에서 펑펑 울었을 때에도 먼발치에 있던 두 소녀 스님이 튀어나와 끌레아니를 걱정하고 안아주었던 것이 내게는 아주 인상적이었다.

그런데 이번에 찍은 사진들에는 의자매처럼 굴던 두 소녀 스님이 등장하지 않았다. 그 대신 끌레아니처럼 민간인 신분의 소녀들을 찍었거나 아니면 쓸쓸해 보이는 풍경을 주로 찍었다. 그래서 물어보니 의자매 중 한 친구는 고향으로 돌아갔고, 한 친구는 여전히 스님으로 살고 있다고 한다. 그런데 여전히 스님의 길을 걷는 그 친구와는 서먹서먹해져서 이제 마주치면 눈인사나 할 정도라고 한다. 끌레아니가 스님을 그만둔 것이 결정적인 이유라고 했다. 한 공간에 살지만 스님 학생과 민간인 학생과의 사이에는 건너기 힘든 강이 흐르고 있는 모양이다.

"살면서 가장 기쁜 것은 친구들과 함께 지낸다는 사실이에요. 친구들이랑 같이 있으면 행복해요. 친구들이 다 시험에 합격했으면 좋겠어요. 살면서 가장 슬펐던 때는 사랑했던 친구가 고향으로 돌아가게 돼 헤어졌을 때에요. 너무 슬퍼서 눈물이 났어요. 친구들아, 너희들은 나처럼 울게 되지 마!" (끌레아니)

나는 끌레아니에게 그동안 자신이 찍은 사진들을 처음부터 끝까지 다시 보게 하고 자신의 사진에서 반복해서 나오는 어떤 상징이나 패턴 같은 게 보이냐고 물어보았다. 그리고 이 중에서 딱 한 장의 사진을 가질 수 있다면 어떤 사진을 고르고 싶은지 선택하게 했다.

갖고 싶은 단 한 장의 사진으로 끌레아나는 이 사진을 선택했다. 정작 자신은 사진 속에 존재하지 않는데도…… 보통 아이들은 이 경우 자신이 잘 나온 사진을 선택하는데 말이다.

끌레아니에게뿐만 아니라 모든 나라의 모든 아이에게 같은 질문을 했다. 이번 2차 때에 내가 하려는 사적인 실험 중의 하나가 사진 치료이다. 이런 질문들은 투사적 사진 치료의 기법이다. 여기에 정답은 존재하지 않는다. 답을 하는 자의 현재 정서 상태나 화두가 사진에 투사되기 때문에 의미가 있는 것이지 정답을 구하는 질문이 아닌 것이다.

미술 치료가 '내면화된 피사체의 외현화'이라면, 사진 치료는 '외적인 피사체의 내면화'라고 한다. 한 발짝 거리두기가 가능한 것이 사진이다. 예를 들어 아이에게 "너를 힘들게 하는 것은 무엇이야?" 하고 직접 물어보면 선뜻 생각이 안 나기도 하고 무의식적으로 억압하기도 해서 대답을 안 하거나 모른다고 하기 쉽다. 하지만 사진을 보면서 "사진 속 이 아이(또는 사물)는 언제 무슨 일로 힘들어하는 것 같아?" 하고 물어보면 덜 방어적이 돼 생각나는 대로 부담 없이 이야기한다. 사진 속 인물이나 사물과 자신을 동일시하고 거기에 자신의 감정을 투사해서 자신의 이야기를 하게 되는 것이다.

끌레아니는 자기 사진에 반복해 나오는 것이 풍경이라고 대답했다. 그리고 갖고 싶은 단 한 장의 사진으로는 프로젝트에 참여한 다른 아이들과 내가 이번에 소풍 가서 노는 사진을 골랐다. 그 이유는 친구들이랑 이런 데도 놀러 가고 이 사진도 자기가 직접 찍었다는 것을 엄마에게 자랑하고 싶어서라고 했다.

하지만 나는 풍경 사진에도 사람 사진에도 또 자기가 고른 베스트 사진에도 끌레아니 자신은 없다는 점이 의미심장하게 느껴진다. 예를 들어 외향적인 뚜난디의 경우 다른 나라의 아이가 찍은 사진 중에서 인상적으로 꼽는 사진들이 거의 대부분 사람들이 등장하는 사진이다. 반면에 모범 스님답게 류바땡기는 늘 흐트러짐 없는 태도로 카메라 앞에 임하는데 이 사진만은 그렇지 않다. 그래서 이 사진을 나는 류바땡기의 사진 중 베스트로 꼽는데, 같은 이유로 류바땡기는 워스트로 꼽는다.

끌레아니는 다른 나라의 아이가 찍은 사진 중에서도 풍경 사진을 주로 꼽는다. 보통 아이들은 베스트 사진으로 자신이 잘 나온 사진을 고른다. 그런데 끌레아니가 꼽는 사진들은 이렇게 자신이 부재한 상태의 사진들이다. 자신을 프레임 안이 아니라 밖에 놓고 있는 아이…… 끌레아니는 그게 마음이 편한 걸까? 그게 자신에게 어울린다고 느끼는 걸까?

국민동요를 모르는 아이

그런데 아이들을 다시 만난 첫날, 한 명이 보이지 않았다. 1차 때에는 한 번도 빠진 적이 없던 뗴데뛔이가 빠진 것이다. 스님들 말로는 뗴데뛔이가 요즘 학교도 다니지 않는다고 했다. 학교도 그렇고 이 프로젝트도 그렇고 뗴데뛔이의 아버지가 딸을 보내지 않는다는 것이었다. 그 얘기를 듣고 가만히 있을 수가 없었다. 당장 뗴데뛔이 집으로 찾아갔다.

문이 닫혀 있어 집 밖에서 뗴데뛔이의 이름을 불렀다. 안에서 인기척이 느껴지는데 대답이 없었다. 한참 만에 문이 열리고 뗴데뛔이가 모습을 드러냈다. 키가 훌쩍 자랐고 여전히 예쁘고 커다란 두 눈에는 반가움과 수줍음이 가득했다. 뗴데뛔이를 따라 집 안으로 들어서면서 보니 우물가에 비누칠을 하다 만 빨래에서 물이 뚝뚝 떨어지고 있었다. 방금까지 떼데퉤이가 빨래를 하고 있었다는 얘기다. 그런데 떼데퉤이는 막 외출하려고 했던 사람처럼 모자를 쓰고 깔끔한 옷차림으로 모습을 드러냈다. 그래서 어디 가려는 참이었느냐고 물었더니 아니라고 하고, 빨래하고 있었냐고 했더니 머뭇거리면서 시선을 피한다. 얘가 왜 이러지? 그리고 이 더운 날에 집에서 왜 모자를 쓰고 있어?

떼데퉤이 아버지는 방 안에 누워 있었다. 나를 맞아주면서도 떼데퉤이 아버지는 피곤하고 불편하다는 기색을 내비쳤다. 이제 자기는 옆에서 수발해 주는 사람이 없으면 제대로 할 수 있는 일이 아무것도 없다면서, 앞으로 돈이 되는 일이 아니면 떼데퉤이를 내보내지 않겠다고 했다. 그리고 떼데퉤이가 진급 시험에 떨어져서 유급된 상태라며 어차피 공부도 잘 못하는 것 같으니 이참에 아예 학교도 그만 보낼 것이라고 했다.

그래도 딸한테 도움이 된다고 해서 학교도 보내고 어디서 좋다는 거 있으면 하게도 했는데 그래봤자 다 소용없지 않느냐면서 원망을 쏟아냈다. 아마도 어느 NGO에서 아동 결연 사업을 준비하면서 떼데퉤이를 대상 후보로 삼고 조사도 해갔는데 그 후 이렇다 할 소식이 없어 실망이 큰 모양이었다.

떼데퉤이 집에 기세 좋게 들어올 때만 해도 나는 떼데퉤이 아버지에게 단단히 따지려고 했었다. 떼데퉤이가 아버지 병을 낫게 해드리고 싶어 장래 희망을 의사라고 한 것을 알고 있느냐고, 떼데퉤이가 학교를 다니다 말다 하기 때문에 공부를 잘할 수 없는 것 아니냐고, 그런데 여기서 학교까지 작파하면 떼데퉤이의 장래가 어떻게 되겠느냐고, 작년에 내가 닭을 선물해 줄 테니 잘 키워서 불려보라고 제안했는데 당신이 손 많이 가서 귀찮다고 거부하지 않았느냐고, 자식의 장래를 위해서 당신은 뭘 하고 있는 거냐고…… 그렇게 쏟아내고 싶은 말은 많았고, 그의 말을 중간에 가로막고 싶은 적이 한두 번이 아니었다.

하지만 그러지 못했다. 떼데퉤이 아버지가 원망하고 한탄하는 것을 그냥 들어줄 수밖에 없었다. 한눈에 보기에도 그는 작년보다 더 병세가 짙어졌고 피골이 상접한 몸은 오래 앉아 있기도 힘들어 보였다. 자신은 물론이고 모든 것을 비관하는 심각한 우울증 증세까지 보였다. 살던 집마저 반쪽으로 줄었다. 돈이 궁해 다섯 평도 안 될 것 같은 마당의 절반을 남에게 팔아버린 것이다.

그러니 그가 잘못하고 있다고 몰아세울 일이 아니었다. 잘못은 그가 아니라 그를 무력하게 만드는 병과 가난에 있을 뿐. 어떤 아버지가 자식의 앞길을 가로막고 싶겠는가. 그는 자식들이 공장에서 하루 종일 일한다면서 자식들 인생에 짐만 되고 있는 자기는 죽어야 한다며 한탄했다. 그것은 진심이었다. 그리고 진실이었다. 극단적인 말이지만 떼데퉤이의 장래를 어둡게 만드는 족쇄는 가난이 아니다. 바로 아버지의 존재 그 자체였다.

떼데퉤이는 아버지 옆에서 아무 소리도 못하고 어두운 표정으로 앉아 있었다. 작년까지만 해도 떼데퉤이는 자신의 불우한 처지를 비관하지 않았다. 가난해서 불편하긴 하지만 부끄러워하지는 않는 것 같았다. 그런데 떼데퉤이는 훌쩍 자란 키만큼이나 마음도 자라고 있었다. 그 마음에는 아버지에 대한 변함없는 애정과 존경도 있지만, 찢어지게 가난한 집안 형편에 대한 슬픔, 병든 아버지에 대한 연민, 학교를 다니지 못하는 열등감 그리고 이 상황을 받아들이는 것밖에 아무것도 할 수 없는 자신에 대한 무력감까지 포함될 것이다. 비관하는 아버지와 온종일 함께 지

학교에 다니지 않아 더욱 무료하고 길기만 한 오전 시간을 떼떼퉤이는 사진 찍는 낙으로 때웠다. 그중에서도 최고의 낙은 사진 속의 남자아이를 찍는 일이다. 친척집에 입양 보낸 남동생을 사진 찍어 주는 것이다.

내는 상황도 떼데퉤이에게 지대한 영향을 미칠 것이 뻔했다.

그래서 갑자기 내가 방문했을 때 얼떨결에 모자로 가리고 나온 것이다. 학교에서 공부할 시각에 집에서 빨래나 하고 있다는 게 부끄러웠고 주눅이 들었던 것이다. 그랬을 것이라고 생각하니 아아~ 깊은 한숨은 기본이고 먹은 게 얹히는 기분이다.

나는 떼데퉤이에게 이 프로젝트에 참여하고 싶으냐고 물었다. 떼데퉤이는 강하게 고개를 끄덕이면서 아버지의 눈치를 살폈다. 떼데퉤이 아버지는 실컷 한탄하고 분노를 표출한데다 떼데퉤이가 원한다고 하니 마음이 누그러지는 것 같았다. 결국 해피엔딩으로 마무리되었고 떼데퉤이는 이후 모든 일정에 정상적으로 참여하게 되었다.

어렵게 잡은 기회여서 그런지 떼데퉤이는 미얀마 아이들 중 가장 많은 사진을 찍었다. 그 사진들 중에는 보면 기분이 좋아지는 사진도 많았다. 찍는 사람부터 신나니 그럴 수밖에. 하루 종일 일하고 밤늦게 돌아온 언니와 오빠가 멋진 포즈로 모델 놀이를 하는 사진, 태어나자마자 친척집에 입양된 동생을 찾아가서 안아주고 놀아주는 사진, 학교에 가지 않아 무료하고 기나긴 오전 시간이면 동네 꼬마들을 집합시켜 모델과 사진가로 역할극을 하며 신나게 노는 사진…… 아! 워낙 팔이 짧아 얼굴이 넙대대하고 무시무시하게 나오는 떼데퉤이표 셀카 시리즈도 빼놓을 수 없고.

이번에 2차 순회를 하면서 내가 아이들에게 특별 주문한 것이 한 가지 있었다. 자기 나라의 언어로 된 노래를 한 곡 정해 합창하게 한 것이다. 그동안 내가 찍은 동영상과 아이들이 찍은 사진들로 간단한 영상물을 만들고 그 배경 음악을 아이들의 노래로 깔면 좋을 것 같았다. 그래서 베트남에 이어 미얀마에서도 아이들에게 노래를 직접 고르게 했다.

그런데 떼데퉤이 때문에 선곡에 애를 먹게 되었다. 이를테면 〈학교종〉이나 〈고향의 봄〉 같은 국민 동요 수준의 노래들을 떼데퉤이는 모르고 있었다. 학교를 얼마 다니지 않아 노래를 제대로 배워보지 못한 것이다. 아는 노래가 없다니, 참 이래저래 마음 아프게 하는 아이다. 이 노래는 당연히 알 거라면서 국민 동요 리스트를 읊던 아이들도 번번이 떼데퉤이가 고개를 저으니 뭐라 할 말을 잃었다. 떼데퉤이는 주눅이 들었다. 무시하는 사람이 있어서가 아니다. 세상에 이렇게나 많은 노래들이 있는데 자기는 그중에 하나도 제대로 아는 게 없다는 것을 깨달았으니 어떻게 위축되지 않겠는가! 게다가 앞으로 초등학교 졸업도 못 되는 학력으로 살아가면 이 비슷한 경험을 또 얼마나 많이 하겠는가!

결국 늘 언니처럼 챙겨주는 살뜰한 휴윗느웨가 가사를 적어주고 즉석에서 개인 교습을 한 끝에 합창은 성공적으로 마무리되었다. 합창이 끝나고도 여운은 쉬 가시지 않았다. 떼데퉤이는 처음에는 주눅 들어 했지만 노래를 배우고 나서는 흥에 겨운 표정이었다. 합창이 끝난 후에도 떼데퉤이는 들뜬 표정으로 흥얼거렸다. 배운 노래를 잊지 않으려는 듯.

그래서 떼데퉤이는 이번에 가장 인상적으로 기억에 남는 순간을 소풍이라고 대답하지 않았다. 소풍 때 함께 노래한 것이라고 정확히 대답했다.

"언니에게 떼데퉤이가 편지를 씁니다. 먼저 드릴 말씀은…… 고맙습니다. 그리고 제 자신이 아주 자랑스럽습니다. 언니는 친절합니다. 언니와 같이 지낼 수 있어 기쁩니다. 사진도 많이 찍었습니다. 언니 덕분에 우리도 너무 기뻤습니다. 언니도 가족들과 행복하게 잘살기를 바랍니다." (떼데퉤이)

합창 시간은 휴윗느웨의 진가가 유감없이 발휘된 시간이었다. 떼데퉤이에게 노래를 가르쳐주고 아이들에게 율동을 따라 배우게 하며 그 숨은 끼를 대방출했다. 착하고 살뜰한데다 특별한 재능까지 갖춘 '스타'다.

미얀마의 청일점 아가수도 함께 노래 부르며 아기자기하게 놀다 온 이번 소풍을 가장 기억에 남는다고 꼽았다. 아가수는 첫날 아이들을 선정할 때 제일 앞자리에 앉아 내 설명에 열심히 고개를 끄덕이면서 적극적으로 참여 의지를 보인 아이였다. 그래서 내심 기대를 했었는데 1차 때에는 사진을 많이 찍지 않았다. 그런데 이번에는 '우리 아가수가 달라졌어요~'다. 아가수가 찍은 사진 중에는 시선을 끄는 감각적인 사진이 몇몇 있었다. 그래서 아낌없이 감탄하고 칭찬해 주었다. 그런데 그것이 제대로 동기 부여가 되었나 보다. 아가수는 작년에 비해 두 배로 많은 사진을 찍었고 사진 찍는 재미에 눈을 떴다.

"한국 누나에게. 누나의 한국 이름을 잘 몰라서 '한국 누나'라고 부르게 되어 죄송합니다. 이렇게 직접 와주고 먹을 것도 사줘서 감사합니다. 바쁜데 우리나라까지 와줘서 감사합니다. 누나는 작년보다 올해가 더 예쁜 것 같습니다. 저도 작년보다 올해가 더 좋았습니다. 왜냐하면 올해에는 마음이 더 기뻤기 때문입니다. 작년에는 시키는 대로만 했고 사진을 찍는 데 자신이 없었습니다. 그런데 올해는 누나 덕분에 용기가 생겨 사진을 찍을 수 있게 됐습니다. 이렇게 와주시고 카메라를 줘서 감사합니다. 그리고 소풍도 가고 먹을 것도 사줘서 아주 감사합니다. 그날 밥이 다른 날보다 더 맛있었다고 생각합니다. 사실 처음에는 그날 밥을 안 사줄까봐 걱정했어요. 그런데 밥을 사주시고 넉넉하게 시켜줘서 감사했습니다. 파고다에 가서 사진 찍는 것도 재미있었어요. 처음에는 노래하고 율동하는 게 부끄러웠는데 자꾸 생각나고 재미있었던 것 같습니다. 그리고 카메라 한 대를 고장 내서 죄송해요. 그런데 새로 카메라를 주셔서 감사했습니다. 내년에도 누나가 직접 와주셔서 이런 거 많이 해

여섯 명의 아이들을 포함해서 총 여덟 명이 한 택시로 이동하면 어쩔 수 없이 두 막내는 짐칸 신세다. 그럼에도 떼떼퉤이와 아가수는 싱글벙글하며 좋단다. 아는 노래가 생겨 좋고 사진 찍는 재미에 눈을 떠서 좋고……

주시고 맛있는 음식도 많이 사주셨으면 좋겠어요. 누나의 일이 잘되어 내년에도 만날 수 있게 되면 좋겠습니다." (아가수)

이번 소풍에도 미얀마 아이들은 당연히 밥만 두 그릇씩 해치웠다! 호기롭게 큰 사이즈의 우유를 주문했던 아가수는 끝내 토할 지경이라며 기권을 선언하고 우유를 남겼다. 조신하기 짝이 없는 휴윗느웨는 배가 터질 것 같다며 치마의 후크를 풀고 먹었다.

먹기는 거하게 먹었지만 실질적으로 이번 소풍은 가볍게 치러졌다. 싼마디따 사원에서 그리 멀지 않은 파고다에 간 것도 그렇거니와, 작년 수준에 비해 시간과 비용을 절반밖에 들이지 않았다. 그래서 작년 수준을 상상하고 잔뜩 기대했던 아이들은 처음에 실망하는 기색을 숨기지 않았다. 아가수가 편지에서 그날 내가 밥을 안 사줄까봐 걱정했다고 쓴 건 그런 배경이 있어 하는 얘기다.

그러나 아이들의 실망은 오래가지 않았다. 내 계획을 들은 아이들은 기쁜 마음으로 '가벼운 소풍'에 동참했다. 여섯 아이들이 누리는 소풍은 가볍게 치르는 대신 그 시간과 비용을 나머지 사원 아이들에게 쏟아 이번에 특별한 선물을 하고자 하는 것이 내 계획이었다. 그것은 바로 싼마디따 사원의 스님 아이들에게 선물하는 서로 다른 세 가지 맛의 종합 선물 세트였다.

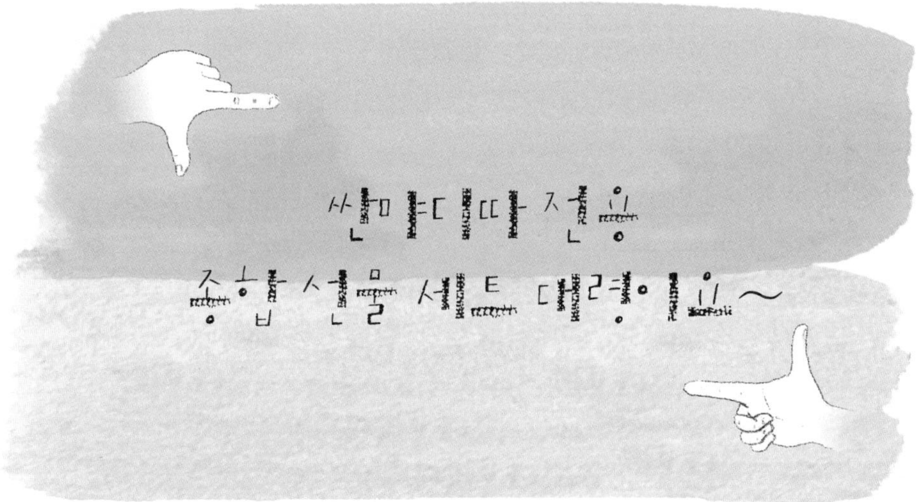

'카메라야 부탁해!' 프로젝트의 미얀마 편 아이들은 여섯 명이다. 그런데 그 여섯 명과 사정은 비슷하지만 그저 나와 인연이 닿지 않아 '나머지'가 되어버린 소녀 스님들이 150명이 넘는다.

처음에는 그것이 너무 신경 쓰이고 미안한 마음이 들어 다시는 이처럼 집단에서 일부를 선발하는 상황은 만들지 않아야겠다고 생각했다. 하지만 좋은 방법을 찾으려고 노력해야지 그렇다고 아예 기회를 차단시켜 버리는 건 옳지 않다. 오히려 이를 좋은 기회로 여겨 집단 전체를 위해 뭔가를 해주면 더욱 보람될 것이라는 생각이 들었다. 나머지 아이들에 대한 빚진 심경이 고기 반찬 기부로 이어져 예상치 못했던 행복으로 내가 보상받은 것처럼 말이다. 다만 시간과 예산이 한정되어 있다는 게 문제인데, 그렇다면 그 안에서 힘줄 것, 생략할 것을 조절해 융통하면 되는 것이다. 그렇게 생각해 보니 많은 돈과 시간을 들이지 않으면서도 내가 해줄 수 있는 것이 의외로 많았다.

그래서 준비한 첫 번째 선물은 사원 내 모든 스님들에게 독사진을 하나씩 찍어 증정하는 것이다. 사원에 있는 소녀 스님들은 제대로 된 증명사진 한 장 없었다. 사진이 있다고 해도 과거 민간인 신분일 때의 사진이다. 비록 내가 전문 사진가는 아니지만 어지간한 DSLR 카메라들은 적당히 조절하면 아웃 포커싱이 되면서 뽀얗고 예쁘게 인물 사진이 가능하다. 그리고 원래 카메라가 좋으면 카메라가 알아서 찍어주는 법이다!

그래서 평소 여행 때에는 무거워서 들고 다니지 않던 DSLR 카메라를 한국에서부터 공수해 왔다. 그리고 날을 잡아서 전체 스님 아이들에게 독사진을 한 장씩 찍어주었다. 찍는 김에 인심 팍팍 써서 자매끼리 모아 찍어주고, 친척끼리 모아 찍어주고, 스님이 아닌 민간인 아이들도 찍어주고……

두 번째 선물은 그 독사진을 한 장 더 뽑아서 고향의 부모님에게 편지와 함께 보내주는 것이다. 싼먀디따 사원의 소녀 스님들은 짧게는 1년, 길게는 6년째 고향을 떠나서 살고 있는데 고향을 떠나온 이후 한 번도 가족 얼굴을 보지 못한 아이가 많았다. 대부분 고향이 양곤에서 멀리 떨어진 지역이고 우체부도 잘 들어오지 않는 깊은 산골에서 살다 온 아이들이다. 그래서 거의 전화에 의존해 고향에 있는 가족과 연락을 주고받는데, 전화가 없는 집도 있고, 전화가 있어도 요금 때문에 자주 통화도 못한다. 편지를 써보지만 시내에 있는 우체국까지 가서 편지를 부친다는 게 현실적으로 쉽지 않은 일이고 우편 값도 부담스럽다. 사정이 이렇다

독사진을 찍는 동안 아이들은 수줍고 쑥스러워서 어찌할 바를 몰라 했다. 수백 개의 눈동자로부터 홀로 주목받는 경험이 생소한 탓이다. 단체 생활을 하는 이 아이들에게 온전히 집중받으며 특별한 존재가 된 것 같은 기분을 느끼도록 해주고 싶었다.

보니 힘들고 외로울 때마다 고향이 그립고 가족이 떠오르지만 아이들은 부치지 못한 편지와 기다리다 잠든 전화로 하루하루를 보낸다.

그래서 스님 아이들이 고향집 앞으로 편지를 쓰면 사진을 동봉해서 내가 대신 부쳐주기로 했다. 말하자면 '편지는 사진을 싣고'인 셈이다. 그리하여 집 주소를 모르거나 부모님이 안 계시거나 해서 편지를 보낼 수 없는 경우를 제외하고는 모두 고향집 앞으로 편지를 썼다. 그런데 나중에 인편으로 보내겠다는 아이가 그 가운데 3분의 1이나 되었다. 집이 너무 깊은 산골인 경우에는 편지 받는 데 몇 달이 걸리기도 하고 아예 못 받는 경우도 있기 때문이다. 그래서 최종적으로 내가 부쳐준 편지는 80여 통이었다.

그 편지들 중에서 무작위로 몇 개를 읽어보았다. 그런데 정말 진부한 표현이지만 '눈물 없인 읽을 수 없는 사연' 퍼레이드다.

"한국 언니가 지금 편지를 쓰면 부모님께 보내주고 사진도 보내준다고 해서 이렇게 씁니다. 제가 집에 전화 안 한 지 1년이 됐어요. 용서해 주세요. 왜냐하면 제가 시험에 떨어졌기 때문이에요. 그래서 아빠가 무서워서, 그리고 저 때문에 속상할까봐 술 마실까봐 그랬어요. 제가 2년 전에 양곤 처음 왔을 때 아무것도 제 마음대로 할 수가 없었어요. 그리고 어떻게 하면 성공할 수 있을지 몰랐습니다. 처음에는 집 생각나고 집에 가고 싶어서 친구들과 시간 낭비를 많이 했습니다. 지금은 그거 알고 열심히 공부하고 있습니다. 제가 시험에 떨어져서 아빠가 속상해한다는 말을 들은 후에 저도 너무 슬펐습니다. 하지만 사람에게는 성공도 있고 실패도 있다는 것을 알게 됐습니다. 저는 포기하지 않고 열심히 할 겁니다. 여기에는 시골에서 양곤까지 와서 학교 다니는 사람이 많습니다. 야카인 쪽에서 온 사람이 많습니다. 누구든 시골 사람들이라 착하고 마음이 좋습니다. 하지만 시골에서 왔으니 지식은 부족하죠. 저는 양곤에서 학교 다니는 게 좋습니다. 한 번도 본 적 없는 것도 여기 와서 보게 됐습니다. 그래서 시골에 있을 때보다 지식이 많아졌고 자신도 생겼습니다. 세상을 어떻게 살아가야 하는지 배움도 많이 얻었습니다. 그러니 아빠가 저한테 기대를 거두지 않기를 바라요. 그리고 집으로 돌아오라고 하지 말아주세요. 저는 계속 공부하고 싶습니다. 그리고 아빠하고 우리 동생들을 언제나 잊지 않고 있다는 제 말을 믿어주세요. 전에 전화했을 때 아빠가 그랬죠. '너, 우리 집을 잊었지?' 그 말을 들었을 때 저는 너무 섭섭했어요. 그런데 주지스님이 제가 해결할 수 있는 것은 스스로 해결하라고 말씀하셨습니다. 부모님께 걱정시켜 드리지 말라고요. 저도 아빠한테 걱정 끼쳐드리지 않도록 하겠습니다. 성공하도록 열심히 하겠습니다. 그러니 저에게 시간을 좀 주세요. 제 말 중에 틀린 게 있으면 용서해 주시길 바랍니다. 우리 아빠……" (모몰루엔의 편지 중에서)

"동생에게. 동생아, 너만 집에 있으니 엄마를 많이 도와줘라. 내가 없으니 네가 혼자 물을 떠야지. 엄마를 불쌍하게 생각하고 돈 많이 쓰지 마. 난 엄마하고 있을 때는 몰랐는데 엄마와 떨어져 여기 있어보니 엄마가 너무 불쌍해. 네가 사달라는 시계 사줄 수 있도록 내가 돈 모으고 있다. 오빠도 보고 싶다고 전해줘. 열심히 공부해야 돼. 나는 시험이 있을 때는 밤 12시까지 공부하고 아침 3시에 일어난다. 집에 있을 때는 시험이 있어도 해가 뜰 때까지 잤는데…… 엄마한테 여기 양곤으로 올 사람 있으면 반찬 좀 보내달라고 해줘. 돈은 안 보내줘도 돼. 돈이 없어서 내가 여기 멀리 양곤에 있는 것 알고 있으

고향의 부모님 앞으로 편지를 쓰는 아이들. 이 편지들을 수거해 내가 대신 우체국에 가서 부쳐주었다. 아이들한테는 우편 비용도 부담스러울 뿐더러 편지를 부치러 시내까지 나간다는 게 현실적으로 쉽지 않다.

니까. 엄마가 건강하게 살기를 내가 늘 기도하고 있다고 전해줘." (똥대리의 편지 중에서)

"아빠, 엄마, 언니…… 어떻게 생겼는지 이제 잘 기억이 안 나요. 밤에 잘 때 엄마 아빠를 위해 기도해요. 그런데 모습이 어떤지 모르니 죄송해요. 그러니 양곤 오는 사람이 있으면 사진 좀 보내주세요. 이 편지를 받으면 제게 전화주세요. 동생하고 언니랑 얘기하고 싶어요. 그리고 시골에 전화할 수 있는 사람 누구든 한 명 전화번호를 알려주세요. 저는 양곤이랑 맞지 않는 것 같아요. 여기 살면서 건강하지 못해요. 자꾸 속상한 일만 생각하게 돼요. 하지만 '병이 있으면 약이 있다'는 속담대로 잘될 거라고 믿어요. 너무 보고 싶어요. 보지 못해서 너무 슬퍼요. 그렇지만 지금부터는 딴생각 하지 않고 올해 10학년 합격하도록 열심히 할 거예요. 그리고 내년부터는 10학년 졸업했으니 동생의 학비를 내가 줄 수 있도록 열심히 할 거예요. 동생 학교에 꼭 보내주세요……" (말아땡기의 편지 중에서)

너무 보고 싶지만 이젠 가족의 얼굴이 기억나지 않는다는 아이…… 비단 말아땡기만의 이야기가 아니다.

"엄마의 사진이 없어서 글로 썼어요. 엄마가 보고 싶어요. 엄마한테 무슨 일이 생기면 어떻게 하나 하는 걱정이 늘 들어요……" (류바땡기)

지난해 류바땡기가 쓴 글이었다. 류바땡기는 평소 한국에 관심이 지대해 한국어를 조금 아는 아이였다. 그래서 자기한테 가장 소중한 것을 찍으라고 했을 때 한국어로 '엄마'라고 쓴 다음 그 단어를 사진으로 찍었었다. 그런데 이번에 류바땡기는 엄마에게 편지를 쓰지 않았다. 평소 누구보다 성실하고 공손하게 구는 아이가 이번에는 끝까지 고집을 부렸다. 지난번에 엄마 보고 싶다고 하지 않았느냐고 물었더니 류바땡기가 이렇게 대답했다.

"엄마한테 하고 싶은 말이 너무 많아서…… 막상 편지를 쓰려고 하면 무슨 말부터 해야 될지 모르겠어요. 마음이 복잡해지고……"

일곱 살 때부터 엄마와 떨어져 살기 시작해 다시 그만큼의 시간을 엄마 없이 '모범 스님'으로 살아온 류바땡기는 이제 엄마에 대한 미움과 사랑, 감사하는 마음과 원망하는 마음 등의 양가감정으로 혼란스러워 보였다. 엄마가 자식들을 걱정하고 힘들게 일하며 사는 것을 알고 있기 때문에 감사하고 사랑하는 마음이 있지만, 한편으로는 의지할 수도 없고 뭐든 제대로 해준 것도 없는 엄마에게 원망하는 마음도 어쩔 수 없이 드는 것 같았다.

편지를 대강 훑어보고 있을 때였다. 그날따라 끌레아니가 일없이 서성이며 알짱대는 게 보였다. 그러다 내가 별 생각 없이 편지 하나를 꺼내들자 끌레아니가 깍깍거리면서 도망쳤다. 알고 보니 끌레아니가 쓴 편지였다. 읽어보니 끌레아니가 왜 그렇게 전전긍긍했는지 알겠다.

"엄마! 제가 지난번에 카메라 줘서 사진 찍었다는 얘기 했었죠? 그때 제가 찍은 사진을 보고 외국 친구가 기억에 남는다고 그랬대요. 우리가 9학년 때 여행 갔을 때 찍은 가족 사진을 제가 사진으로 찍었었거든요. 그 사진에서는 동생이 아주 어렸잖아요. 그 사진을 다시 보게 됐어요. 이번에 또 하고 있거든요. 그런데 제 카메라가 고장 났어요. 속상해요. 하지만 한국 언니가 아무 말 하지 않아서 다행이에요……" (끌레아니의 편지 중에서)

나의 세 번째 선물은 노트북이었다. 이 날을 위해 한국에서 베트남을 거쳐 미얀마까지 무거운 DSLR 카메라에 더 무거운 노트북까지 이고 지고 다녔다! 헥헥~ 미얀마에서도 프로젝트에 참여한 여섯 명의 아이들 모두에게 일인당 한 대씩 카메라를 선물해 주었다. 그리고 노트북 바탕 화면에 아이들 이름의 폴더를 각각 만들어서 1차부터 마지막 날까지 그동안 아이들이 찍은 모든 사진을 저장해 주었다. 전원은 어떻게 켜고, 폴더는 어떻게 클릭하며, 사진은 어떻게 볼 수 있는지 작동 방법을 열심히 설명해 주고, 언젠가 인터넷을 쓸 수 있는 상황이 되면 너희가 찍은 사진을 보내달라며 내 메일 주소를 남겨주었다. 그리고 그 노트북을 싼 먀디따 사원에 기증하면서 모든 아이가 사용할 수 있게 해달라고 부탁했다. 지난번에 보니 많은 학생들이 공부하는 곳에 노트북 하나 없다는 것이 안타까웠다. 그래서 비록 새 노트북은 아니지만 상태가 괜찮은 내 노트북을 아이들 전체를 위해 기증하기로 한 것이다. 카메라는 개인 소유지만 노트북은 공동 소유다. 아이들 전체를 위한 선물인 셈이다.

그런데 한참 사진을 찍고 있는데 주지스님이 오셨다. 그러면서 전교생이 함께 찍은 단체 사진이 한 장도 없는데 찍어줄 수 있겠냐고 물었다. 당연히 찍어드리고 확대해서 선물로 드리겠다고 나는 약속부터 해버렸다. 내가 정말 너무 앞뒤 생각 없어 문제라는 걸 깨달은 것은 사원 마당으로 쏟아져 나온 전교생의 수를 확인하고 나서였다.

사원 학교를 다니는 아이들이 인근 마을에서 통학하는 아이들까지 포함해 300명이 넘었다. 익히 들어 알고는 있었지만 그동안 실감을 못했는데 이제 보니 300명이 넘는다는 게 몸으로 느껴졌다. 전교생이 집합하면서 사원 마당은 삽시간에 시장바닥으로 변해버렸다. 스님인 아이들은 나이도 있고 여자들이라 조용하지만, 나이 어린 초등학생들이 워낙 많아 여기저기에서 떠들어대고 우왕좌왕하니 정신을 차릴 수가 없었다. 주지스님이 큰소리로 자리를 잡아주었지만 목소리가 묻혀서 통제가 되지 않았다. 내 목소리도 묻혀버린 것은 물론이다.

문제는 내가 이런 규모의 단체 사진을 능숙하게 찍어줄 수 있는 전문 사진사가 아니라는 점이다. 더 큰 문제는 단체 사진을 잘 찍을 수 있는 렌즈가 내게 없다는 거였다. 달랑 70밀리미터 망원 렌즈 달린 카메라뿐인데 이것으로는 사람 얼굴이 콩알만 하게 나올 게 불 보듯 뻔하다. 뒤늦게 후회가 밀려들었다. 이제 와서 무르자고 할 수도 없는 약속이고 큰일이다, 그러면서 속으로 전전긍긍하고 있을 때였다.

멀리서 이 광경을 구경하고 있던 끌레아니와 눈이 마주쳤다. 나를 가리키며 옆 사람에게 뭔가 얘기하는 뚜난디도 눈에 들어왔다. 그런데 그 시선들이 꼭 이렇게 말하는 듯했다.

"언니 짱! 멋있어요!!"……

"저 언니, 나 좋아해 준다! 나 이런 사람이라구~"……

아이들의 나를 보는 시선에는 그런 자랑스러움과 으쓱함 같은 게 담겨 있었다. 사원에 살면 딱히 이벤트라고 할 만한 게 없다. 그러다보니 이런 작은 소동도 놓칠 수 없는 구경거리다. 전교생 사진이 없다고 그랬으니 전교생이 한 자리에 집합한 적도 오늘이 처음이었을 것이다. 아이들은 수업받다 말고 나온 것도 재미있고, 주지스님조차 통제하지 못하는 싼마티따 사원 학교를 다니고 있는 전교생을 스님들 단체 사진과 일반 학생들 단체 사진으로 나누어 찍었다. 두 사진 모두 크게 뽑아 액자에 넣어서 싼마티따 사원에 기증했다.

상황도 신기하며, 시장바닥 같은 시끌벅적함도 신나는 것이다.

고로, 까짓 거 사진은 좀 못 찍어도 된다. 얼굴 좀 작게 나온들, 사진 좀 선명하지 않게 나온들, 그런 건 그다지 중요한 게 아닌 것이다. 그런 생각이 들자 괜한 짓을 벌였다는 후회와 후진 사진에 대한 걱정에서 놓여났다. 그렇다. 지금 중요한 것은 다시 올 수 없는 이 특별한 순간, 이 벅찬 감동을 내가 주인이 되어 누리는 것이다. 이 자리에 있는 수백 명이 작은 소동에 즐거워하고 이 찰나를 영원히 기억할 수 있도록 선물하는 사람, 다름 아닌 바로 나 아닌가! 그러니 충분히 만끽하고 즐길 일이다. 온전히 주목받으며 특별한 존재가 된 것 같은 기분~ 아이들에게 선물만 하려고 할 일이 아니라 나 자신에게도 선물해야 한다. 고로 당황하지 말고…… 찰칵!

"언니! 감사해요. 우리와 프로그램 함께해 주셔서 아주 기뻐요. 먼 곳에서 와서 어려움이 많았을 거 같아요. 여기뿐만 아니라 다른 나라 어려운 곳에 가서 그 곳 아이들에게도 해주는 언니가 대단하다고 생각해요. 우리도 언니에게 열심히 살겠다고 약속합니다. 저는 사원에서 열심히 공부하겠습니다." (뚜난디)

"우선 하고 싶은 말은 감사하다는 것입니다. 이 카메라를 쓰게 된 것, 언니랑 놀러 간 것 다 좋았습니다. 카메라를 통해 다른 나라 친구들을 알게 된 것도 기쁩니다. 그 친구들을 실제로 만날 수 있을지는 의문이지만, 이렇게 친구로 알게 되니 기쁘고 좋습니다. 카메라 덕분에 주변의 아름다운 것들을 아름답다고 깨달을 수 있어 감동적이었습니다. 기회가 되면 다음에 또 참여하고 싶습니다. 하지만 내년에 다시 못 만날 것 같아 슬픕니다……" (류바땡기)

"언니랑 이렇게 또 만나서 기뻐요. 계속 함께 지내고 싶어요. 언니를 많이 좋아해요. 앞으로 우리나라에 또 오시게 되면 좋겠어요. 다른 나라 친구들의 모습과 주변 풍경들을 카메라로 만날 수 있어 좋았어요. 이 프로젝트가 잘되고 언니의 가족들이 함께 지낼 수 있기를 바랍니다." (휴윗느웨)

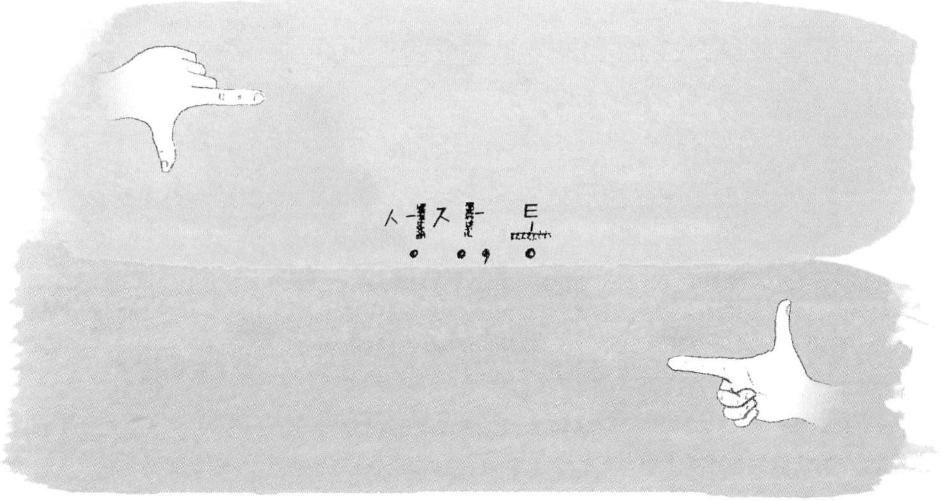

"정신 사나우니까 제발 그만 좀 돌아다니란 말이야! 나 진짜 아파 죽겠다고~"

결국 폭발하고 말았다. 다른 나라에서는 지킬 박사로 있다가 유독 몽골에만 오면 하이드 씨로 변하는 게 나다. 1차 때에도 몽골에서 아이들을 모아놓고 크게 야단친 적이 있었는데 이번에는 히스테리를 부리는 꼴이라니, 야단치는 것보다도 더 후지다!

사실은 몽골에 도착한 날부터 시작된 원인 모를 두통이 문제였다. 누가 내 머리에 전기 고문을 하는 것만 같은, 평생 한 번도 경험해 보지 못한 통증을 느끼면서 미치고 팔짝 뛰겠다는 표현 그대로 정말 너무 아팠다. 두통약을 사서 먹어봤지만 통증의 강도만 조금 약해질 뿐이었다.

그나마도 네 시간이면 약발이 떨어져서 하루가 멀다 하고 한밤중에 아파서 깨서 울다 잠들곤 했다.

직감적으로 이건 단순한 통증 수준이 아니라는 판단이 들었다. 하루 빨리 병원에 가서 치료하지 않으면 안 되는 병이라는 게 느껴졌다. 하지만 몽골의 병원 시스템은 한국과 많이 다르고 아무래도 의료 수준이 떨어진다. 그리고 병명을 진단받는다 한들 내가 몽골에 계속 있을 상황이 아니기 때문에 입원하거나 치료하기도 애매하다.

결국 가능한 한 빨리 귀국하는 게 답이었다. 그래서 몽골에서의 일정을 최대한 빨리 끝내고 원래 예정보다 사흘 앞당겨 귀국하는 것으로 조정했다. 몽골을 떠날 때까지 내가 할 수 있는 조치라고는 강하다는 러시아산 진통제를 사서 네 시간 간격으로 먹으며 버티는 것뿐이었다.

컨디션이 이렇다 보니 히스테리를 부리는 것뿐만 아니라 몹쓸 꼴도 많이 보였다. 아이들이 찍은 사진들을 보니 내가 미간에 세로 주름을 모으고 있는, 보는 이마저 짜증스럽게 만드는 얼굴로 내내 아이들을 대하고 있었다. 그래서 아닌 게 아니라 아이들은 순진하게도 자기들 때문에 내가 병이 난 줄 알고 있다!

> "언니가 하라는 것 잘 안 하고 머리 아프게 만들어서 미안해요. 언니가 지금은 아프지만 우리가 있으니까 계속 아프지 않을 거예요. 서운해 하지 말고 늘 우리를 생각해 주세요. 언니, 꼭 연예인 같아요." (함에르덴)

그런데 사실 함에르덴만큼은 미안하다고 할 만도 했다. 스스로도 찔리는 구석이 있는 것이다. 한번은 무슨 이야기를 하고 있었는지 정확히 기억이 나지는 않는데, 아무튼 내가 함에르덴에게 뭔가 이야기를 하면서 다짐을 받는 상황이었다. 그런데 함에르덴이 또래 친구한테 앙탈 부리듯이 "싫어!" 하고는 혀를 내밀고 메롱~ 했다. 메롱이라니, 너무 황당하고 어이가 없어서 나도 모르게 드라마에 나오는 시어머니들처럼 뒷골을 부여잡고 쓰러졌다. 야나~

그만 좀 돌아다니라며 내가 히스테리를 부린 대상은 바로 함에르덴과 뭉흐바트였다. 여전히 '톰과 제리'처럼 서로 못 잡아먹어서 안달을 하며 투닥거리고 도망 다니느라 소란을 피우는 둘이었다. 정말 이상한 것은 함에르덴과 뭉흐바트는 각각 따로 있으면 얌전하게 굴고 예쁜 짓도 잘한다. 그런데 그 둘이 한데 있으면 꼭 뭔가가 쓰러진다든지 둘이 싸우다 하나가 열 받아서 씩씩거린다든지 하면서 분위기를 엉망으로 만든다.

그런데 가만히 보니 먼저 시비를 거는 쪽은 늘 함에르덴이었다. 그럴 필요까진 없는데 과도하게 반응하는 쪽도 늘 함에르덴이었다. 그러자 함에르덴은 억울하다며 씩씩댔다. 뭉흐바트가 자기를 얼마나 괴롭히는 줄 아느냐면서 자기는 뭉흐바트가 너무 싫다는 것이다. 하긴 애니메이션 〈톰과 제리〉에서도 보면 재수 없게 주인에게 딱 걸려 엉덩이를 맞는 쪽은 늘 톰이다. 하지만 싸우다 정드는 게 인간이다.

"니들 그러다 나중에 결혼한다 그러는 거 아냐?"

그렇게 내가 놀리자 함에르덴, 입에 거품을 물었다. 자기는 맹세코, 죽어도, 미치도록 뭉흐바트가 싫단다. 하지만 오버하니 더 수상하다. 심증만 더 굳힐 뿐이다. 게다가 나를 약 올리고 내뺀 전적도 있겠다, 내 너를 이 기회에 철저히 응징해 주마!

"함아~ 너 사실은 뭉흐바트 좋아하지? 다 알아!"

할에르덴은 자신을 가장 힘들게 하는 사람이자 자신이 베스트로 꼽은 사진을 절대 보여주고 싶지 않은 사람으로 뭉흐바트를 꼽았다. 이 사진처럼 앉아도 꼭 뭉흐바트 옆에 앉으면서 말이다.

사실 나도 짚이는 게 있으니 이러는 거다. 함에르덴이 찍은 사진이 바로 그 결정적 증거다. 모든 아이들에게 공통 미션으로 내준 주제 중에 '자신을 가장 힘들게 하는 것'이 있다. 그 주제에 대해 함에르덴은 이 아이가 얼마나 자기를 귀찮게 하는지 모른다며 외국 친구들이 이 아이를 이상한 아이라고 생각했으면 좋겠다고 사진 일기장에 써놓았다. 그러면서 그 아이를 찍은 사진을 찾아서 보여주는데 바로 뭉흐바트를 찍은 사진이었다. 그 사진을 본 순간 나는 그 무시무시한 통증도 잊고 박장대소를 했다.

"사진은 감정을 담은 종이"라는 말이 있다. 자신이 미처 인식하지 못했던 감정까지 보게 해주는 것이 사진이라는 거울이다. 함에르덴이 자신을 가장 힘들게 하는 것으로 뭉흐바트를 지목한 것도 웃기지만, 더 웃기는 건 함에르덴의 글과 사진 속 뭉흐바트가 완전히 따로 논다는 사실이다. 내가 보기에는 뭔가에 집중하고 있는 뭉흐바트의 옆모습은 이상한 아이로 보이기는커녕 똘똘해 보이고 순수하기만 하다. 사진 자체만 보면 '나를 가장 힘들게 하는 아이'가 아니라 '내가 가장 좋아하는 아이'라는 설명이 붙는 게 더 어울릴 것이다.

증거는 또 있다. 몽골 아이들에게도 자기가 찍은 사진 중에서 인화해 갖고 싶은 단 한 장의 사진을 고르게 했다. 그리고 자기가 고른 사진을 절대 보여주고 싶지 않은 사람이 있으면 누구인지를 물어보았다. 이 질문은 사진 자체보다도 꼽은 사람에 대해 주목해야 한다. 절대 자기 사진을 보여주고 싶지 않은 그 상대라는 건 단순히 자기가 싫어하는 상대일 수도 있지만 자기가 좋아하는 상대일 수도 있다.

어쨌든 이 질문을 하면 사람들은 무의식 속에서 자기보다 우월한 힘

예쁜 것을 좋아하는 천상 소녀인 이칭허를러가 소년처럼 보이게 숏컷을 했다. 알고 보니 일종의 통과 의례란다. 몽골에서는 여자 아이가 만 두 살이 되면 머리카락을 자르는 의식을 하는데 뒤늦게 그 의식을 한 것이었다.

을 가진 존재, 자기 삶에 영향력이 큰 존재, 현재 자기가 대단히 의식하고 있는 존재를 떠올린다고 한다. 이 질문에 대해 뭉흐바트는 그런 사람이 없다고 대답했다. 그런데 함에르덴은 뭉흐바트라고 대답했다. 함에르덴이 뭉흐바트를 엄청 의식하고 있다는 뜻이다.

뭉흐바트가 함에르덴을 좋아하는지는 모르겠지만 함에르덴이 뭉흐바트를 좋아하는 것은 분명한 것 같다. 물론 함에르덴 본인은 입에 거품을 물어가면서 극구 부인하지만. 함에르덴은 자기 마음을 정말 몰라서 그러는 걸까, 아니면 남들한테 들키고 싶지 않아서 그러는 걸까?

아무튼 둘이 만날 토닥거리는 게 싫어서가 아니라 좋아서라고 생각하니 관전하는 재미가 쏠쏠했다. 그래서 심심하면 한 번씩 함에르덴을 놀려대는 것이 몽골에서 나의 숨은 낙이었다. 그런데도 함에르덴은 나를 유난히, 티내면서 좋아했다. 가장 기쁜 것과 가장 슬픈 것에 관한 사진을 찍으라고 했더니 함에르덴은 나를 찍어놓고 이렇게 썼다.

"자가 에그체가 오면 기쁘고, 가면 슬프니까요. 자가 에그체가 영원히 몽골에 있으면 좋겠어요." (함에르덴)

몽골은 순서상으로 이 프로젝트의 마지막 나라이기 때문에 지난 1차 순회 때에 자신이 찍은 사진들을 외국 친구들이 어떻게 봤는지 그 피드백을 들을 기회가 전혀 없었다.

그래서 2차 순회가 필요한 것이다. 더운 나라의 아이들은 자기 나라에서는 볼 수 없는 눈이 지천에 쌓인 몽골의 겨울 풍경에 대해 인상적이라는 소감을 남겼다. 눈 쌓인 나무가 그림 같다, 눈이 너무 예쁘다, 그런 얘기들을 전해 들으면서 몽골 아이들은 의기양양했다. 다른 나라에는 없는 것이 자기 나라에는 있고 부러워하는 사람들이 있다는 것을 알게 되니 우쭐한 기분이 드는 모양이다.

"외국 친구들은 몽골의 자연이 신기한가 보구나 그런 생각이 들었어요. 그리고 지금까지는 몽골이 작은 나라인 줄 알았는데 그렇게 작지는 않은 나라구나 하는 생각을 하게 됐어요."

야나~ 몽골이 작은 나라면 그보다 16분의 1 면적인 한국은 그럼 코딱지니!! 물론 작은 나라라는 것이 단지 면적을 뜻하는 것은 아니겠지만, 열여섯 배나 큰 나라에 살면서 작은 나라라고 생각했다는 것이 역설적으로 들린다.

외국 친구들의 피드백에 대해 누구보다도 귀가 쫑긋해서 관심 있게 들은 사람은 뭉흐바트였다. 뭉흐바트는 1차 때에 누구보다도 열심히 사진을 찍고 글을 써서 넘치는 자긍심으로 조국을 홍보했던 아이다. 뭉흐바트는 외국 친구들이 자신의 사진을 보고 몽골이라는 나라를 처음 알게 된다는 것을 중요하게 의식했다. 바로 자기가 그랬기 때문이다.

"비가 많이 와서 길에 웅덩이가 고여 있어요. 몽골에는 비가 그렇게 많이 오지 않거든요. 이 사진을 찍은 아이는 자기 나라에 비가 많이 온다는 것을 자랑하고 싶은 것 같아요. 하지만 바닥에 유리조각이 있을 수도 있는데 저러다 발을 다치는 건 아닐까 걱정이 돼요." (뭉흐바트)

2차 때에는 1차 때에 찍은 아이들의 사진에 대해서 외국 아이들은 어떤 소감을 남겼는지 전달해 주는 시간을 가졌다. 아이들은 한 마디, 한 구절에 지대한 관심을 보였고 그 소감을 의식하고 반영한 사진을 또 찍었다.

"교실에서 아이들과 스님이 함께 공부하고 있는 모습이 신기해요. 교실에서 다 함께 기도도 하고 있어요. 이상해요. 몽골에서는 볼 수 없는 풍경이에요." (뭉흐바트)

"왜 미얀마 집들은 땅바닥에 바로 집을 짓지 않고 바닥에서 띄워 공중에 지어졌죠? 집도 얇은 나뭇가지로 지어져 있어요!" (뭉흐바트)

뭉흐바트는 똘똘해서 이 프로젝트의 취지도 잘 이해하고 뭐든 성실하게 수행하는 아이다. 그래서 뭉흐바트를 볼 때마다 너는 무조건 내가 신뢰한다는 사인을 아낌없이 해주고 칭찬을 듬뿍듬뿍 해주었다. 어깨가 으쓱해진 뭉흐바트는 나날이 더 좋아져서 더 이상 훌륭할 수 없을 정도까지 훌륭해졌다. 단 하나, 함에르덴과 토닥거리는 것만 빼면 말이다.

그러나 모든 아이들이 뭉흐바트처럼 모범 답안인 것은 아니다. 특히 몽골 아이들은 워낙 자존심이 강하고 나를 만만하게 여기는지라 내가 마냥 받아주기만 하면 통제가 되지 않는다. 유독 약속을 잘 지키지 않는 것도 이 아이들의 특징이다.

만나기로 한 날 말도 없이 나오지 않아 나중에 물어보면 이유가 제각각이다. 착한 나몽차야는 아버지가 동생을 돌보고 있으라고 시켰기 때문에 '당연히' 집에 있었다고 했다. 놀기 좋아하는 이칭허를러는 엄마를 따라 시내에 나갔다가 저녁 늦게 귀가하는 바람에 못 왔다고 했다. 정신이 산만한 툽신치멕은 몰랐다면서 그게 약속이었냐고 내게 되물었다.

그래서 내가 화도 내고 기운 빠져 하고 있었더니 통역을 하면서 내내 지켜본 슈렝 언니가 이렇게 말했다.

"왜 공부도 잘하고 성실한 아이들 중에서 선발하지 않은 거야? 그랬더라면 이 프로젝트도 훨씬 잘 살리고 정화 씨도 더 편했을 거 같은데……"

그러게, 애초부터 똘똘하고 책임감 강한, '잘할 만한' 아이들을 선발했더라면 어땠을까 하는 상상을 나도 안 해본 것은 아니다. 아이들 때문에 속상할 때면 더욱 그런 유혹을 느꼈다. 하지만 이 프로젝트는 출발부터 해외 봉사 활동의 대안 모색이었다. 빈곤 국가의 빈곤층 아이들을 대상으로 한다는 전제가 있었고, 사실 그 전제가 아니었다면 내가 이러고 다니면서 시간과 돈과 열정을 쏟을 이유가 없다.

그러므로 프로젝트를 잘 살리기 위한 수단으로 잘할 만한 아이를 선발한다는 건 본말전도다. 다시 말하면 아이들이 프로젝트를 잘 못 살려도, 아이들이 내 속을 썩여도 아이들에게 잘못을 물을 수는 없는 것이다! 결국 내 업보란 얘기다. 야나~

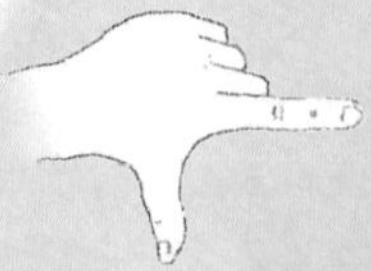

네가 있어 네가 있네

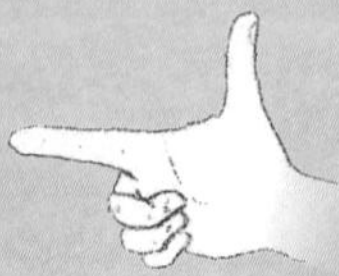

스물두 명의 아이들 전체를 통틀어 툽신치멕만큼 내게 독보적인 존재감으로 각인된 아이가 또 있을까! 지난해에 유치함의 끝장을 보게 만들며 나를 시험에 들게 한 바로 그 아이, 툽신치멕. 내가 사진 치료라는 것을 공부하게 된 것도 툽신치멕이 결정적인 계기가 되었다. 도대체 이 아이는 왜 이렇게 산만하고 무례하며 눈치가 없는 건지 나는 그것이 너무나 궁금했다. 이유를 알면 이해할 수 있을 것이고 포용할 수 있을 것이다. 그래서 툽신치멕을 온전히 포용할 수 있게 되는 것, 그것은 이번 2차 순회를 준비하면서 남몰래 가슴에 품었던 나의 목표이자 바람이었다.

다시 만난 툽신치멕은 키가 부쩍 자라고 성숙해져 있었다. 하지만 행동은 여전히 산만하고 무신경했다. 결국 카메라를 떨어뜨려 모서리 부분을

박살냈는가 하면, 나몽차야가 차에서 뒤따라 내리는 것을 모르고 문을 닫아서 나몽차야를 다치게 하고 울게 만들었다. 알아듣는 것 같고 기억할 것 같아 보이는데 다음에 보면 그 기대가 배반되는 것도 여전했다. 그러다 보니 나도 여전했다. 뭉흐바트에게는 넘치도록 해준 칭찬과 지지를 툽신치멕에게는 내가 단 한 번이라도 해준 적이 있기는 했나 모르겠다.

아이들과 일대일로 만나 사진을 보면서 이야기하는 시간이었다. 툽신치멕은 가장 소중한 것으로 엄마 아빠를 들었다. 하지만 1차 때부터 통틀어 툽신치멕이 찍은 사진에는 엄마 사진이 없었다. 왜 안 찍었느냐고 물었더니 엄마 사진을 찍을 시간이 없단다. 엄마가 일 끝나고 집에 돌아오면 너무 늦은 시각이기 때문에 보통은 엄마 얼굴 못 보고 자는 날이 많은 것이다. 얼굴도 보기 힘든 엄마이니 어린 동생들이 울면 달래주고 업어서 재우는 것은 툽신치멕의 몫이다. 본인도 아직 엄마의 보살핌이 필요한 나이인데 동생들에게 엄마 노릇을 하며 사는 것이다.

그리고 툽신치멕은 가장 힘들게 하는 사람으로 아빠를 들었다. 아이러니한 일이다. 툽신치멕은 아빠를 가장 소중한 사람이자 가장 힘들게 하는 사람으로 꼽았다. 그 이유를 물었다. 그런데 툽신치멕이 대답도 끝나기 전에 눈이 빨개졌다.

"아빠가 술 마시면 소리 질러요. 일도 많이 시키고…… 그래도 난 아빠가 잘살았으면 좋겠어요."

지난해 툽신치멕의 집을 방문했을 때 봤던 아버지의 모습이 떠올랐다. 당시 부스스한 머리와 단정치 못한 옷차림도 숙취 때문이었나 싶다. 툽신치멕네는 4년 전 고향을 떠나 무작정 상경했다. 툽신치멕의 아버지는 사고로 한쪽 다리를 다쳤다. 두 다리 튼튼한 사람도 일자리가 없어 10퍼센트 가까운 실업률을 보이는 나라인데 다리를 저는 그가 일자리를 잡기란 쉽지 않을 것이다. 그러니 술에 의지하는 것도 이해 못할 바는 아니다. 철심 박은 다리는 아프지, 주위에 아는 사람은 없지, 변변한 일거리는 없지……

그런데 이 아이, 한번 터지고 나더니 아예 봇물 터진 논이다. 내가 일부러 자극하는 얘기를 한 것도 아닌데 다음에도, 그 다음에도 뭔 얘기만 했다 하면 눈이 빨개지도록 운다. 이번에 소풍 가서 놀았던 게 너무 좋았었다면서 눈물 뚝뚝, 나를 정말 다시 볼 수 없는 거냐면서 눈물 뚝뚝.

튭신치맥의 느닷없는 감정 폭발은 나를 당황스럽게 만들었다. 평소 눈치 없어 보이고 맷집 세게 보이던 아이가 약한 모습을 드러내니 나는 어떻게 반응해야 할지 당황스럽기 짝이 없었다. 네가 힘들겠구나, 하면서 어깨를 토닥거려줄 수도 있는 일이었다. 그게 안 되면 너는 그렇구나, 하면서 한 마디 해주고 담아주기만 할 수도 있는 일이었다. 그런데 나는 그런 면에서 상당히 취약한 사람이다. 남을 위로하는 것도, 남에게 위로받는 것도 잘 못한다. 나는 고통스럽고 부정적인 감정을 알아차리게 되면 즉시 회피하거나 감정을 마비시키는 식으로 그것으로부터 벗어나려고 한다. 아니면 동굴 속으로 기어들어 가 자폐 상태로 혼자 그 감정을 처리한다. 그래서 이렇게 인정받지 못하고 불완전하게 처리된 고통스러운 감정은 결국 엉뚱한 곳에서 느닷없이 튀어나온다. 왈칵……

튭신치맥의 느닷없는 감정 폭발도 그런 맥락으로 이해할 수 있었다. 튭신치맥은 엄마와 아버지가 모두 계시지만 제대로 애정과 관심을 받고 살기는커녕 많은 의무와 스트레스를 받으며 살고 있다. 주의집중력이 많이 떨어지고 충동적인 성향도 그와 관련되어 있을 것이다. 검사를 해보

툽신치멕은 엄마의 보살핌이 필요한 나이에 오히려 엄마 노릇을 하며 컸다. 공장에서 일하고 밤늦게 돌아오는 엄마를 대신해서 어린 동생들이 울면 달래주고 먹여주고 재워주는 것이 툽신치멕의 몫이었다.

면 ADHD(주의력 결핍 장애)라는 진단이 나올 가능성이 높다. 그렇다면 그런 아이들이 대개 그렇듯 톱신치멕도 그동안 여러 차례 지적을 받았을 것이고 학습 능력도 많이 떨어져 자존감도 낮을 것이다. 애정 결핍, 인정 결핍, 자존감 결핍…… 결핍투성이의 아이, 그게 바로 톱신치멕인 것이다.

이제야 퍼즐이 맞춰진다. 톱신치멕이 눈물을 보이기 전까지 나는 그저 눈치 없고 개념 없는 아이라고만 여겼었다. 그러나 톱신치멕은 이제 다시 나를 볼 수 없을 것이라는 생각만 해도 눈물을 뚝뚝 흘리는, 사실은 그런 정 많고 사랑에 굶주린 아이일 뿐이다. 톱신치멕은 진심으로 나를 좋아하고 나에게 잘 보이고 싶었을 것이다. 하찮은 자신에게 집중해주고 신경을 써주는 사람이 나타났으니 내가 얼마나 각별하게 느껴졌을지는 짐작하기 어렵지 않다. 오죽하면 1차 때에 내 사진을 간직하겠다고 크게 인화해 가져갔을까! 그런데 자신의 진심은 통하지 않고 나는 자꾸 야단을 치니 속상하기도 하고 소심해지기도 했을 것이다.

그래서 아무것에도 개의치 않는 듯 꿋꿋하게 눈치 없이 굴었는지 모른다. 사실 유리처럼 약하고 깨어지기 쉬운 것이 톱신치멕의 내면일 것이다. 그렇기 때문에 상처받을까봐, 보잘것없는 자신의 정체가 들통 날까봐, 결국 사람들이 자신에게서 떠나갈까봐 두려웠을 것이다. 그러니까 톱신치멕은 원래 꿋꿋한 아이가 아니라 꿋꿋한 척했다는 얘기다. 원래 센 아이가 아니라 센 척했을 뿐인 것이다. 그것이 그 아이가 선택한 생존 방식이었다.

그러나 나는 끝내 못 본 척했고 모르는 척했다. 고백건대, 충분히 알 수 있었고 어쩌면 알고 있었을 수도 있다. 다만 인정하고 싶지 않았던 것뿐.

진짜 센 게 아니라 센 척 하기, 진짜 개의치 않는 게 아니라 개의치 않는 척하기. 그 '척'이 생존 방식이 되기까지 이 아이는 얼마나 많은 눈물을 속으로 삼켰을까……

못 본 척하기, 모르는 척하기, 끝내 곁을 내주지 않기…… 그것이 바로 끝까지 순정을 바치고 약한 모습을 드러내준 아이에게 내가 돌려준 것들이었다.

톱신치멕은 거울이 되어 적나라하게 나를 비치고 있기 때문이었다. 실은 내가 저렇게 못나고 약하다는 것을 나는 참을 수 없었던 것이다.

그래서 나는 그 아이를 품어주기는커녕 손길 한 번 주는 것도 인색하게 굴었고 너 때문에 힘들어 죽겠다며 아우성쳤다. 먼저 자기 자신을 수용할 수 있어야 다른 사람도 수용할 수 있는 법이다. 내가 그 아이를 문제 있게 보는 것이지 톱신치멕이 진짜 문제 있는 아이는 아니었다. 그러니까 문제는 톱신치멕이 아니라 나에게 있었던 것이다.

부끄럽다.

미안하다.

…… 아프다.

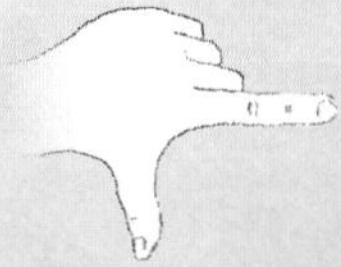

찬란한 몽골의 가을처럼

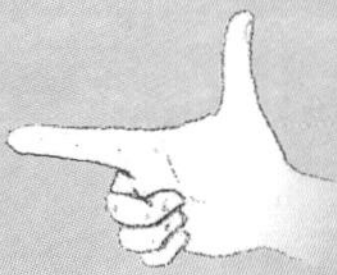

몽골 아이들에게도 소풍은 역시 가장 기억에 남는 것으로 꼽히는 프로그램이었다. 사실 1년 주기가 아니라 애매하게 10개월 만에 2차 순회를 한 것은 전적으로 몽골의 기후에 일정을 맞췄기 때문이다. 몽골은 겨울에는 추워서 마땅히 소풍 갈 만한 데도 없고 눈 쌓인 풍경은 질리도록 사진에 담았으니 다른 시즌에 와야겠다고 생각한 것이다.

몽골의 9월은 짧디짧은 가을 시즌이다. 극한과 극서를 넘나드는 기후의 몽골에서 가을은 한 달 반 정도밖에 되지 않는다. 그래서 몽골의 가을은 유난히 찬란하고 신기루처럼 느껴진다. 가을의 몽골은 정말 눈이 부시도록 쨍하다. 그래서 아이들이 찍은 풍경 사진들도 따로 보정이 필요 없을 만큼 콘트라스트가 선명하고 색감이 진하다.

소풍을 앞두고 아이들에게 뭘 하고 싶으냐고 물었더니 뭉흐바트가 적극적으로 나서서 열매를 따러 가잔다. 뭐, 열매라고라? 상상이 되지 않았다. 한국이야 집 마당에도 감나무, 은행나무 등이 자라니 놀랄 일이 아니지만 여기는 물도 부족하고 나무도 부족한 몽골의 울란바토르다. 울란바토르에 1년 동안 살면서 과일이라는 것은 시장에 가야만 볼 수 있는 '제품'이었지, 한 번도 과일이 나무에 열매 상태로 매달려 있는 것을 본 적이 없었다.

그런데 한국의 한강격인 울란바토르의 톨 강에는 강가를 따라 나무들이 제법 있다. 그 나무들 중에는 과일 나무도 있는데 아이들이 사는 쇼워 지역이 톨 강에서 그리 멀지 않다. 그런데 가을이 워낙 짧아서 열매를 맺는 시기가 1년 열두 달 중 2주도 안 된다고 한다. 그 찰나의 황금 같은 시기가 바로 지금이라는 얘기였다.

그리하여 '리얼 어드벤처'가 시작되었다. 아이들은 인간 내비게이션이 되어 반신반의하는 나를 열매 나무가 있다는 곳으로 안내했다. 그런데 접근이 용이한 곳은 이미 사람과 짐승이 열매를 다 따먹고 없어서 점점 깊숙하게 들어가야 했다. 차가 사륜 구동이었으니망정이지 일반 승용차로는 들어갈 수 없는 길이었다. 덕분에 물이 흐르는 개천을 그대로 달려 시원하고 짜릿한 물세례를 받고, 길 없는 길을 헤쳐 나가다 커다란 돌덩이와 맞닥뜨리는, 지프차 CF에서 흔히 등장하는 장면 속에 내가 있었다!

열매가 진짜 있기는 한 거냐고, 가보긴 한 거냐고 불안해하는 내게 뭉흐바트는 걱정하지 말란다. 말 타고 와봤단다. 뭐, 말이라고라! 아 참, 여기 몽골이지!!

마침내 그림처럼 맑고 푸른 물이 흐르고 있는 톨 강과 빨갛고 노랗게 단풍으로 물들어 제법 숲을 이룬 나무들이 신기루처럼 시야에 들어왔다. 아이들은 차를 세우기 무섭게 튕겨져 나갔다. 그리고 열매가 있는 나무를 향해 달음박질쳤다. 그러더니 보물이라도 찾은 분위기다. 아이들은 자기가 딴 열매를 경쟁적으로 내 손바닥에 쥐어줬다. 그런데 그 열매를 본 순간, '에게게~'

과일이라고 해서 나는 감이나 대추, 하다못해 은행 정도를 상상하고 있었던 게다. 그런데 그 열매라는 것은 옥수수 한 알보다 작은 정도이고 그것도 다 말라빠졌다. 그래서 나도 모르게 김새는 소리를 내고 말았다. 시큼털털하니 맛도 그저 그랬다. 하지만 아이들은 맛있다면서 쪽쪽 빨아 대고 신났다. 1년에 단 며칠밖에 구경할 수 없는 '귀한' 열매를 직접 보게 되고 이렇게 따먹는다는 게 짜릿한 기분인 것 같았다. 몽골 아이들은 1년에 몇 번 어쩌다 먹는 게 과일이고 종류도 많지 않다 보니 이마저도 맛있는 것이다.

아이들은 더 크고 맛있는 열매를 따기 위해 경쟁적으로 나무를 탔다. 함에르덴은 나무의 가지 위에 자리 잡고 앉아 다리를 앞뒤로 흔들며 콧노래를 불렀다. 뭉흐바트는 아예 나뭇가지 위에 엎드려 편안한 자세를 취했고, 이칭허를러는 어느새 나무 중간까지 올라가서 의기양양하게 포즈를 잡았다. 체구가 작고 소심한 나몽차야는 아무래도 경쟁력이 딸리자 나무를 타는 대신 나뭇가지를 흔들어 열매를 떨어뜨리는 작전으로 변경했다. 그렇게 아이들은 두려움 없이 나무를 오르고 자연이 주는 소소한 기쁨에 행복해했다.

바로 그때였다. 지금 이 순간, 이 공간이 현실이 아닌 듯한 느낌이 들었다. 하늘은 바다인지 하늘인지 헷갈릴 만큼 짙푸르고, 그 아래 나무들

나무를 타다가 떨어지거나 다친다는 염려는 몽골 아이들에게는 해당되지 않는다. 나무를 보자마자 아이들은 두려움 없이 올랐고 그대로 자연과 하나가 되었다. 원래부터 그러했다는 듯 풍경 자체가 되었다.

은 한 폭의 수채화처럼 단풍에 물들어 바람에 흔들리고, 야크와 소들은 한가로이 풀을 뜯고 있고, 멀리서 말들이 윤기 나는 갈기를 휘날리며 목을 축이기 위해 물가로 내려오고 있고, 아이들은 참새들처럼 재잘대면서 나무와 하나가 되어 있고…… 지나치게 목가적인 풍경이다. 지나치게 완벽한 평화다. 그리고 거짓말처럼 이 찰나에 내가 있다!

그런 생각이 들었다. 죽음 직전에 과거가 주마등처럼 스쳐 지나간다는 말이 있지 않은가? 그럼 나는 지금 이 장면이 엔딩 장면이면 참 좋겠다는 그런 생각. 이 장면을 떠올리면서 눈을 감으면 정말 평화롭고 행복하게 영면을 취할 수 있을 것 같다.

"여기까지야. 공식적으로는 오늘이 우리의 마지막이야. 너희가 보고 싶고 궁금해서 나는 다시 올 거야. 하지만 기약할 수는 없어. 내후년이 될 수도 있지만 10년 후가 될 수도 있겠지. 그래서 다시 오겠다는 약속은 하지 않을 거야. 이것으로 '카메라야 부탁해!' 프로젝트는 종료. 그리고 이건 내 작별 선물이야. 프로젝트는 끝났지만 계속 사진을 찍으면서 즐겁고 행복해야 해~"

몽골에서의 마지막 날이자 이 프로젝트의 마지막 날이었다. 마지막 프로그램은 베트남, 미얀마에서와 마찬가지였다. 아이들에게 각각 카메라를 선물하고, 그동안 아이들이 찍은 사진들을 보면서 기술적인 팁들을 알려주었다. 그리고 마지막으로 아이들과 일대일로 만나 인터뷰를 하면서 일일이 그렇게 설명해 준 것이다.

그런데 일대일로 만났을 때 몽골 아이들은 미리 짜기라도 한 것처럼 이구동성으로 물었다. 마지막으로 나한테 하고 싶은 얘기 있으면 하라고 했더니, 다섯 명이 모두 똑같은 질문을 했다.

"자가 에그체, 내년에 정말 안 와요?"

아이들은 정말 몰라서 묻는 게 아니고, 정확하게 알고 싶어서 확인하는 게 아니다. 사실은 내년에 다시 오면 좋겠다는 뜻의 간접화법인 것이다. 올해도 왔으니까 내년도 올 것이라고 당연히 생각하고 있었던 모양이다. 그래도 다른 나라 아이들은 내가 설명해 주면 고개를 주억거리면서 받아들였다. 그런데 작년에 쿨하게 웃으며 손 흔들어 작별하던 그 몽골 아이들이 아니었다. 쿨한 것으로 치면 동급 최강인 몽골 아이들이 오늘은 동급 최강으로 핫하게 굴었다.

가만히 내 설명을 듣던 이칭허를러는 갑자기 카메라를 안 받겠다고 했다. 카메라 선물을 마다하다니 이런 경우는 처음이었다. 당황해서 왜 그러느냐고 물었다가 그 천진한 발상에 가슴이 뭉클해졌다.

"언니가 와서 주면 되잖아요. 제가 카메라 안 받으면 언니 내년에 다시 오는 거죠?"

그러면서 이칭허를러는 내가 아파서 일주일밖에 있지 않았던 것을 콕 집어 얘기하며 반칙이라는 듯 이번에는 너무 짧지 않느냐고 지적질했다. 함에르덴은 기껏 알아듣는 눈치더니 마지막에 한다는 말이 내년에는 날씨 좋은 여름에 오라고 주문했다. 만약 내가 이 프로젝트를 계속할 수 있게 된다면 새로운 아이들한테 기회를 주는 게 옳지 않을까 하고 물어봤더니, 나몽차야는 우리와 시작했으니까 우리와 끝까지 가야 한다며 단호하게 대답했고, 뭉흐바트는 다음해에는 우리한테 오고 그 다음해에는 새로운 아이한테 가면 어떠냐며 솔로몬처럼 판결했다. 툽신치멕은 내가 계속 오면 좋겠다면서 앞으로 정말 안 오냐며 묻다가 결국 눈물을 쏟았다.

너무나 짧은 몽골의 가을은 그래서 더욱 감동적이다. 그 찬란한 시절에 그보다 더 찬란한 아이들과 '카메라야 부탁해!' 프로젝트의 마지막을 장식할 수 있어서 정말 다행이다. 고맙다. 사랑한다……

"자가 언니! 몇 달 있다 또 올 건가요? 다음에 올 때 외국 아이들 사진 갖고 올 건가요? 다음에 또 와서 카메라 가지고 놀러 가요. 언니 사랑해요……" (툽신치멕의 편지 중에서)

"자가 누나! 한국에서 와서 사진도 가르쳐주고 놀러 가줘서 감사합니다. 누나는 아이들한테 선행을 하고 여러 나라의 아이들이 어떻게 사는지 서로 알게 해줬어요. 감사합니다. 이런 프로그램이 많이 있었으면 좋겠습니다. 누나, 다음에 오면 겨울에 오세요. 그리고 다음에는 다른 남자아이가 한 명 더 있으면 좋겠어요!!!!" (뭉흐바트의 편지 중에서)

"자가 언니! 간다고 하니 서운해요…… 사랑해요." (나몽차야의 편지 중에서)

"언니는 많은 아이들을 기쁘게 해주었어요. 우리 놀러 갔던 거 너무 재미있었어요. 한국에 잘 돌아가세요. 우리는 언니를 기다리며 공부 열심히 할 겁니다. 자가 언니, 사랑해요." (함에르덴의 편지 중에서)

남쪽 나라 아이들만큼 말랑말랑하지 않은 게 몽골 아이들의 기질인데 뜻밖에 이렇게 나오니 가슴이 뭉클해졌다. 특히 몽골에서는 무조건적 지지를 보여주기는커녕 야단도 많이 치고 냉정하게도 굴었던 나다. 특히 이번에는 내 몸이 아프니 어서 끝내고 한국에 돌아가고 싶다는 마음만 굴뚝같고 아이들에게 관심과 성의를 기울이지 못했다. 그런데 아이들은 카메라 선물도 마다하면서까지 내게 다시 와달라며 마냥 좋단다.

그렇다. 아이들이 바라는 건 그저 '자가 에그체'라는 존재 그 자체였

다. 내가 준 것이 카메라가 아니라 바이올린이었다고 해도, 아니 돌덩이였다고 해도 아이들에게는 중요하지 않았던 것 같다. 수단이나 방식이 어찌됐든 아이들에게는 중요한 게 아니지 않았을까? 몽골 아이들만 그러는 게 아니다. 아이들에게 행복했던 추억이 되고 특별한 기억으로 남은 것은 프로젝트가 아니라 사람이었다. 자신을 선택해 주고, 마음껏 사진을 찍게 해주고, 좋은 데 놀러 가서 함께 놀고, 맛있는 음식 사준 그 사람…… 베트남 아이들은 '꼬 화', 몽골 아이들은 '자가 에그체', 미얀마 아이들은 '버다웃', 한국 아이들은 '정화쌤'이라 부른 그 사람의 존재만으로 충분했고 중요했던 것이다.

그것을 나는 바보같이 다 끝나고 나서야 깨닫게 되었다. 숲속에 있을 때에는 나무만 보인다. 빠져나오고 보니 비로소 숲이 어떻게 생겼는지 알겠다. 생각해 보면 아이들은 내게 계속 메시지를 보내고 있었다. 더 중요한 게 무엇인지, 지금 필요한 사람이 누구인지, 무엇을 남겨야 하는지……

이로써 '카메라야 부탁해!' 프로젝트 그 첫 번째 여행은 마침표를 찍었다. 짧아서 더욱 찬란한 몽골의 가을처럼 꿈인 듯 그렇게……

못다 한 이야기: 마지막, 그 후

"작년에 내 동생이 신부전증으로 신장 이식 수술을 받았거든. 내 것을 하나 떼어줬어. 그런데 신장 이식 수술이라는 게 망가진 신장을 떼어내 버리고 그 자리에 새 신장을 대체하는 식이 아니라 새 신장을 추가하는 식이더라. 그래서 내 동생은 지금 뱃속에 신장이 세 개야. 그런데 그 수술받은 얘기를 동생은 입도 뻥끗 안 했거든. 그런데 그 샤먼이 동생한테 그러더라는 거야. 남들은 뱃속에 두 개씩 있는 건데 당신은 그게 세 개가 있다고. 정말 신기하지 않아?"

몽골에서의 일정이 모두 끝나고 그날 밤 비행기를 타고 귀국하는 일정만 남겨놓은 마지막 날이었다. 몽골에 머무는 동안 내게 숙식과 통역 일체를 제공해 주었던 슈렝 언니, 뭉흐 언니와 마지막 날을 보내고 있었다. 며칠 전에 뭉흐 언니한테 들었던 샤먼 얘기가 갑자기 떠올랐다. 뭉흐 언니로 말할 것 같으면 원래 점 같은 거 잘 안 보는 사람이란다. 그런데 이 샤먼은 진짜 너무 신통방통하다면서 믿기 어려운 경험담을 줄줄이사탕으로 늘어놓았다. 슈렝 언니도 가세했다. 슈렝 언니로 말할 것 같으면 몇 년 전까지만 해도 열심히 교회에 나갔고 지금도 집에 성경책을 잘 보이는 곳에 모셔두고 산다. 그런데 얼마 전에 외출한다고 그러면서 갔다는 데가 사실은 그 샤먼의 집이었단다.

대부분의 나이 좀 있는 몽골 인들은 집안에 대소사를 앞두고 있거나 신변에 일이 생기면 병원이나 교회를 가기보다 샤먼을 찾아간다. 몽골 사람들의 일상과 관습에 배어 있는 샤머니즘에 대해 옳으니 그르니, 맞니 틀리니 따지지 않았으면 좋겠다. 샤머니즘 같은 원시 종교에 의지하지 않고는 몽골의 그 혹독한 기후와 척박한 자연 환경에서 살아남기 힘들었을 것이다. 칭기즈칸은 몽골 초원을 통합하는 과정에서 국가 무당을 따로 두고 결정적인 역할을 맡겼다고 한다. 그러니 몽골에서 소위 좀 알아준다 하는 스타급 샤먼 같은 경우에는 웬만한 점쟁이들은 명함도 들이밀지 못하는 수준일지 모른다! 그런 생각이 들면서 갑자기 호기심이 생겼다.

'몽골에서는 어떤 식으로 점을 보지? 한국처럼 부적도 쓰고 굿도 하나?'

'생년월일이 필요 없어? 그저 얼굴과 이름만 갖고 어떻게 점을 봐?'

'귀신이 씌어서 말을 한다고? 그럼 외국인을 만난 몽골 귀신은 뭐라고 얘기할까?'

그러니까 이건 내가 점을 믿고 안 믿고의 차원이 아닌 것이다. 이건 몽골 샤머니즘에 대한 충만하고 열정적인 학구열과 기꺼이 이 한 몸 마루타로 내어드리는 고결한 희생 정신의 발로라는 말이다!

그리하여 그 길로 언니들을 앞세워 샤먼을 만나러 갔다. 샤먼의 집 외관은 극히 평범했다. 그런데 안으로 들어가니 묘한 기운이 느껴지면서 넉넉한 몸집으로 포스를 풍기고 있는 아줌마를 가운데에 두고 양 옆으로 손님인지 지인인지 모를 몽골 인들이 다섯 명 정도 앉아 있었다. 정중앙에 앉은 풍채 좋은 중년 아줌마가 바로 샤먼이었다. 그녀는 길에서 마주쳤다면 한 번 더 돌아볼 일 전혀 없을 아주 전형적인 몽골 여인이었다.

샤먼은 텔레비전 드라마로만 봤지 실제로 한국인을 본 건 내가 처음이라고 했다. 샤먼도 외국인이 찾아온 것이 신기하고 흥미진진한 모양이었다. 샤먼 말로는 몇백 년 전에 살았던 몽골의 유명한 장군 할아버지 귀신이 자기 몸에 들어와서 말을 해주는 거라고 한다. 그러면서 장군 할아버지가 진짜 한국어로 말을 하는 사태가 벌어지면 어떡하냐며 너스레를 떨었다.

그리고 의식이 시작됐다. 샤먼은 몽골 전통 복장인 델을 차려입고 흰 무명천으로 자기 눈 부위를 칭칭 동여맸다. 그것도 모자라 앞이 막혀 있어 눈이 완전히 가려지는 탈바가지를 썼다. 정수리 부분에는 박제된 송골매의 머리가 박혀 있었고, 귀신이 앞머리를 풀어헤치듯 긴 머리가 앞으로 흘러 내려와 있으며, 가장자리로는 기다란 송골매 털들이 꽂혀 있는 기이한 탈이었다.

드디어 귀신을 불러들이는 의식을 시작했다. 수십 개의 눈들이 반짝반짝 빛나기 시작했다. 앞으로 이 드라마가 어떻게 전개될지 흥미진진해 죽겠다는 표정으로 방 안의 모든 사람들이 나와 샤먼을 보고 있었다. 샤먼은 엄숙하고 진지한 분위기에서 알아들을 수 없는 말로 주문을 외기 시작했다. 그러다 점점 빨라지면서 북을 치기 시작했고, 분위기가 고조되면서 샤먼은 점점 무아지경으로 치닫는 듯했다. 너무나 진지하고 엄숙한 분위기라 차마 소리를 내지 못했으나, 나는 속으로 웃음을 참느라 애쓰고 있었다. 독창적인 코스프레와 화려한 쇼맨십은 인정! 하지만 이건 너무 마술쇼 같잖아!

그러나 내 입에서 '에이~'가 '어라?'로, 마침내 '야나~'로 터져 나오는 데 걸린 시간은 그리 길지 않았다. '그분'이 오셨다 싶은 순간이었다. 방금 전의 아줌마는 온데간데없이 사라졌다. 그 대신 '그분'이 걸걸하고 쉰 듯한 목소리로 얼굴을 덮고 있는 가짜 머리칼을 수염처럼 쓸어 만지며 말했다. 그 말투며 행동이 천생 위엄 있는 노장군을 연상케 했다.

180도 달라진 샤먼이 중얼거렸다. 그런데 빙의된 후의 샤먼(인지 귀신인지)의 몽골 어는 수백 년 전의 몽골 어여서 몽골 사람들도 잘 못 알아듣는단다. 그래서 일차로 샤먼의 조수가 현대 몽골 어로 통역해 주면 그것을 뭉흐 언니가 한국어로 내게 통역해 주는 이중 통역 시스템이 가동되었다. 그런데 샤먼(인지 귀신인지)의 말에 뭉흐 언니가 얼마나 놀랐는지 내게 통역해 줘야 한다는 것도 잊고 샤먼의 말에 연신 맞장구를 친다. 도대체 뭐라고 그러느냐고 물었더니 뭉흐 언니가 흥분해서 말했다.

"정화 씨더러 여러 나라 돌아다니면서 사람들을 위해 좋은 일 하며 사는 사람이래. 몽골에 오기 전에 다른 나라에 있다 왔다는 거야. 그리고 책 쓴 것도 알고 있어. 지금 자기 눈앞에 그 책이 보인대!"

이 상황에 '귀신같이' 맞혔다는 진부한 표현 외에 다른 표현이 떠오르지 않는다는 게 유감이다! 잘 맞히는 사람보고 '귀신같다'고 표현하는 이유를 이제 알겠다. 내가 어떤 사람인지, 내가 몽골에 왜 와 있는 건지 샤먼은 묻지도 따지지도 않았었다. 당연히 나도 대답도 설명도 하지 않았었다. 게다가 내가 책을 낸 적이 있다는 사실을 때려 맞추기란 '정말 귀신이 아니고는' 불가능하다. 내가 뭐 백만 부쯤 찍은 베스트셀러 작가라거나 검색하면 다 나오는 유명인사 정도라면 모르겠지만 말이다.

혹시 샤먼의 탈 속에 어떤 첨단 장비와 속임수가 있어 모종의 정보를 교신하는 것은 아닐까? 그러나 거듭 의심해 보고 다시 생각해 봐도 샤먼의 눈이 감겨 있는데다 이중으로 가려져 있어서 확실히 아무것도 볼 수가 없었다. 그런데 샤먼이 나를 꿰뚫어보고 있는 듯한 느낌이 들었다. 몸속의 신장 개수를 맞혔다는 이야기를 들었을 때에는 반신반의했는데 이제는 헷갈리기 시작했다. 내 앞의 이 사람은 진짜 사람일까, 진짜 귀신일까? 그러나 진짜 시작은 지금부터였다.

"말도 안 돼! 한국어로 말해보겠다고요?"

"글쎄, 해본 적이 없어서 장담은 못한대. 그런데 읽을 수 있을 것 같다면서 자기가 한번 시도해 보겠다는데?"

그러면서 샤먼은 마치 뭔가를 보고 읽는 듯한 제스처로 손가락으로 한 자 한 자 짚어가며 말을 했다. 어눌하지만 또박또박, 한 단어씩 끊어서, 분명한 한국어로.

"너.의.이.름.이.무.엇.이.냐?"

야나~ 야나~ 여기저기에서 감탄사가 터져 나왔고 방 안 공기가 크게 출렁거렸다. 보통의 외국인들은 한국어를 써도 이런 제대로 된 문어체를 쓰지 않는다. 정말 뭔가를 보면서 읽었다는 얘기다. 어떻게? 뭘 보고? 그럼 정말 귀신이라는 거야?

몽골 귀신이 한국어로 말하더라, 누가 그런 말을 했다면 나라도 정신

차리라고 얘기해 줄 것이다. 그런데 내 눈으로 직접 목격했으니 이건 정말 멘붕이다. 게다가 한 번뿐이면 내가 '귀신에 씌어' 헛것을 보고 들었나 싶었을 것이다. 하지만 샤먼(인지 귀신인지)은 간단한 한국어 단어 한두 마디를 더 했다. 그뿐 아니라 내가 하는 한국어를 알.아.들.었.다! 내가 뭉흐 언니에게 한국어로 이야기할 때에 미처 몽골 어로 통역되기도 전에 샤먼이 내 말을 알아듣지 않고는 할 수 없는 대답을 정확하게 하는 것이었다.

어느덧 나는 기이한 탈바가지를 쓰고 앉아 있는 그 샤먼이 진짜 사람인지 진짜 귀신인지, 혹은 아줌마 사람인지 할아버지 귀신인지 헷갈리기 시작했다. 그리고 하마터면 나는 '아줌마~'가 아니라 '할아버지~'라고 부를 뻔했다. 그러면서 샤먼의 무릎 위에 무너져 울고 싶은 강한 충동에 사로잡혔다.

"알아주는 사람이 없거든. 얼마나 애쓰는지, 얼마나 좋은 일인지…… 나중에는 사람들이 알게 되고 고마워해. 그런데 지금은 사람들이 그걸 몰라. 그러니까 내가 지금 뭐하고 있나 싶겠지…… 혼자 많이 힘들었겠어……"

나를 결정적으로 무너뜨린 한 마디는 그것이었다. 혼자 많이 힘들었겠어!

단언컨대, 나는 이 프로젝트를 한 것에 대해 후회하지 않으며, 진심으로 자부심을 느끼고 감사하게 여기고 있다. 하지만 이 프로젝트를 하면서 나는 스스로 짊어진 불확실성의 무게에 압도되기도 했고, 셀 수 없이 많은 변수와 갈등을 맞닥뜨리면서 지독하게 외로웠었다. 내 안의 돈키호테 기질이 발동해 무모하게 일을 벌인 건 사실이지만, 그렇다고 내가 돈키호테처럼 무슨 거창하고 굳은 신념이 있어서 여기까지 오게 된 건 아니었다. 게다가 돈키호테에게는 옆에 산초라도 있었다지만 내게는 옆에 아무도 없었다. 사소한 것은 사소한 대로, 중요한 것은 중요한 대로 의논할 누군가가 절실했다. 하지만 이 모든 것을 온전히 나 혼자 해야 했다.

참고할 만한 텍스트도 없는 실험적인 프로젝트이다 보니 시행착오도 많았다. 카메라에 맞는 메모리 카드와 충전기를 하나하나 맞춰서 장만해야 하는 사전 준비 과정부터 시작해서 협력 단체와 아이들의 사정에 맞춰 그때그때 일정을 변경하고 조율하는 일 등 내가 신경 써야 할 일이 한두 가지가 아니었다. 카메라에 말썽이 생겨 다른 사양의 메모리 카드를 쓰는 다른 카메라로 바꿔주게 되면 저장된 사진을 옮겨야 하고 카메라에 맞는 충전기를 구해다 줘야 한다. 집에 전기가 들어오지 않거나 충전하기가 쉽지 않은 아이에게는 일회용 배터리로 쓰는 카메라를 배정해줘야 한다. 소풍을 가기 전날 배터리를 꼭 충전해 오라고 그렇게 당부를 해놔도 안 해오는 아이들이 꼭 있기 때문에 알아서 여분의 카메라를 준비해 가야 한다. 이렇듯 별 자질구레한 것들 갖고 머리를 굴려야 하니 그게 다 '일이 되어' 편하게 즐기지 못했다.

한번은 오밤중에 청승맞게 혼자 울기도 했다. 티도 안 나는 이런 사소한 것에 신경 쓰고 준비를 하느라 내가 이렇게 오밤중까지 일했다는 것을 아이들은 죽었다 깨도 모를 것이라는 생각이 들자 허무하고 서러워졌던 것이다. 나, 지금 뭐하고 있는 거니……

눈물이 차올라서 고개를 들지 못했다. 할아버지가 어린 손녀 토닥거리듯 샤먼이 내 손을 토닥거렸다. 그러나 이제부터는 외롭지 않을 거라고, 당신과 뜻을 같이하는 사람들이 생길 거라고, 앞으로는 다 잘될 일만 남왔으니 아무 걱정 없을 거라고…… 샤먼은 그렇게 나를 위로하고 격려했다.

비로소 알겠다. 귀신이 왜 이런 얘기를 나한테 하고 있는지. 나는 나를 몰랐지만 그는 나를 읽은 것이다.

내가 지금 절실하게 필요한 것은 누군가의 위로라는 것을.

괜찮다, 잘했다, 잘될 것이다…… 그 소리가 절실하게 필요한 '아이'라는 것을.

샤먼은 내 머리의 통증도 사실은 스트레스가 원인이라고 했다. 그러면서 이젠 안 아프게 해주겠다며 내 머리를 몇 번 지압하고 훑어주더니 됐단다. 신기하게도 그때부터 몽골을 떠나는 비행기를 타는 순간까지는 정말 아프지 않았다. 그러나 비행기가 몽골 상공을 벗어나는 순간 거짓말처럼 통증이 다시 찾아왔으니 영험하다고 말하기도 돌팔이라고 말하기도 애매하다.

하지만 그 샤먼이 영험한지 아닌지는 이제 내게 중요한 문제가 아니다. 마지막으로 샤먼이 내게 이렇게 당부했다. 뜬금없고 엉뚱한 이 에피소드를 꺼낸 이유도 그 때문이다.

"꼭 책 써! 고민하지 말고, 포기하지 말고. 너는 그냥 네가 한 것, 네가 느낀 것을 있는 그대로 쓰면 되는 거야."

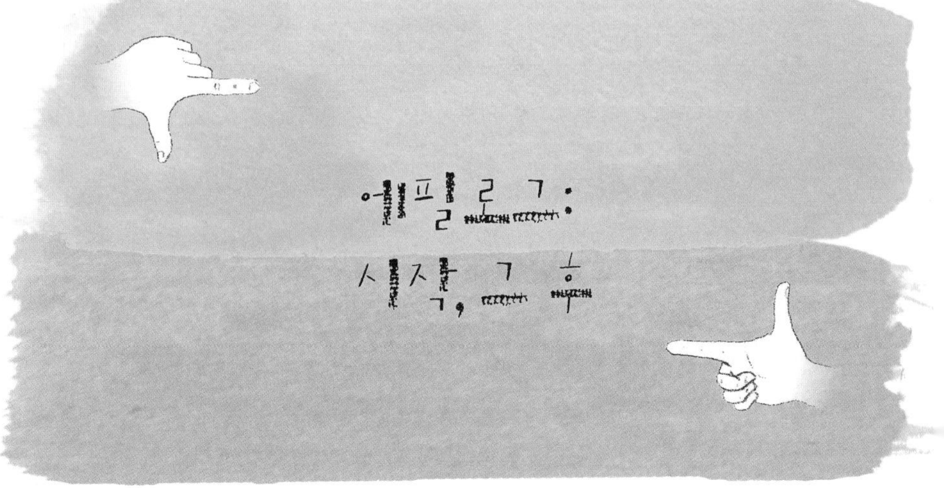

에필로그: 시작, 그 후

한국에 돌아오자마자 병원에 갔다. 대상포진이란다. 대상포진의 원인은 면역력 저하와 스트레스란다. 의사는 내 머리통에 진짜로 커다란 주사를 댓 방 놓으면서, 그동안 통증이 꽤 심했을 텐데 정말 열흘 내내 진통제 하나로 버텼느냐면서 믿을 수 없어했다.

그렇게 한 달 가까이 대상포진 때문에 병원을 들락거렸다. 그로부터 다시 한 달 뒤.

"아니, 이렇게 혹이 큰데 자각 증상이 없었어요? 혹이 한두 개도 아니구만…… 아무래도 CT를 찍어봐야 될 것 같아요. 요즘엔 난소암도 많아서……"

자궁 초음파 검사를 하던 의사가 그렇게 말을 흘렸다. 암이라니……

정말 암이라면 나 앞으로 어떻게 되는 거야?

CT를 찍었다. 그리고 결과가 나오기기까지 기다리는 며칠 동안 머릿속으로 오만 가지 시나리오를 다 썼다. 엄마 말대로 돈 벌어다주는 남편도 없고 의지할 자식도 없고 팔 집도 없다! 이대로 죽기에는 너무 억울하고 허무했다.

며칠 후 결과가 나왔다. 암은 아니었다. 그러나 심각한 자궁근종이었다. 스트레스에 민감한 게 자궁이란다. 스트레스를 받으면 작은 혹이 갑자기 확 커지기도 한단다. 결국 수술을 했다.

그렇게 스트레스로 대상포진에 자궁근종까지, 2단 콤보를 맞으며 연달아 병원을 들락거리는 신세가 되었다. 여태 겪어본 적 없는 경험이었다. 그러면서 사십대에 접어든 몸이 자기 좀 봐주면서 살라고 시위하는구나 싶었다. 참으로 내가 생각해도 어처구니가 없다. 이 프로젝트로 내가 무슨 부귀영화를 누리기라도 했다면 억울하지나 않았을 것이다. 대체 무슨 대단한 일을 한다고 내 몸이 여기저기서 봉기를 일으킬 만큼 혹사를 한단 말인가!

결국 해프닝으로 끝났지만 내가 암일 수도 있다는 가정은 내 미래에 대해 심각한 고민을 하게 만들었다. 갑자기 정신이 번쩍 들었고 무지막지하게 현실감이 느껴졌다. 그리하여 내 나이와 건강을 염두에 두고 현재 삶에서 포기할 것과 선택할 것을 구분하게 되었다. 덕분에 비로소 '정착'이라는 것을 하게 되었으니, 내가 선택한 첫 번째 카드는 바로 대학원 진학이었다.

불과 몇 달 전까지만 해도 내가 이런 결정을 할 줄 짐작도 못했다. 대학원을 다니면서까지 내가 하고 싶은 공부라는 게 나에게 생길 리 없다고 여겼기 때문이다. 그런데 '카메라야 부탁해!' 프로젝트를 시작하고 보니 내 능력에 한계가 느껴졌다. 아이를 대상으로 하는 프로젝트인데 나는 아이를 직접 키워본 적도 없고 아이를 상대하는 일을 경험해 본 적도 없기 때문이다. 결국 내가 할 수 있는 것은 공부뿐이었다. 그래서 처음에는 독학 수준으로 심리학과 상담을 공부하기 시작했다.

그러다가 프로젝트의 질을 높일 수 있지 않을까 해서 사진 치료라는 것을 배우기 시작했다. 그런데 지금까지의 사진 치료는 주로 성인에 포커스가 맞춰져 있어 아이들에게 적용될 만한 기법이 거의 없었다. 해외에서도 사진 치료 분야는 아직 활성화되어 있지 않은 단계여서 실제로 내가 적용하고 참고할 만한 사례는 거의 없는 실정이었다. 결국 목마른 사람이 우물을 파게 되어 있다. 아동을 대상으로 한 사진 치료 프로그램이 없는 것이 아쉬웠던 나는 그렇다면 내가 직접 실험해 보고 만드는 수밖에 없다고 판단했다. 그래서 사진 치료를 아우르는 예술심리치료학을 전공으로 삼아 대학원 공부를 시작하게 된 것이다.

그런데 '심리 치료'라는 카드가 떠오르는 순간 깨닫는 것이 있었다. 세계 여행, 구호 활동, '카메라야 부탁해!', 사진 치료…… 서로 공통점이 없어 보이고 엉뚱해 보이지만, 그것들이 하나의 실에 꿰어지고 비로소 완전체로 탄생하는 것을 느꼈다. 잘 짜인 각본처럼 C라는 클라이맥스를 만들기 위해 B라는 사건이 일어났고, B라는 사건이 일어나기 위해 A라는 복선을 깔아둔 셈이었다. 결국 이 해답을 얻으려고 먼 길을 돌아왔으며, 길을 돌아오는 것이 나를 위한 최선이었다는 생각이 든 것이다.

몽골에서 자원 활동가로 있을 때 나는 한국에서 의사들이 와서 무료 진료를 하듯 한국의 심리 치료사나 상담 전문가가 와서 무료 심리 치료 봉사를 해주면 좋겠다는 생각을 했었다. 하지만 당시에는 내가 심리 치료를 해줄 수 있는 전문가가 아니었다. 영화로 비유하자면 나는 배우가 아니라 감독이나 작가가 적성에 맞는 사람이다. 예를 들어 심리 치료 봉사단이라면 그런 아이디어를 내고, 그럴듯한 제안서를 써서 투자를 끌어내며, 좋은 전문가들로 팀을 꾸리는, 그런 일이 내 적성에는 더 맞다. 그것이 지금까지 내가 살면서 해오던 종류의 일이었고 그렇게 해서 대체로 좋은 평가를 얻었다.

그런데 심리 치료 봉사처럼 치료사라는 전문가들이 존재하지 않으면 프로그램이 존재할 수 없다. 이럴 경우 가장 빠르고 확실하며 경제적인 방법은 내가 그 전문가가 되는 것이다. 하지만 당시에는 기꺼이 뛰어들 만큼의 절실함이나 열정이 내게는 없었다. 무엇보다도 '이 늦은 나이에' 새로 공부를 시작한다니 가당치도 않은 일이라고 생각되었다. 그런데 암 해프닝을 겪으면서 남은 인생을 진지하게 생각하지 않을 수 없었고, 이젠 당시에는 없었던 절실함과 애정이 생긴 상황으로 변했다. 게다가 따져보니 가당치도 않는 일이라고 생각됐던 '그 나이에' 내가 바로 공부를 시작했더라면 이미 졸업하고 '전문가'가 되었다는 계산이 나오는 게 아닌가! "늦었다고 생각할 때가 가장 빠르다"는 명언은 이럴 때 쓰라고 있는 말이다. 그 생각에 이르자 더 지체할 이유가 없었다. 지금 시작하지 않으면 2년 후에는 진짜 후회할 것 같았다.

하여, 지금 내게는 꿈이 있다. 이동도서관처럼 이동심리치료센터라는 이름으로 찾아가는 서비스를 하는 것이다. 현지인 청년들 중 일부를 인턴으로 뽑아 교육도 시키고 워크숍에 초청해서 봉사단이 오지 않는 평상시에도 자체적으로 돌아갈 수 있도록 시스템을 만들 구상도 하고 있다. 그렇게 전 세계를 돌면서 빈민층 아이들, 고아원 아이들, 소년병 출신 아동들이나 성노예로 학대받은 아이들 등 마음이 아픈 아이들에게 심리 치료 봉사를 하는 것! 이것이 내가 진정으로 원하는 삶이요, 내 인생의 궁극적인 목표다.

또 하나 바람이 있다면 '카메라야 부탁해!' 프로젝트가 앞으로 '운동'의 차원으로 자생력을 갖추게 되는 것이다. 이 프로젝트는 한 개인이나 특정한 단체가 그 프로그램에 대한 권리를 갖고 있는 것이 아니라 공정 여행 운동이나 위키피디아처럼 누구나 참여할 수 있고 누구나 보완할 수 있기를 처음부터 희망했다. 여행자나 유학생, NGO 활동가 등 누구든지 원하는 사람이면 카메라 우체부 역할을 할 수 있다. 내 경우에는 몇 개국을 도는 시스템이었지만 카메라 우체부의 사정에 따라 한 나라만 커버할 수도 있다. 다른 나라의 아이가 찍은 사진들을 미리 다운받아 카메라에 저장시켜서 갖고 떠나면 '여행하는 카메라'의 본질과 기대 효과는 살리면서 카메라 우체부의 사정에 맞출 수 있을 것이다.

그러자면 여러 나라 아이들의 찍은 사진들을 한데 모으고 카메라 우체부 간에 정보와 협조를 나눌 수 있는 운동 본부 같은 구심점이 필요하다. 그런 것들은 취지에 동참하는 사람들이 많아지면 자연스레 생겨날 것으로 믿고 있다. 하지만 나의 바람과 달리 동참하는 사람이 많지 않을 수 있다. 나는 그 또한 어쩔 수 없는 일이라고 보고, 호응이 없다면 없는 대로 상황을 받아들이려고 한다. 먼저 단체를 세우고 전략을 짜서 호응을 유도하는 방법도 있지만 나는 그렇게 하지 않을 것이다. 스스로 자생력을 갖추지 못하고 인공호흡기에 의존한다면 그것은 내가 추구하는 운동이 아니다.

설령 나의 바람이 이루어진다 해도 몇 년이 아니라 몇십 년 후의 요원한 미래가 될 수 있다. 지금 확실한 것은 나의 이런 바람이 사람들에게는 '공상'처럼 들린다는 것이며 나도 그것을 잘 알고 있다는 것이다. 그런데 재미있는 것은 내가 처음 '카메라야 부탁해!' 프로젝트를 시작했을 때에도 그런 소리를 배부르게 들었다는 점이다. 공상이다, 무모하다, 믿을 수 없다……

하지만 무모하고 막막하게만 보였던 그 실험이 나를 감동과 보람에 눈물짓게 만들고 내 인생의 궁극적인 목표를 낳았다. 처음 시작했을 때 이런 결과가 나오리라고 어디 예측이나 했던가!

처음에는 이 프로젝트가 애초 기대한 효과를 얻을 수 있을지 나 자신도 확신할 수 없는 상황이었다. 어찌 보면 전복되지 않고 무사히 돌아온 것만 해도 용한 일이다. 나는 나침반도 지도도 없이 망망대해를 항해하는 돛단배 꼴이었으니 말이다. 그러니 아이디어 단계부터 펀딩, 진행에 이르기까지 혼자 이끌어가며 나는 이런 의심을 한 백만 번쯤 했을 것이다.

'될까?'

'맞을까?'

'아아, 접을까!!!'

그러다 보니 '오죽하면!' 이런 사진도 나온다. 아이들이 찍은 1만 4천여 장의 사진 속에는 찍히는 줄도 몰랐는데 찍혀 있는 내가 무수히 많다. 그중 하나가 양팔을 안으로 모은 채 뭔가 망설이는 표정을 하고 있는 내 모습이었다. 그런데 어쩌다 한 번 찍힌 사진이라고 보기에는 그와 비슷한 사진이 한둘이 아니었다.

저렇게 소심하고 자신 없어 보이는 위인이 정말 나라고? 처음에는 부정했었다. 꼴 보기가 싫었다. 그런 사진만 나오면 삭제하고픈 유혹에 시달렸고 실제로 삭제해 버린 사진도 있었다.

그런데 이 프로젝트 때문에 사진 치료를 배우면서 남들이 찍은 내 사진 속에서 그 자세를 하고 있는 나를 또 발견했다. 나도 모르게 그런 자세를 자주 취한다는 증거였다. 그런데 이번에는 그 꼴이 보기 싫어서가 아니라 보기 아파서 견딜 수가 없었다. 양팔을 가슴 쪽으로 모은 채 주저하고 있는 여자…… 그것은 그동안 내가 부정해 온 내 안의 어린아이였다. 무섭지 않은 척, 신경 쓰지 않는 척, 외롭지 않은 척, 그렇게 '척'하며 위태롭게 사는 아이, 그리하여 무너지지 않으려고 자기도 모르게 두 팔로 스스로를 안아주며 버티고 있는 아이 말이다. 그러면서 사진 속의 그 아이는 말하고 있었다. 다른 사람 보지 말고 나부터 좀 보라고…… 다른 아이보다 나를 좀 안아주라고……

자기 자신을 직면하지 않고는 다른 사람을 제대로 볼 수 없다. 그러나 자기 자신을 직면한다는 것은 그동안 살기 위해 억압하고 회피해 온 아픈 기억과 감정을 마주해야 하는 작업이기 때문에 너무나 고통스럽다. 하지만 자기 자신을 직면한다는 것은 그렇게 부정적인 작용만 하는 것이 아니다. 자기도 몰랐던 놀라운 능력과 가치에 눈을 뜨게 되고 그동안 자신을 지배해 온 부정적인 감정이 얼마나 근거 없는 것인지를 깨닫게 되는 긍정적인 효과도 있다.

고백건대 나는 나를 직면하게 되면 완전히 무너져 내리고 말 것이라는 원초적인 두려움이 있었다. 나약하고 의존적인 나의 못난 면을 맞닥뜨리면 그나마 이렇게 기를 쓰고 버티고 있는 것도 끝장이라고 생각했다. 그런데 실제로 직면한 결과 그런 일은 일어나지 않았다. 삶이 끝장

나지도 않았으며 나도 무너지지 않았다. 아니, 오히려 위태롭게 흔들리던 갈대 같던 내가 뿌리 깊은 나무로 변화하게 되었다. 그동안 내가 힘들었던 것은 나야말로 나 자신에게 박했기 때문이라는 것을 깨달았고, 나 자신이 얼마나 유능하고 사랑받을 만한 존재인지를 깨달았다. 후진 나도 나이고 멋진 나도 나이다. 그 사실을 진심으로 받아들이는 것으로부터 치유는 시작되었다.

그리고 그 계기가 된 것은 '카메라야 부탁해!' 프로젝트와 스물두 명의 아이들이었다. 사람에게는 누구나 자기 성장의 욕구와 잠재력이 있다는 것을 나는 믿는다. 그런 맥락에서 나는 아이들이 잘 놀 수 있는 판을 만들어주고 옆에서 촉진해 주는 것이 내 역할이라고 생각했다. 아이가 찍은 사진을 함께 보면서 아이의 이야기에 관심을 가져주고 잘 찍었다며 칭찬해 주는 것이 다였다. 너는 사랑스럽다고, 너는 능력이 있다고, 너는 소중한 존재라고 속삭여주면 될 뿐이었다. 그렇게 아이의 정서를 있는 그대로 받아주고 지지해 주는 어른이 옆에 있으면 아이는 알아서 자가 발전하게 되어 있다.

그런데 아이들은 그것을 고스란히 내게 갚아주었다. 그뿐 아니라 거울이 되어 내가 보지 못하는 나를 비춰주었다. 알고 보니 응급 수술이 필요한 환자는 아이들이 아니라 나였다. 그래서 견딜 수 없이 부끄럽고 아팠지만, 그래서 결국 나 스스로를 안아주고 믿게 되었다. 다 끝나고 나서 깨달은 것은, 이 프로젝트에서 내가 진정으로 가져야 했던 것은 프로젝트에 대한 확신이 아니라 나 자신에 대한 믿음이라는 것이다. 결국 답은 확신이 아니라 자신自信이다.

진정한 연금술은 영혼의 성장이라고 융은 말했다. 한낱 보잘것없는 금

속들이 화합하고 변용되어 빛나는 금으로 탄생되는 연금. 전무全無에서 출발한 이 프로젝트가, 그저 그런 삶을 살아가던 아이들이, 후진 나를 부정해 온 내가 그러하다. 지금까지도 그랬지만 진정한 연금은 지금부터인 것.

그리하여 처음 길은 내가 냈으나 이제 나는 아이들이 내준 길 위에 서 있다.

저 모퉁이를 돌면 뭐가 나올지 모르는 게 인생이다. 그것은 고통일 수도 있고 사랑일 수도 있다. 고통이 두려워 가지 않고 골목 안에 그냥 머물렀다면, 나는 모퉁이 너머에서 나를 안아주려고 두 팔 벌려 기다리고 있는 사랑을 영영 만나지 못했을 것이다.

마흔 다섯, 나는 이제야 비로소 준비가 된 것 같다.

내 가슴에 손가락질하고 가는 사람이 있었다.
내 가슴에 못질하고 가는 사람이 있었다.
내 가슴에 비를 뿌리고 가는 사람이 있었다.
한평생 그들을 미워하며 사는 일이 괴로웠으나
이제는 내 가슴에
똥을 누고 가는 저 새들이
그 얼마나 아름다우냐.

— 정호승, 시 〈내 가슴에〉

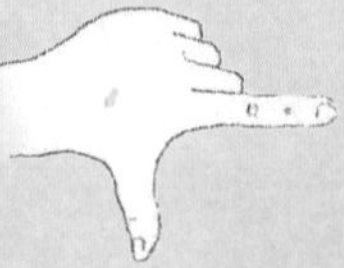

아이들 근황

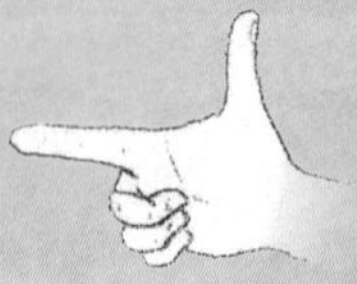

프로젝트 이후, 아이들은 어떻게 살고 있을까?

몽골의 아이들과는 직접 통화해서 안부를 확인할 수 있었다. 이칭허를러는 예의 그 애교 있는 목소리로 친언니가 얼마 전에 결혼해서 이젠 같이 살지 않는다는 소식을 전해주며 카메라를 잘 쓰고 있다고 했다. 믿어야 할지 말아야 할지 모르겠지만 함에르덴은 이제 뭉흐바트와 싸우지 않는다고 힘주어 말했다. 그러면서 언제 다시 올 거냐며 빚쟁이처럼 물었다. 나몽차야는 내가 준 카메라로 얼마 전에도 사진을 찍었다며 가끔씩 지난번에 소풍 가서 열매 따고 놀던 기억이 난다고 했다. 뭉흐바트와는 직접 전화 통화가 되지 않았으나 같은 학년인 이칭허를러와 함에르덴을 통해 잘 지내고 있다는 소식을 전해 들었다. 툽신치멕의 안부는

들을 수가 없었다. 내가 알고 있는 전화번호로는 통화가 되지 않았는데, 다른 아이들 말로는 지난해 툽신치멕네 가족이 시내로 이사를 갔고 그 이후로 아이들도 소식을 듣지 못했다고 한다.

미얀마의 싼먀디따 사원 스님 아이들이 고향 앞으로 쓴 편지들은 대부분 무사히 도착했다고 주지스님이 소식을 전해주었다. 더불어 내가 기증한 노트북과 카메라를 아주 요긴하게 잘 쓰고 있다며 매우 흡족해하셨다. 당시 고등학교 졸업반이던 끌레아니와 뚜난디는 대학 입학 시험을 치른 뒤 희비가 엇갈렸다. 뚜난디는 시험에 합격해 현재 사원 학교의 초등학생들을 가르치는 교사로 일하면서 대학을 다닌다. 그러나 끌레아니는 시험에 떨어졌고 사원을 나와야 하는 처지가 되어 고향으로 돌아갔다고 한다. 류바땡기는 한국어를 열심히 공부하고 있다고 한다. 당시에도 나를 흠모하다시피 했던 류바땡기는 나를 보고 싶어 한다는 말을 내게 꼭 전해달라고 당부했단다. 아가수는 여전히 사원의 귀염둥이로 구김살 없이 자라는 것 같다. 휴윗느웨는 지난번에 내가 사준 닭이 잘 자라고 있다며 감사해했고, 떼데퉤이는 학교를 그만둔 채 아픈 아버지의 병간호를 하면서 전과 별반 달라진 게 없는 나날을 보내고 있다는 소식이다.

베트남의 흐엉이와 레는 편지로 소식을 전해주었다. 선물받은 카메라로 신나게 사진을 찍고 다녔다는 흐엉이는 얼마 전에 동생이 카메라를 망가뜨려서 너무 속상하다고 말했다. 흐엉이는 사진 전시회 때 자기가 찍은 사진들을 동네 아이들이 구경하는 장면이 지금도 가끔 생각이 나면서 기분이 좋아진다고 했다. 남, 헙, 응옥아잉은 안부를 듣지 못했다. 학교 수업에 치어 요즘에는 합창단 연습에도 안 나오고 얼굴 보기도 힘들다고 한다. 레는 몇 달 전에 아버지가 사고로 돌아가셨다고 안부를 남겼다. 그로 인해 성격도 많이 바뀌었다고 한다. 장래에 의사나 경찰이 되고 싶은데 시험이 너무 어려워 졸업이나 할 수 있을지 걱정인 것 같다. 레는 한국에서 온 대학생 언니들도 가끔 생각나고 함께 예쁜 사진 찍으며 아기자기하게 놀았던 소풍이 기억에 많이 남는다고 했다. 그러면서 마지막으로 나에게 하고 싶은 말이 있다며 이렇게 썼다.

"비록 우리가 사진을 많이 찍지는 못했지만, 그보다 더 중요한 건 우리가 함께 즐거운 시간을 보냈다는 것이고 아름다운 것들을 사진으로 찍어서 남겼다는 것이라고 생각해요. 그렇지 않아요, 언니?"

샨티 회원제도 안내

샨티는 사람과 사람, 사람과 자연, 사람과 신과의 관계 회복에 보탬이 되는 책을 내고자 합니다. 만드는 사람과 읽는 사람이 직접 만나고 소통하고 나누기 위해 회원제도를 두었습니다. 책의 내용이 글자에서 머무는 것이 아니라 우리의 삶으로 젖어들 수 있도록 함께 고민하고 실험하고자 합니다. 여러분들이 나누어주시는 선한 에너지를 바탕으로 몸과 마음과 영혼에 밥이 되는 책을 만들고, 즐거움과 행복, 치유와 성장을 돕는 자리를 만들어 더 많은 사람들과 고루 나누겠습니다.

샨티의 회원이 되시면

샨티 회원에는 잎새·줄기·뿌리(개인/기업)회원이 있습니다. 잎새회원은 회비 10만 원으로 샨티의 책 10권을, 줄기회원은 회비 30만 원으로 33권을, 뿌리회원은 개인 100만 원, 기업/단체는 200만 원으로 100권을 받으실 수 있습니다. 그 외에도,

- 신간 안내 및 각종 행사와 유익한 정보를 담은 〈샨티 소식〉을 보내드립니다.
- 샨티가 주최하거나 후원·협찬하는 행사에 초대하고 할인 혜택도 드립니다.
- 뿌리회원의 경우, 샨티의 모든 책에 개인 이름 또는 회사 로고가 들어갑니다.
- 모든 회원은 샨티의 친구 회사에서 프로그램 및 물건을 이용 또는 구입하실 때 할인 혜택을 받을 수 있습니다.
- 샨티의 책들 및 회원제도, 친구 회사에 대한 자세한 사항은 샨티 블로그 http://blog.naver.com/shantibooks를 참조하십시오.

산티의 뿌리회원이 되어
'몸과 마음과 영혼의 평화를 위한 책'을 만들고 나누는 데
함께해 주신 분들께 깊이 감사드립니다.

뿌리회원(개인)

이슬, 이원태, 최은숙, 노을이, 김인식, 은비, 여랑, 윤석희, 하성주, 김명중, 산나무, 일부, 박은미, 정진용, 최미희, 최종규, 박태웅, 송숙희, 황안나, 최경실, 유재원, 홍윤경, 서화범, 이주영, 오수익, 문경보, 최종진, 여희숙, 조성환, 김영란, 풀꽃, 백수영, 황지숙, 박재신, 염진섭, 이현주, 이재길, 이춘복, 장완, 한명숙, 이세훈, 이종기, 현재연, 문소영, 유귀자, 윤홍용, 김종휘, 이성모, 보리, 문수경, 전장호, 이진, 최애영, 김진회, 백예인, 이강선, 박진규, 이욱현, 최훈동, 이상운, 이산옥, 김진선, 심재한, 안필현, 육성철, 신용우, 곽지희, 전수영, 기숙희, 김명철, 장미경, 정정희, 변승식, 주중식, 이삼기, 홍성관, 이동현, 김혜영, 김진이, 추경희, 해다운, 서곤, 강서진, 이조완, 조영희, 이다겸, 이미경, 김우, 조금자, 김승한, 주승동, 김옥남, 다사

뿌리회원(단체/기업)

주/김정문알로에 KIM JEONG MOON ALOE CO. LTD.　　한경재단　　design Vita

사단법인 한국가족상담협회·한국가족상담센터　　생각과느낌 소아청소년 성인 몸 마음 클리닉

PN풍년　　경일신경과 | 내과의원

회원이 아니더라도 이메일(shantibooks@naver.com)로 이름과 전화번호, 주소를 보내주시면 독자회원으로 등록되어 신간과 각종 행사 안내를 이메일로 받아보실 수 있습니다.

전화 : 02-3143-6360 팩스 : 02-338-6360
이메일 : shantibooks@naver.com